# ヒロイン役は、お受け致しかねます。

*Yuri & Kazuki*

篠原 怜

*Rei Shinobara*

EB

エタニティ文庫

目次

# ヒロイン役は、お受け致しかねます。

## プロローグ

十一月、東京。

秋も深まったある晩のこと。大人の夜遊びスポットとして知られる都心の一角で、路肩に停車したタクシーからふたりの客が降りた。街灯の下、先に姿を見せたのは黒いジャケットを着た長身の男。あとから降りたのは、モードな感じのボブヘアで、スレンダーな体躯にアイボリーのコートを羽織った、知的な雰囲気の女性だ。

「さあ、行こうか」

歩道に降り立った男は、どこか楽しげに言う。黒いジャケットの下には黒のシャツに黒のパンツ、そして黒縁のメガネという、夜の闇に溶け込みそうなコーディネート。けれど脚が長くてプロポーションは抜群、うっすらほほ笑んだだけで色気が漂い、あたりがぱあっと華やぐようだった。

——さすが人気俳優ね。

彼女は連れの男を見つめて、心の中でそうつぶやいた。

男の名は福山一樹、三十歳。モデル出身の超がつくほどイケメンな人気俳優だ。そしてボブヘアの女性の名は長谷部ゆり、二十八歳。一カ月ほど前までホテルウーマンだったが、訳あって今は一樹の彼女に扮している。

「ほんとに、このあたりでいいのでしょうか？」

ゆりは辺りを見回した。こぎれいなビルや飲食店が立ち並ぶ界隈は、美男美女のカップルの姿にまじって、ファッショナブルな業界人ふうの人の姿もちらほら見受けられる。

「ああ。一歩路地に入ると芸能人行きつけの会員制の店が多いんだ」

なるほど――。つまり芸能人のプライベートを狙うカメラマンも潜んでいるということだ。スキャンダル写真を撮られたい彼女たちにとって、おあつらえ向きの場所と言える。

「ほら」

と言って、一樹が左手を差し出してくる。手をつなげと言いたいらしい。

「それとも、こっちがいいか？　ゆり」

ためらっていると今度は、腕を組めるように肘を曲げてくれた。ゆりはごくりとつばを呑み込んでから、大胆に彼の腕に自分の腕を絡めた。

――いまさら怖気づいちゃだめ。仕事だと割り切って、彼の恋人役……〝プロ彼女〟を引き受けたんだから。

「こちらで……、参りましょう」

そう言って、腕を組んだままふたりで歩き出す。一歩踏み出すたびにピンヒールの踵がコツコツと鳴る。

この印象的なスタイリングの髪はウィッグだ。洗練された高価な靴と服はすべて借り物。黒いサングラスをかけ、普段はしないようなばっちりメイクもしている。だからたとえ誰かに見られたとしても、それこそ週刊誌のカメラマンに激写されたとしても、人気俳優・福山一樹の連れが自分だとばれる可能性は低い。

それでも緊張した。

そんなゆりの気持ちが伝わったのか、突然一樹は立ち止まって笑い出す。

「何度も言うが、もっとリラックスしろよ」

言うなり彼は腕をほどいてゆりの腰に回し、ぐっと引き寄せた。

ちょっと――！

声にならない叫びを上げそうになると、一樹が顔を寄せてささやく。

「だって俺たちは恋人同士なんだ。ベタベタするのは当たり前だろう」

「正しくは恋人同士という〝設定〟です……」

「設定なんて、くそくらえだ。俺は、やるときは徹底的にやる」

一樹は身を強張らせるゆりを自分の前に立たせて向き合い、両腕をゆりの腰に回して逃げられないように身体を密着させてきた。

「両手を俺の胸に当てて、俺を見ろ、ゆり。こら、顔をそらすな」

まるで演出家のようだ。次々と彼の口からアイデアが出てくることに感心する。演技に関して自分は素人なので、任務を完璧に遂行するためには、彼の指示に従うべきだと、ゆりは判断した。

どこかに潜むカメラマンに絶好のシャッターチャンスを与える。それが今の自分の仕事だ。

そして今夜は路上キスの現場写真を撮らせる……、という目的があってこの界隈に来た。

じっとしていると一樹の顔がぐっと近づいて、頬に息がかかった。

「え……、もう、ですか？」

これは仕事。頭ではそう理解しているものの、思わず言葉がこぼれ出てしまった。仕事となれば、たいていのことには動じずにいられるのに。一樹が相手だと調子が狂う。

「そう。今すぐやるんだ。あそこの角にカメラマンがいる」

「え？」

「練習したとおりにやれ。絶対に路上キスの現場として記事になるから」

ゆりは小さくうなずき、目を閉じて彼がキスしやすいように小首をかしげる。

覚悟ならできている。やるときは徹底的にやる。上等だ。

「いつも、こんなに素直ならいいのに。ああ、じっとして。あとは俺に任せろ」

冗談めいた声だが一樹は背中に回した手に力を込めて、ゆりを力強く抱こうとした。

人前でキスなんて――

初めは、ただ手をつないで外をうろつくだけでいいという約束だった。でも日がたつにつれ、それだけでは不十分になってしまった。今はドラマや小説の世界で言うところのヒロインになり切って、キスに溺れる女を演じなくてはならない。

一樹はこの状況を楽しんでいるように見える。うぬぼれかもしれないが、仕事抜きでゆりを欲(ほっ)しているような……。そんな欲望めいたものを感じる。

――ダメ。余計なことは考えない。

完全に彼のペースにはまっている。わかってはいるが、今はただ目を閉じて彼の腕に身を委(ゆだ)ねるしかできなかった。

## 第一章　笑わない女、プロ彼女になる

話は少しさかのぼる。

九月。大分県別府市(おおいたけんべっぷし)、ホテル「エトワール」。

「ホテル・エトワールへようこそ。それでは係の者がお部屋にご案内いたします。ごゆっくりおくつろぎください」

ホテルのロビーから望めるビーチが黄昏（たそがれ）色に変わる午後六時過ぎ。長谷部ゆりは東京から来た中年の夫婦連れに、チェックインが完了したことを告げていた。エトワールでは、チェックインを座って行（おこな）う。ホテルに着いたゲストはロビーのソファに案内され、ホテル特製のかぼすジュースを飲みながらゆったりと書類にサインしたり、館内の説明を聞いたりできるのだ。

「このジュース、すごくおいしかった。お風呂のあとにまた飲みに来るわ」

ソファから立ち上がった妻のほうが、テーブルに置いた空（から）のグラスを名残惜（なごりお）しそうに見る。このかぼすジュースは、ロビーにあるドリンクバーでは無料で飲むことができるのだ。それに売店でも販売しており、お土産（みやげ）に買って帰る客も多い。

「お気に召（め）していただきありがとうございます。ドリンクバーは夜十一時までご利用いただけます」

「わかりました。どうもありがとう」

妻は笑顔で礼を述べ、夫と並んで、ベルボーイのあとについて歩き出した。ゆりはその場でお辞儀（じぎ）をしたまま、ふたりを見送る。

別府湾に面した、ラグジュアリーなリゾートホテル「エトワール」。ここは様々な旅行予約サイトで常にランキング上位に入る人気ホテルだ。ゆりはおとしの夏からこのエトワールで、フロント業務についている。

明るいアイスグレーのスーツに身を包み、華やかな赤のスカーフを襟元に巻く。長い髪はうしろでふんわりまとめ、イヤホンにピンマイクというインカムセットを装備する。二十八歳独身。恋人はいないし結婚の予定もなし。日々、黙々と仕事に励むのみ。

今日は早番シフトで朝六時からの勤務だ。本来ならとっくに帰っている時刻なのだが、間もなく来館するＶＩＰの出迎えのため残っている。

そのＶＩＰというのは、甘いマスクで世の女性を魅了し続ける人気俳優の福山一樹だ。彼は昨日から別府の温泉街で撮影が始まった二時間ドラマに主演するため、今夜からエトワールに泊まる。そしてゆりは彼を担当するスタッフのひとりに任命されていた。

「ＶＩＰ遅いですね」

フロントデスクに戻ると、今夜の遅番である新條慧が小声で言った。新條は入社二年目、いつもニコニコしているふんわり系の後輩だ。

「仕方ない。スケジュールが押して、予定していた飛行機に乗れなかったっていうんだから」

ゆりは素っ気なく返事する。一時間ほど前に福山のマネージャーから、そんな連絡が入った。明日も早番なので福山には挨拶（あいさつ）だけして帰るつもりだが、到着が遅れているのでまだ帰れそうにない。

「さすが売れっ子ですねえ……。ところで、ゆりさんは相変わらずクールだけど、イケメンに興味ないいんですか？　ほかの女子はあの福山一樹が来ると聞いて大盛り上がりだっていうのに」

「……別に。イケメンでも大物でも、いつもどおりにお迎えするだけだから」

さらりと言うと、新條が目を丸くする。クールかどうかはわからないが、少なくとも自分はミーハーではない。それにエトワールに来る前は東京の有名ホテルで働いていたので、国内外のＶＩＰを何度も迎え入れた経験がある。だから有名人に免疫（めんえき）があるのだろう。

「あ、あはは……。そうですよねー。さすがはゆりさんです」

慌てたように笑った後輩は、でも……とおしゃべりを続けた。

「うらやましいな。僕も早く上司に信頼されて、ゆりさんみたいにＶＩＰの担当をしたいですよ」

「じゃあ、コツコツ頑張るしかない。何事にも近道なんてないから。早く認められたいと思うなら他人の倍、いや十倍くらい仕事すればいい」

「十倍って……。もう……ゆりさん、相変わらず冗談きついですぅ」

後輩は呑気に笑い、ゆりの背中をぺしぺし叩いた。決して冗談のつもりではなかった。自分が成長し、お客様に信頼していただくには、小さなことを積み重ねていくしかない。少なくともゆり自身はそう信じて、これまで仕事と向き合ってきた。器用な性格ではないため、それこそ仕事以外はすべてなげうって働いてきたのである。

そんなことを考えていると、奥のドアが開いてダークスーツの小柄な女性が顔を出した。彼女は宿泊部の女性マネージャー、木下静香。ゆりと新條の上司だ。

「なんだか楽しそうね。ところで新條君、少しの間、彼女を借りるわよ。もう一度、VIPのお部屋の確認をしておきたいの。大丈夫、すぐに戻るから」

「え、は、はい。どうぞ……」

手招きされたので、ゆりは新條を残して静香とともに最上階へ向かう。エトワールは最上階がクラブフロアになっていて、福山はその中の一番広い客室であるロイヤルスイートを二週間ほど押さえている。

エレベーターを降りて廊下を進み、ロイヤルスイートの前までくると、ゆりはマスターキーでドアを開け、先に入って上司を中に招き入れた。

「金曜だっていうのに悪いわね。遅くまで残ってもらっちゃって」

「いえ。わたし、仕事が好きなのでお気遣いなく」

奥のダイニングルームへと進みながら、静香は盛大なため息をもらした。

「はいはい。いつものゆりちゃんだわ。おせっかいなのはわかってるんだけど、たまには息抜きしたらいいのに。今夜だって本当は、合コンの予定があったんでしょ？　給仕係の子に聞いたわ。素敵なメンズとの出会いを潰してしまって、申し訳なく思っているのよ」

確かに今日、給仕係の先輩から合コンに誘われていた。これまでに何度も誘ってくれていたため、断り続けるのも気が引けてＯＫしたのである。

彼女は、なにかとゆりを気にかけてくれている姉御肌の先輩だ。『県庁やメガバンク、広告代理店勤務の優良株ばかりを集めたから期待しててね！』と明るく誘ってくれたのだけれど、あまり乗り気になれなかった。

恋人を作ったり、人と深く関わったりすることが、「あるとき」――両親を交通事故でいっぺんに亡くしたときから苦手になってしまったのだ。父が残した借金のせいで、たくさんの人に迷惑をかけたし、ゆり自身も散々苦労した。もう、そういう思いをしたくなかった。

自分の振る舞いのせいで、職場の一部の人たちから「仕事人間の鉄仮面」と陰で呼ばれていることも知っている。それでも、ニコニコと人の懐に飛び込んでいく気になれない。

だから、ＶＩＰの到着が遅れ、合コンに参加できないとわかったときはホッとしてしまった。

ゆりは返事をする代わりに広い室内を見渡した。シックな絨毯を敷き詰めた室内は快適な温度に保たれ、優雅なデザインの家具や調度品の上にはチリひとつ落ちていない。

ゆりが別府にきたのはおととしの夏だ。大学卒業と同時に日比谷の高級ホテルに就職したが、そのホテルとエトワールが提携したので、思い切って異動を希望し採用された。

両親はゆりが高校生のときに亡くなっている。地元にとどまる必要もなかったのだ。

今のところ契約社員だが、九州での生活にも慣れたので、次の契約更新時には正社員での契約を願い出ようと考えている。

静香とは異動直後からの付き合いで、同じ神奈川県の出身ということもあり、なにかと面倒を見てもらっている。

上司として、とても尊敬している。けれど踏み込まれたくない領域もある。

「気を使わせてしまい申し訳ありません。ですが、わたしは合コンにも素敵なメンズにも興味はありませんので」

「知ってる。仕事大好きで、恋愛や人間関係には無頓着。なのにさっきの新條君しかり、いつのまにかみんなに懐かれちゃう。不思議な人よね、ゆりちゃんは」

――懐かれる……。そうだろうか。

自分はいわゆる冗談が通じないタイプで、九州訛りもなく、いかにもよそ者ふうだ。

それが珍しくてちょっかいを出されているだけだと自己分析している。

「なーんてね。おしゃべりしてる場合じゃないわね」

静香は言葉を切ると、ふかふかの絨毯（じゅうたん）の上をきびきびと歩き回った。

「寝具やアメニティはすべてご希望の物をそろえた。掃除は万全。食べ物のお好みも厨房（ちゅうぼう）に伝えてある。警備員も増員した……。ほかになにか、忘れてることないかしら」

「昨日から何度も確認しました。大丈夫です。あとはお迎えするだけで」

ゆりはダイニングテーブルのそばに立ち、上司を安心させるように言う。

「そうよね、落ち着かなきゃ。ほら、うちって一般客を優先してきたから、有名人なんてめったに来ないでしょ？　緊張しちゃうわよ」

彼女が言うには去年就任した新社長の意向で、いろいろと方針が変わりつつあるのだそうだ。

「福山様は早朝にここで朝食を召（め）し上がって、そのあと撮影に向かわれる。お帰りはだいたい夜の八時から九時にかけて。帰ったらこの部屋かクラブフロアのラウンジでご夕食を召（め）し上がる」

「はい。いただいたスケジュール表のとおりです」

ＶＩＰの受け入れは一般客とは異なる。たいていは、裏口や従業員が使用する通用口から出入りさせ、食事も客室で取ることが多い。ファンやマスコミを避けるため、滞在しているホテルを明かさない。

「朝は私の出勤前にお出かけになるから、ゆりちゃんが通用口までご案内してね。夜は私がお迎えしてここまでお連れするから」

「わかりました」

「ゆりちゃんの携帯の番号も、あちらのマネージャーさんに伝えておいたから」

「はい」

静香はようやく安心したようにほっ……と、息をもらした。

「でもクールなゆりちゃんも、福山一樹は知ってたのね、少しほっとしたわ」

「それくらい知ってます。有名な方ですし」

ゆりの頭の中に男性化粧品のテレビＣＭが浮かぶ。シャツの前をはだけてセクシーな腹筋を披露している男性が福山一樹。長身に甘いマスクの正統派の美形で、元々はファッション雑誌のモデルだったと思う。俳優に転向後も写真集を出せばバカ売れし、ＣＭにも引っ張りだこだ。

活躍の場は国内だけにとどまらず、つい最近、全編英語の海外映画に出演したことが話題となった。今では男女を問わず幅広い年齢層に支持されていると聞く。

「サインをねだるのはダメだけど、目の保養くらいはさせてもらいましょう。イケメンなんですから」

ふふ……と、静香は色っぽくほほ笑んだ。一応彼女は既婚者で、郊外の家で夫とふたり暮らしだ。

「わたしは興味ありませんので」

「また、そんなことを……」

静香はなにか言いかけてためらい、やがてしんみりと言った。

「あなたの抜かりない仕事ぶりには大いに助かってる。でもね。もっと遊びなさい。人生には彩り（いろど）も必要なのよ」

見つめられて、どきりとする。静香は上司というより、歳の離れた姉のようだ。心の中まで見透（みす）かされそうで、ゆりは思わず視線をそらしてしまった。

「おっしゃりたいことはわかります。ただ苦手なだけです。ああいうタイプは」

子どもの頃、近所にカズキという名の幼なじみがいた。スポーツ万能で成績優秀、学校には彼のファンクラブがあったほどの美少年だが、ゆりは彼が苦手だった。

同じカズキという名前のせいか、福山一樹を見ているとその苦手な幼なじみを思い出すのだ。

「でも安心してください。興味がなくても、きちんとお世話はいたします。仕事ですから」

そこでインカムから新條のＳＯＳが聞こえてくる。確認は済んだので、ゆりは静香とともに急いで部屋をあとにした。

「そうだ。言い忘れていたけど、予約係の中園(なかぞの)さんには気をつけて」

階下へ降りるエレベーター内で上司はそう忠告してきた。中園綾子(あやこ)はゆりと同様転職組で、半年前に東京のOLを辞めてエトワールにやってきた。去年就任した社長の姪(めい)で、わがままで勤務態度が悪いのに誰も注意できず、管理職を悩ませているらしい。

その綾子が福山の担当になりたいと駄々(だだ)をこねたのは、誰もが知るところだ。

「いくら社長のお身内でも、敬語もろくに使えない人にVIPの担当はさせられないわ。そう伝えたんだけど納得してくれなくて……。怒りの矛先(ほこさき)がゆりちゃんに向くかも」

やっかいな相手のことを忘れていた。綾子とは、今までにも何度か衝突している。無愛想で融通(ゆうずう)がきかないゆりのことを、綾子は煙たがっているのだ。恵まれた環境で育ち、お姫様気質の彼女は、自分の思い通りに動かない人間を嫌っていた。

以前、彼女がほかの従業員たちに、ゆりの陰口を言っているところに出くわしたことがある。

『長谷部さんは仕事が大好きなんです。しかもフロントのくせに愛想がなくて、いっつもツンツン。まあ美人なのは認めますけどぉ、お客様は怖がってドン引きなんですよ？』

『ド、ドン引きって……』

会話の輪の中にいた男性従業員から、かすかな苦笑がもれた。綾子はゆりの姿を認めると、バカにするような視線でちらりと見る。

『みんな言ってますよ、仕事人間の鉄仮面って。あの人がいると、場が白けるっていうかー』

『はあー？　鉄仮面て。ちょっと。中園さん……』

綾子の暴走を止めに入ってくれたのは、ゆりを合コンに誘ってくれた給仕係の先輩だった。しかし、ゆりは声を荒らげた先輩を、そっと手で制した。綾子は普段からこうなので、相手にしないことにしている。それから戸惑い気味の男性陣に目を向ける。

『ご心配には及びません。本当のことなので、言いたいように言っていただいて構いません』

ざわついていた一同がしんとなったので、ゆりは、姿勢を正して歩き去った。

綾子はムカつくが、彼女の言うことは半分くらい正解だ。プライベートよりも仕事優先、他人の機嫌をとるための愛想笑いはしない……、それらは事実。ホテルマンになってそろそろ六年だが、ずっとこのやり方で生きてきた。

ホテルの客にドン引きされているかどうかはわからないが、わかってくれる人もいるので、今さら生き方を変えるつもりはない。

「大丈夫です。わたし、タフなので。なにか言われても倍返ししますから」

きっぱり言うと、静香は安心したように胸を撫でおろしていた。

それから一時間ほどして福山の一行は到着したが、社長以下重役陣が総出の出迎えとなったため、ゆりは同行してきた男性マネージャーにしか挨拶(あいさつ)できなかった。ホテル近くの社員寮に帰宅したのは夜中の十二時で、かろうじて五時間ほど眠り、翌朝は六時から勤務についた。

よく晴れて気持ちのいい朝だ。七時頃ロビーでゲストに朝の挨拶(あいさつ)をしていると、少し前に散歩に出かけた宿泊客が戻ってきた。昨日かぼすジュースがおいしいと言っていた夫婦だ。

ゆりを見つけるなり妻のほうが駆(か)け寄ってくる。

「お帰りなさいませ。散歩はいかがでしたか?」

「海がとってもきれいでした……。けど、外で変な人に声をかけられて……」

「変な人でございますか?」

「ええ。高そうなカメラを持った男の人がふたり……」

妻は玄関ドアの向こうを指さす。ゆりは夫婦に朝食を食べに行くようすすめると、もうひとりのフロントにあとを任せ外へ出た。車寄せのはずれのほうに宿泊客ではなさそうな男がふたり、立ち話をしている。男のひとりはプロが持つような立派なカメラを首から提(さ)げていた。

「なにかお困りのことがございますか?」

そばまで行って声をかけると、男たちが驚いて振り返った。

「えーと、その……。私、週刊ゴシップの林と申します。こっちはカメラマンでして……」

ボディバッグを身に着けた男が名刺を取り出し、差し出してきた。週刊ゴシップ――。著名人のスキャンダルを扱う写真週刊誌だ。名刺の住所は都内にある出版社となっている。

やっぱり記者か。ずいぶん早くかぎ付けたこと……

「実は俳優の福山一樹を取材してるんですよ。こちらに泊まってますよね？」

林と名乗った男が探るような目で問いかけてきた。ゆりは、ひるまずに答える。

「申し訳ないのですが、そういった質問にはお答えしかねます」

たぶんさっきの夫婦にも、同様の質問をしたのだろう。返事を聞いて記者たちは苦笑した。

「まあ、そう言わずに……。情報源があなただってことは内緒にするから、泊まってるかどうかだけ教えてくれません？　もちろんお礼はしますよ」

「いいえ。それには及びません」

ゆりはいつものように、ビジネスライクに伝えた。

「ほかのお客様のご迷惑になるので、ホテルの敷地内での取材はご遠慮ください。警告を無視して迷惑行為を繰り返されるようでしたら、しかるべき対応を取らせていただきますが」

「あー、はいはい。わかりましたよ……。どうもお騒がせしました」

男たちは意外にあっさりと退散した。ゆりは彼らが通りに出るのを見届けてから、事の顚末をインカムで報告した。こういった人たちはそう簡単に諦めない。たぶんホテル周辺に張り込むはずだ。

ロビーに戻ってみると、フロントの主任が心配そうな顔で待っていた。主任の隣には顎ひげをたくわえた、業界人ふうの男がいる。福山のマネージャーの高津だ。

主任は、ゆりを見つけるとすぐさま駆け寄ってくる。

「記者がうろついてるって本当か？　長谷部」

「はい。でもちょっとおどかしたら引き上げました。一応、警備に連絡しておきます」

「そうか、さすがは長谷部だ。ああ、警備には俺が連絡するから、お前はお客様のお手伝いをしてさしあげなさい」

安堵の表情を浮かべた主任は、小声で高津のほうを指す。

「わかりました。……おはようございます、高津様」

ゆりが挨拶をすると、高津は人当たりのよい笑みを浮かべた。

「おはようございます、長谷部さん。ゆうべはどうも。いやー、助かりましたよ。外の様子を見に下りて来たら、あなたがあいつらにガツンと言うてくれはったところで……」

「ごらんになっていたのですか？」

「はい。事情があって現在、追われていますもので」

高津は苦笑した。ぱっと見は三十代の後半くらい。物腰は柔らかく、かすかに関西訛りがある。きちんとジャケットを着て、肩から荷物の詰まったトートバッグを提げていた。

「記者たちは、たぶんまた戻ってくると思います。今のうちに出発されたほうがいいかもしれません」

そう提案すると、高津がこくんとうなずく。

「今から車を回しますので、お手数ですが一樹を通用口まで連れてきてもらえますか？」

「かしこまりました。すぐにお連れいたします」

主任にあとを任せ、ゆりは急いで福山のいる最上階へと向かった。


フロアはしんとしていた。ゆりはロイヤルスイートのドアの前に立ち、チャイムを鳴らす。ややあって足音が聞こえ、両開きドアの片側がいきなり開いた。ゆりは一礼し、ゆっくりと顔を上げる。

「フロントの長谷部と申します。高津様のご依頼でお迎えにあがりました」

「ああ、聞いてますよ」

低いが朗々とした声だ。

そこにいたのはシンプルな白いＴシャツに、濃紺のクロップドパンツをはいた長身の男だった。部屋に備え付けのスリッパを足につっかけ、Ｔシャツの襟にサングラスをぶら下げている。髪は洗いざらしといった雰囲気で、無造作にかき上げた前髪がはらりと額にかかっている。

「靴が決まらないんで、少し待って……」

ロールアップした袖口からのぞく両腕がしなやかなのに逞しく、つい目を奪われる。

足元を指さした彼は、ゆりを見つめたまま途中で言葉を切った。

服も髪もプロが仕上げる前の、素の福山一樹がそこにいる。でもこちらをドキドキさせるオーラは健在だ。そんな彼があまりにも熱心に自分を見つめるので、ゆりもまた言葉が出なくなる。

そういえば、こんなふうに強い視線を、以前にも誰かに向けられたことがあるような気がする。

何事にも動じなくなった自分が、こんな気持ちになるのは久しぶりだった。なんとなく落ち着かなくて、逃げ出したい感覚に襲われる。やがて、形のいい彼の唇が意外な言葉をつむいだ。

「ゆり……、ゆりか？」

最初に気づいたのは彼のほうだった。

「俺だよ、カズキ。お前んちの隣に住んでた、屋代一樹だよ。忘れたのか……？」

「やしろ……一樹？　え？　カ、カズくん……？」

声が上ずった。屋代一樹は子どもの頃、隣家に住んでいた、あの苦手な幼なじみだ。

最後に会ったのは彼が大学二年生で、ゆりが高校三年生のとき。記憶の中の一樹と目の前の男の顔がゆっくりと重なり、やがてぴたりと一致した。

――なんてこと！　イケメン俳優福山一樹の正体が、幼なじみのカズくんだったなんて！

「うそ……、でも福山って言うんじゃ……」

「福山は芸名だよ。本名が違うなんて、よくある話だろ……。まあいい、とりあえず入れ」

一樹はゆりの肩に手をかけ、なかば強引に室内に招き入れた。そんな仕草もまた、ゆりが知っている一樹だった。

「あの、カズ……、いえ福山様……」

背後でドアを閉められて、思わずそう口にする。この部屋は、入ってすぐ狭いホールになっていて、コンソールテーブルや大型のシューズラックがある。正面にはリビングルームに続くドアがあり、今は開け放たれたままだ。

「一樹でもカズくんでもいいよ。まさかこんなところでお前に会えるなんてな。うちのおふくろが知ったら泣いて喜ぶぞ」

「え、あの……！」

言うなり、一樹は強引にゆりにハグした。

「——っ！」

ゆりは声にならない叫びを上げる。記憶している限りでは、こんなふうに誰かにペースを乱されたことはなかった。仕事柄、過去にもお客様に声をかけられた経験はある。そんなときでも淡々とかわして、動揺することはなかった。しかも、強引に接触を持とうとする行為はセクハラ……のはずなのだが、抗えない。身体に回された逞しい腕、体温の高い肌、ほのかな甘い香り。頭がくらくらし、心臓がばくばく高鳴り始める。

懐かしい一樹。自分の顔が、ぽおっと熱くなるのを感じた。

しかし次の瞬間、がばりと身体が引きはがされる。

「十年ぶりだよな。ていうかお前、きれいになった……」

一樹はゆりの両肩に手を置いて、真上から見下ろした。まつ毛が長く、こちらの心を支配してしまいそうな印象的な瞳が、じっとゆりを見つめる。

「こんなふうに見つめられると、ドキドキするぞ」

「いえ、だから……」

見つめているのはあなたのほうで——。そう訴えたいが声にならない。ハグされて穴が開くほど見つめられて、ゆりの心は乱れに乱れた。

「お前のことはずっと気にしてたんだ。どうして連絡してこなかったんだよ」

「それは……」

「引っ越したきり音信不通だし、そのうち誰かが日比谷のホテルでお前を見たっていうから、探しに行ったんだ。けど会えなくて」

「は、はい……以前は日比谷に……。それで、おととしの夏からここのスタッフに」

うまく言葉が出ない。かろうじてそう答えたゆりは、自分を奮い立たせようと、両手をぎゅっと握りしめる。

「そうか。元気そうだし、少し安心した。にしても、すごい偶然だな」

一樹は相手を堕落させるような甘いほほ笑みを浮かべた。まるで過ぎ去った十年などなかったかのようになれなれしい。でもゆりはまだ、今をときめく人気俳優になった幼なじみにどう接したらいいかわからないでいた。

彼に見つめられると、ふたたび無力な少女時代に戻ってしまいそうで、不安にすらなる。あんなふうに弱い自分には戻りたくない。この十年で必死に築き上げてきた、何事にも動じない強い自分。それを簡単に崩されたくはなかった。

「仕事、何時に終わるんだ？　あとで飯でも……」

彼がそんな提案をしたとき、上着のポケットに入れていたゆりの携帯がぶるぶると振動した。それでようやく我に返る。

ゆりは一樹の腕から逃れ、電話に出た。高津からだ。彼の関西訛りの話し声を聞いたおかげで、ようやく仕事のスイッチが入る。

「はい、長谷部です」

「……今、お支度をされています。はい……、すぐに下りますので……」

すでに車を回したという報告だった。ゆりは電話を切ってから目を閉じて深呼吸し、いちにのさん、で一樹を振り返った。

「高津様が下でお待ちです。急ぎましょう」

「今の電話、うちのマネージャーか？　なんで亮さんがお前の番号を知ってるんだよ」

亮さん……、というのは高津のことらしい。悪態をつく一樹に、ゆりは冷静に伝える。

「宿泊中の連絡をスムーズにするため、わたしの番号をお伝えしております。さあ早く」

「早くって……。なんなんだよ、急に……」

不満そうな一樹だが、ゆりの腕をつかんで彼女の腕時計を確認すると、急いでリビングルームのほうに引っ込んだ。すぐに彼は、スマートフォンとミネラルウォーターのボトルを手に戻ってくる。

「お荷物は？」

「これだけ。ほかはマネージャーが持って先に行ったよ」

「失礼いたしました」

「さっきの質問にまだ答えてもらってない。俺は初日だから早めに撮影が終わるんだ。夕飯に付き合えよ？」

「できません」

「なんで」

「な、なんでって……」

ふたたび一樹が目の前を塞ぐように立ったが、ゆりはぐっと踏ん張る。

「福山様はお客様だからです。わたしは従業員ですから私的なお付き合いはできません」

「私的なお付き合いって……。堅いなあ、お前」

一樹は不服そうだったが、すぐに苦笑いした。それからスリッパを脱ぎ捨て、シュースラックからパンツと同じ色のスリッポンを取り出し素足を入れると、生成り色のストローハットを頭に乗せる。

ゆりは黙ってしゃがみ、一樹が脱ぎ捨てたスリッパをそろえた。

「でも、気が利く女になったんだな」

「あの頃のわたしではありませんので」

「ほーお」

冷やかすような口ぶりだが、時間が押しているのはわかっているらしく、素直に部屋を出てくれた。廊下を少し歩き、カードキーで従業員用のドアを開け奥にあるエレベーターに乗り込んだ。

「会えて嬉しいよ、ゆり。今日の撮影、頑張れそうだ」

エレベーターの壁に背を預け、一樹は腕組みしながらつぶやく。そのまま不躾なほどじろじろと、ゆりの頭のてっぺんからつま先まで眺め回した。

「お前の制服姿を見るのは高校のとき以来だな。あのときもだけど、その制服もよく似合ってる」

ゆりは無言を貫いたが、一樹は勝手に話し続けた。

「どうしてお前が他人行儀なのかはわからないが、俺は違う。今のお前のことをもっと知りたい。だから、うんと言ってくれるまで食事に誘うからな。だって俺たちは幼なじみなんだし」

ようやく一階に着いたので、ゆりはほっとしながら、一樹を伴いエレベーターを降りる。

廊下を進むと警備員の詰め所と通用口があり、高津はドアの手前で待っていた。

「長谷部さん、どうも……。一樹、早よしいや！」

「はいはい」

一樹は帽子を深くかぶり直したが、通用口を出る寸前で少しつばを上げ振り返った。

「今夜、電話するからな。ゆり。絶対に出ろよ」

ドアに手をかけようとした高津が、きょとんとした顔でゆりを見る。

「違うんです。これは……」

「こいつ、俺の幼なじみなんですよ。学年は違うけど幼稚園から高校までずっと一緒で、両親も公認の仲」

一樹はゆりの隣に立ち、気取ったしぐさで彼女を指さす。

「幼なじみ？　公認の仲っておい……」

「大丈夫。週刊誌にタレこんだりするような奴じゃないから。だろ？」

一樹は能天気に笑うと、少しかがんでゆりの顔を覗き込む。

目が合わせられない。恥ずかしすぎて、ホテルの客でなければ突っぱねただろう。

「福山様。お時間が……」

羞恥に耐えて彼を促す。

「わかったよ。……じゃあ、行ってくる」

一樹はちらりとゆりを見てからサングラスをかけ、戸惑い気味の高津を伴い、日差しの下へ出ていく。

ふたりの乗った大型ＳＵＶ車が通りに出ていくのを、ゆりはくらくらしながら見送った。

ランチタイムの社員食堂では、ついにやってきたイケメン俳優の話題で持ちきりだった。

「背がすっごく高くて顔が小さいの。一樹すてきー！」

彼に朝食を運んだというウェイトレスが興奮気味に話している。ゆりは彼女とそのお仲間たちに、食事中のテーブルをぐるりと取り囲まれ、一樹について質問攻めにあい、彼を担当できることをうらやましがられたりした。

——ゆっくりご飯も食べられない。

それでなくても頭が混乱しているというのに。

流し込むように食事をとっていると、静香から電話があった。あとでオフィスに寄れとのことなので、食事もそこそこに逃げるように社食を出た。

「週刊誌の記者が来たんですってね？」

「ええ、はい……」

昼時のオフィスはがらんとしていた。静香はミーティングスペースにゆりを招き、コーヒーを振る舞ってくれた。

「ゆりちゃんが追い払ってくれて助かったわ。警備のほうは手を打ったから」

「そうですか。あの、マネージャー」

「なに？」

「……いえ。なんでもありません」

一樹の担当をはずしてほしい。過去を知る人物と顔を合わせたくない――。そう伝えたかったができなかった。自分を信じて任された仕事だ。きちんと全うしなくては。

「まだお迎えしたばかりだけど、福山さんが快適に過ごして東京に帰ってくれたら、きっと今後につながるわ。お互い精一杯のことをしましょう」

「……わかりました」

上司の言葉に、ゆりはただうなずくしかできなかった。

そのあとどうやって時間が過ぎたかよく覚えていない。就業中も、一樹の顔がちらついてならなかった。たった数分話しただけでこんなに動揺してしまうとは。自分で自分が信じられなかった。

とにかく定時に仕事を終え、寮に帰ったのは午後三時半頃だった。ワンルームマンションを借り上げた独身寮は部屋が広いわりに寮費が安く、駅にも近いのでなにかと便利だ。

エアコンのスイッチを入れたゆりは、キッチンで手を洗うと、冷蔵庫から缶ビールを取り出し、立ったまま半分ほど一気飲みした。

――ありえない。こんなことって。

幼なじみのカズくんこと屋代一樹はゆりより二歳年上だから、今年で三十歳になる。福山一樹もそれくらいだ。メディアで何度も顔を見ていたのに、どうして同一人物だと気づかなかったのだろう。

お互いの実家は神奈川県鎌倉市にあった。ゆりはひとりっ子で、一樹には二歳上の兄がいた。母親同士が親しくしていたため、ゆりは屋代家の兄弟とは幼い頃からよく一緒に遊んだ。ピアノやスイミング、英会話のレッスンなど、習い事もすべて同じ教室に通っていた。

一樹はあまり変わっていない。昔から自信家で生意気で、けれどゆりにはいつも優しかった。兄のようでもあったし、王子様のような雰囲気を漂わせた自慢の幼なじみでもあった。

けれど大きくなるにつれて、彼はどんどん遠い存在になっていく。

中学ではあっという間にサッカー部のエースとなり、女子にモテモテ。成績優秀で誰からも一目置かれる存在となった。高校に入学すると彼の人気はさらに過熱し、他校の女子も含めたファンクラブが結成された。平凡で内向的な性格の自分との違いを思い知らされ、ゆりは彼とうまく話せなくなる。

一樹自身も、あまり話しかけてこなくなった。地味な幼なじみに周りをうろつかれたくなかったのかもしれない。こんなふうにして、ふたりは疎遠になった。

そして高校三年生の秋――。両親が交通事故で他界し、ゆりは千葉の親類に引き取られた。鎌倉の家は人手に渡り、屋代家の人々ともそれを機に会っていない。

それからの十年は生きることに必死で、いつまでも引っ込み思案な少女ではいられなかった。相手に付け入られないよう愛想笑いをやめ、課された仕事はなんでもやる。そんな女へと変わった。

今さら一樹と語り合いたいとは思わない。

容姿にも環境にも恵まれた彼と自分は、進む道が違ってしまったのだから。

残った缶ビールを手にソファに腰を下ろし、まとめてあった髪をほどいて仰向けに寝そべる。エアコンが効いて涼しくなったせいでつい、うとうとしてしまうと、テーブルに放ったバッグの中で社用電話が鳴っていることに気づいた。

ゆりは乱れた髪をかき上げ、シンプルなスマートフォンを手にする。

「はいっ、ホテル……エトワール。は、長谷部、でございます」

「なんだその間抜けな声は。お前、寝てただろう」

笑いのまじった声。一樹だ。十年ぶりの電話でもすぐにわかる。優しいけど、よくこんなふうにからかわれもした。部屋の時計は夕方の六時を過ぎている。たっぷり二時間は寝たようだ。

「寝不足なんです。ゆうべ、残業でしたから」

「……そうか、悪かったよ。手間は取らせない。少し話したら切るから」

「あ、いえ……」

素っ気ない返事をしたのに謝られてしまい、なんだか戸惑う。

「今日の撮影は完了。さっきホテルに戻ったところだ。木下さんに聞いたらお前はもう帰ったって言われてさ。どこに住んでる？　近くなのか？」

「申し訳ないのですが、今から言う番号にかけ直していただけますか？　この番号は仕事用なので」

いつ、呼び出しの電話がかかってくるかわからない。だから不本意だが、プライベート用のスマートフォンの番号を教えることにした。しつこくされたら着信拒否をすればいいし。

番号を告げると一樹はすぐに電話をかけ直してきた。

「嬉しいよ、ゆり。これで毎日気兼ねなくお前に電話ができる」

「シフト勤務ですので、いつも出られるとは限りません」

「じゃあ、留守電残す。暇になったらかけ直してくれ、お前から」

遠回しに拒否したつもりだが、彼には通じないようだ。面倒なので、ゆりは話題を変える。

「今、おひとりなんですか？　高津様は？」

「自分の部屋で事務所に電話してる。お前にフラれたから、晩飯はほかの出演者たちとこの部屋で食べることにしたよ。木下さんがレストランに手配してくれてさ。あの人、親切だな」

「ええ……。面倒見のいい方です。わたしもよくしてもらってます」

「で、どこに住んでるんだ？」

　ちゃっかり話を戻される。諦(あきら)めて、ゆりはしばしの間、彼に付き合うことにした。

「……社員寮です。ホテルの近くに借り上げのワンルームマンションがあるんです」

　実家は十年前に他人の手に渡った。だからゆりには帰る家がない。寮を完備しているホテルが多いので、この仕事を選んだようなものだ。

「なるほど。ホテルって夜勤があるだろう？　そういえばお前、ご飯作れるのか？」

「月に一度くらいは夜勤をしますし、自炊(じすい)もしています。こんなお答えでよろしいでしょうか」

「ふーん。しっかりやってるんだな」

「あの、福山様」

「一樹だよ。呼び方もだが、そのビジネスライクな口調をなんとかしろ」

「できません。お客様ですから」

「手ごわいなあ、お前……。いつからそんな頑固(がんこ)になったんだか」

　呆(あき)れたような物言いだが、声は穏やかだった。

「俺はただ、ゆりともっと話がしたいだけだよ。離れていた間どうしていたか、今のお前がどう過ごしているかとか、飯でも食いながら聞かせてほしいだけなんだ。お前が親戚に引き取られたあと、うちの家族はみんな、お前を心配してたんだから」

そう言われると、胸がきゅっとする。屋代家の人々は優しくて、いい人たちだった。

大きな家、大型犬が走り回る庭、四季折々の花や野菜を作る家庭菜園もあった。

でも、もう十年も前の話だ。ゆりは脳裏に浮かんでくる優しい隣人たちの面影(おもかげ)を追い払う。

「お聞かせするほどのことでもないし、お食事をご一緒する時間もとれません」

「なんだその、かわいげのない返事は」

「もう、昔のわたしではないので」

「へえー」

一樹は唸(うな)り、しばらく黙り込む。

「強くなったんだな。俺の知ってるゆりは、いじめられても言い返せないような女の子だったのに。わかった、この話はまた今度にしよう。明日の朝も会えるよな」

「え、はい……。朝はわたしがお部屋にお迎えにうかがいます」

「よかった。じゃあゆり、少し早いがおやすみ。疲れてるところを悪かったな。ぐっすり寝ろよ」

「福山様……！」

「だーかーら。……一樹だ」

名前の部分をささやくように言うと、彼は電話を切った。

も、もう――！

ゆりはつかんでいたスマートフォンを床に置く。くすぐったいようなもどかしいような、なんともいえない気持ちが込み上げる。仕事漬けの日々を過ごす自分が、久々に感じた心のざわつきのようなもの。

でも彼はホテルが迎えたＶＩＰだ。公私混同はできない。自分の役目は彼を丁重にもてなし、満足して東京へ帰ってもらうこと。

二週間の我慢だと自分に言い聞かせた。撮影が終われば彼は東京に帰る。それまでの間、心を無にして過ごせばいいだけだ、と。


翌朝出勤すると、七時過ぎに一樹の部屋からコールがあった。彼は昨日とは違って、身体にぴたりとフィットする黒いＴシャツに、くるぶし丈のスリムなジーンズ姿でスイートのドアを開けてくれた。

「おはよう、ゆり」

「おはようございます、福山様」

ゆりは普段どおりに挨拶したが、顔を上げたとき目の前に盛り上がる胸筋があり、ドキリとする。一樹はぱっと見は細身なのに、こんなシャツを着るとびっくりするほど逞しい。そして今日も、控え目ながらもうっとりしそうな甘い香りをまとっている。

「またフクヤマ様……。嫌がらせか、それ」

「いえ、お仕事です」

「ふーん。プロ意識が高いな」

「ありがとうございます」

やり取りが聞こえるのだろう、リビングのほうから高津の忍び笑いが聞こえた。

「九州は残暑が厳しいから、正直このロケは気が重かったんだ。けどこうして毎日、仏頂面（ぶっちょうづら）とはいえお前に会えるから元気が出るよ。この仕事、受けてよかった」

――わたしと会うと元気が出る?

一樹はとろけるような笑顔をゆりに向けた。またしても心が乱れそうになる。

――落ち着け、ゆり。

相手はプロの俳優なのだ。甘い表情を浮かべるなどお手のもの。仕事柄、染み着いた癖のようなもので、自然とこういう顔をしてしまうに違いない。もしもほかの従業員だったら、勘違いさせてしまう可能性がある。まったく人気俳優とは、罪作りな存在だ。

ゆりは小さく咳払（せきばら）いすると、なるべく一樹と目を合わせないようにして男たちを階下へ案内する。通用口を出ようとした一樹に笑顔で手を振られ、こっそり「今晩、また電話する」と耳打ちされても、いつもどおりのお辞儀（じぎ）で見送った。

夜になり、ゆりが自宅で寝る準備をしていると、予告どおりに一樹から電話があった。

「なにかお困りのことでも？」

「別に。ゆりの声を聞きたいだけだよ。撮影が長引いたんだ。癒しがほしいから少し付き合えよ」

彼の声には疲れがにじんでいた。残暑が続く中、早朝からこんな時間までの撮影はさぞ大変なことだろう。これも仕事のうちだと割り切り、撮影の様子について語る彼に一時間ほど付き合った。やがて――

「……で、飯はいつにする？」

「ご一緒できません。何度誘われても答えは同じですから」

ゆりは丁重に断りの言葉を告げる。

「ブレない奴だな。いいさ、また明日誘うから。じゃあ、おやすみ。ゆり」

「おやすみなさいませ……」

カズくん……、なぜだかその名を口にしそうになり、慌てて呑み込んだ。

こんな調子で一週間が過ぎた。木曜日の朝、いつもの時間にスイートに向かう。

「毎日すみません、長谷部さん。フロントのお仕事もあるってのに」

顔を合わせるなり、高津にお詫びされる。一樹はベッドルームで着替え中だった。

「いえ。これも業務の一部ですから」

「そう言ってくれはると助かります。あいつも長谷部さんが毎朝見送ってくれるのが嬉しいらしくて、撮影でもほとんどNG出さずに頑張ってるんですよ。ほんまに単純な奴です。ははは……」

単純って……。一樹と高津は、まるで友達のように気安い間柄だ。それはお互いに信頼し合っているからこそ成り立つものだと思うし、昔から形式に囚われない一樹らしい関係だと感じた。

ドラマというのは一樹が扮する一流シェフが、旅先で次々起こる殺人事件を解決していくという、シリーズ物のミステリードラマだ。

ここから車で二十分ほどの場所にある高級旅館の離れを借りて撮影が行われている。そちらでメディア対応もしているので、ファンやマスコミ関係者も向こうに集まるらしい。だからだろう。あれ以来、記者の姿を見ていない。

「しかし長谷部さんが一樹の幼なじみだったとは、驚きです。食事の件ですが、都合がつくなら付き合ってやってください。こちらとしては、まったく問題ありませんから」

あまりにも呑気な発言に、ゆりは目を丸くする。問題、大ありだろう。一樹も高津も脇が甘すぎて心配になってくる。俳優は人気商売なのだから、イメージ維持のために、たゆまぬ努力をするべきではないのか。ゆりは高津を見据えて言った。

「お言葉は嬉しいのですが福山様はお客様ですので、その件は辞退させていただきます。万一マスコミ関係者にキャッチされて、面倒な事態になっても困りますし」

今度は高津が目を丸くした。まるで福山一樹の誘いを断るなんて、どうかしてるぞとでも言いたげだ。

「はは、ははは……。おっしゃるとおりです……。でも噂になっても、長谷部さんならええんちゃうかな……？」

「はい？」

「ああ、いえ、こっちの話です。おーい、一樹。そろそろ時間やぞ」

相変わらずのほほんとした調子で、高津は一樹を呼びにいった。

ふたりが無事に出発したのを見届けオフィスに戻ってみると、中園綾子が待っていた。

綾子はこの一週間休暇をとっていたようで、久しぶりに顔を見た気がする。一樹のお世話係をさせてもらえないと知った彼女は、不貞腐（ふてくさ）れてバカンスに出かけたと風の噂で聞いていた。

「ずいぶんカズキと仲良いんだねー。見てたよ？　通用口で」

彼女は腕組みして、ゆりをにらみつけてきた。

「彼、毎朝アンタに手を振りながら出かけていくんだってね。すっかり気に入られてるって、警備の人が言ってた。もしかして最初から彼に取り入るつもりだったの？」

「毎朝顔を合わせるうちに打ち解けてくださっただけよ。気さくな人みたいで」

言ってはみたが、毎晩一樹と電話で話していることを思うと、少しだけうしろめたい。

「そうなんだ。ねえ、そんなことより、一日だけでいいから私と担当を代わって。クラブフロアに入るキーを貸して」

この発言にはオフィスにいるほかの従業員たちが、またかという顔でこちらを向いた。ゆりは、うんざりしてきた。

「代わるのは構わない。でも、あなたが直接木下マネージャーに許可を取って」

「こっそり代わればいいじゃん。アンタが遅刻して、代わりに私がスイートに迎えに行くの。正面から許可を取りにいっても、どうせあのオバサン、うんとは言わないよ。アンタと同じで頭が固いから」

綾子は吐き捨てるように言う。オバサンとは静香のことを指しているのだろう。

「悪いけど、わたしはわざと遅刻したり、上司の指示を無視したりとかしないから」

「ほーら、頭が固い……。ていうか優等生気取りなんだ」

「好きに言えば。鉄仮面でも優等生でもなんとでも」

くるりと背を向けると、綾子はゆりの前に回り込んだ。

「ねえ、ほんのちょっとでいいから……。十分、いいえ五分でいいから彼に会いたい」

「だから……。マネージャーに頼んで。わたしにそんな権限ないし」

「……もう。融通が利かないんだから。いいわよ、ほかの人に頼むから！」

大声で言い、綾子は怒ってオフィスから出ていった。

「ひゃー、感じわるー。ゆりさん、大丈夫ですか？」

うしろから声がして、新條がドアからひょっこり顔を出した。今日は彼と一緒に早番だ。

「大丈夫よ。それより、フロントは大丈夫？」

「今、主任が来てくれました。資料を取ってこいって、頼まれたんですよ。ゆりさん、あの人には気をつけたほうがいいですよ」

「あの人。ああ……、中園さんね」

「うん……」

新條はゆりのそばまで来て、心配そうな顔でうなずく。

「中園さんはゆりさんに嫉妬してるんですよ。クールなのにモテて周りから頼りにされてる。相当ライバル心を燃やしてますよ。社長の親戚だし、あまり怒らせないほうがいいです」

「ライバル心って言われても……。同じ部署じゃないし」

「それはそうなんですけど、なんかそのうち爆発しそうで怖いなあ……」

新條はゆりを心配してくれているのだ。こういうところは彼のよい一面だと思う。

「大丈夫よ。バックに社長がいるからって、わたしを追い出したりはできないから」

ゆりは毅然と言う。いくら嫌いな同僚だからと言って、さすがにそこまでしないだろう。社長も経営者だから分別はあるはず……。と、そのときは思ったのだが——

金曜日の午後、今後について人事部長と面談した際に、ゆりは衝撃の事実を告げられる。

「君との雇用契約は更新しないことが決定した。十月末で契約が切れる。そのあとは自由だから」

「はい？」

「十一月からは自由だと言ったんだ。残った有給は買い取りもできるが、消化するほうがいいんじゃないか？　仕事もだが、寮を出なくちゃならんので、住まいも探さなきゃならないだろ？」

最後のほうだけ人事部長は憐れむような口調になる。

つまりクビだ。さあっと、全身が緊張した。

「理由を教えてください。わたしになにか落ち度があったのでしょうか」

「これは社長の言葉だが、君は職場の和を乱していると、現場から強い訴えがあったそうだ」

「和を乱す……？」

「そうだ。思い当たる節（ふし）があるだろう」

人事部長が気まずそうな顔をする。その様子を見てピンときた。社長と直接対話ができてなおかつ、ゆりに不満がある者――綾子だ。

なるほど、そういうことか。新條の心配が現実になったらしい。だとしたら、どうあがいても無駄だろう。

ゆりは目を閉じて心を落ち着け、やがて顔を上げた。

「わかりました。では有給は使わせていただきます」

それだけ言って、会議室を出る。廊下の壁に背中を預け、思わず天井を見上げる。

家を探さなきゃ――

仕事もだが、まずは住まいだ。ゆりは思わずため息をもらしていた。


勤務時間が終わる頃には、ゆりの退職と、その原因が綾子ではないかという噂が従業員たちの間に広まっていた。

なにも聞かされていなかった静香は、人事部長に説明を求めに行ったが、結果はくつがえらなかった。インカムや携帯には同僚たちからのメッセージが相次（あいつ）ぎ、新條からは今夜フロントのメンバーで集まろうと誘われた。けれど今後のことを考えたいからと断り、定時で上がったゆりは駅前をぶらついてから寮に戻った。

　みんなは騒いでいるが、不思議と怒りは感じていなかった。綾子への接し方を間違えた自分が悪いのだ。気遣ってもらえるのは嬉しいのだが、この辺が諦め時なのだろう。

　コンビニで缶ビールとつまみを買い込み寮に戻る。ビールを飲みながらパソコンで転職サイトを開き、あてもなく検索を始める。

　そのとき、スマートフォンが鳴った。一樹からだ。

「聞いたぞ。クビになったって？」

　一樹はいきなりそう切り出した。今日の午前中に都内で仕事があるとかで、彼は昨夜のうちに東京へ戻っている。予定では今夜また別府へ来ると聞いているが。

「今、どちらですか？　どうしてそれを……」

「さっきホテルに戻ったとこ。このあと晩飯を兼ねて、スタッフと俳優陣でミーティングがあるんだ。プロデューサーがいい店を押さえてくれたらしくて」

　そう前置きしてから、一樹は興味深いことを言う。

「いつもはホテルに着くと木下さんが迎えに来てくれるんだが、今日は中園さんという若い女の子だった。彼女からお前の悪口を延々と聞かされたよ。鉄仮面だの仕事人間だのと……。しかもホテル従業員としてあるまじきことに、俺と一緒に写真を撮りたいと言い出す始末。まあ、断ったけどな」

「中園さんが」

「ああ。ここのスタッフはプロフェッショナルが多かっただけに、躾がなってないんで驚いたよ。彼女、新人だろ？　もっと教育してから現場に出さないと、俺じゃなければクレーム出されるところだぞ？」

「申し訳ありません。じゃあ、退職のことも彼女から」

「別にお前を責めてないよ。だが退職のことは彼女から聞いた。十月でサヨウナラだと言ってたな。で、お前、このあとはどうする。別府で職探しするのか？」

——綾子め。

そんな内輪の話を、どうしてゲストの前でするのだろう。

「あと一カ月あるのでゆっくり考えます。大丈夫、いざとなれば、どんな仕事でもしますから」

「いっそ帰ってこいよ、東京に」

「え？」

「お前の力になるよ、家も仕事も全部面倒見てやれる。だから俺を頼れ。昔みたいに」

彼を頼る？　昔の……子どもの頃のように？

思わず、どきりとする。一樹のことは確かに昔から知っているが、十年も会っていなかった相手だ。彼に負担をかけるだけのこの申し出を、受けるのは気が引ける。

「できれば会って相談したいな。明日の午後、時間取れないか？　会わせたい人がいるんだ」

「福山様。個人的にお会いしたりはしないと……」

「いい加減、福山様はやめろ。俺は一樹だ。お前の幼なじみのカズくんだって」

怒ってはいない。むしろ彼は笑っていた。不思議と胸のつかえが取れていくように感じる。

「お客様とは距離を保つ……。そのプロ意識は立派だが、そうして尽くしてきた会社がこの仕打ちだ。これ以上、義理立てする必要もないだろう」

そう言われると心が揺れた。理想を言いたてても仕方ない。家も職も失った状態では生きていけないのだから。明日は久々の休みだ。就活だと思って話を聞いてみようか。

「わかりました。待ち合わせは何時にいたしますか?」


一樹の誘いを受ける形で、土曜日の午後三時、ゆりは別府駅のバスターミナル付近で、高津の運転するSUV車に乗り込んだ。

一樹が「会わせたい」と言っていたその人物は、後部座席に悠然と座っていた。ふくよかな顔を女優のようにメイクし、髪は華やかにアップ。シートベルトがはち切れそうな堂々とした体躯に、ブルーのロングドレスをまとっていた。

――女……? にしてはガタイがいいような……

目が合ってゆりが思わずひるむと、相手は大きなサファイアの指輪をはめたふっくらとした手を口元に添えた。

「言っとくけど男よ。でもゲイじゃないの。女装家ってことにしといて」

「は、はい……」

野太い声だ。そして妙に貫禄（かんろく）がある。

「まあ、おかけなさい。すぐに車を出すから」

男は芸能プロダクション「アデル」の社長で、安住輝彦（あずみてるひこ）と名乗った。ゆりは先に乗っていた一樹と並んで、対面するように反転させたシートに座る。一樹は撮影から直行したらしく、涼しげな麻のジャケットを着て髪をスタイリッシュにセットしていた。

テレビで見た人気俳優、福山一樹がそこにいる。

助手席には安住の秘書だというスーツ姿の男性もいて、五人が乗った車は土曜の午後の街を、海とは反対方向に走りだす。すぐに安住が口を開いた。

「正直、こんな美人さんだとは思わなかったワ、一樹。しかもマジメそうだし」

「マジメを通り越して、堅物（かたぶつ）ですよ。こいつ」

「へえー。そうなの……。こんなとこに呼び出してごめんなさいね、ゆりさん。でも人には聞かせられない話なのよ。手短に説明するからしばらく我慢して」

「はい……」

「あなたのことはすべて一樹から聞いたワ。住む場所と仕事を同時に失くすなんて大変よね。それをふまえての提案なんだけど。アナタ、一樹の彼女にならない？」

——え……？

「彼女？　恋人という意味の彼女……ですか？」

「そう。ただしニセモノの彼女よ。一樹のマンションに一緒に住んで、たまーに街に出て一樹とイチャイチャして、彼女のフリをしてマスコミに写真を撮られてもらいたいの」

「一緒に住んで写真を撮られる……？」

びっくりして、思わず隣の一樹を見た。ゆうべの電話で、力になると彼は言った。これがそうなのか？

「落ち着け。あくまで彼女のフリだ。一緒に住むと言っても部屋は別だから」

一樹は冷静だった。

「引き受けてくれるなら、代わりにタダで部屋を提供するよ。生活費はすべて出すから家事もやってほしいな。ホテルマンだし、お前そういうの得意だろ？　まあ、住み込みの家政婦みたいなもんだ」

悪くないだろう……？　とほほ笑んでから、一樹はふいに顔を曇らせる。

「実は今年の春頃、俺が二十歳のモデルと熱愛中だという記事が三流週刊誌に出たんだ。もちろん事実無根で釈明会見も開いたが、いまだに疑ってる奴らがいる」

「もしかして、うちのホテルに現れた記者の方々ですか？」

「そう。週刊ゴシップ。ほんとにムカつく奴らだ」

　一樹は忌々しそうに髪をかき上げた。安住が補足する。

「記者にも辟易してるけど、お相手の事務所の社長を怒らせたことが大問題なのよ。あちらの社長さんは芸能界のドンと呼ばれる人で、自分の秘蔵っ子の初スキャンダルにカンカン。ほんとになにもなかったのかまだ疑ってて、このままだと一樹の仕事に圧力をかけてきそうで怖いのよ……」

　安住の柔らかい仕草と野太い声があまりにもミスマッチで、今ひとつ危機感がないのだが、ゆりにはだんだんと話が見えてきた。

「つまりわたしが福山様の同棲中の彼女のフリをして、モデルの方とはなにもないんだと、あちらの社長や世間に知らしめればいい……、ということでしょうか」

「そう、そうなのよー。もう、ゆりちゃん頭よすぎぃー」

　安住はシートから身を乗り出すようにして歓喜した。大柄な体躯が動いたせいで、気のせいか走行中の車が弾んだように感じられた。

「でも、今度はわたしとの熱愛報道でマスコミに追われると思うのですが」

「それはなんとかなる。とりあえず向こうの社長の怒りをしずめることが大事なんだよ」

　一樹は言った。なるほどと、ゆりはうなずく。

「だとしたら、ほかに引き受けてくださる女性はいくらでもいそうです。なぜわたしに……」

「それはアナタがプロ意識の高いお嬢さんだからよ。もう、わかってるでしょ？」

安住は少しだけ意地悪そうな顔をした。

「ホテルの仕事は完璧で、一樹を前にしても色目を使わない。ひとり暮らしで、きちんと自炊もしてる。そんなアナタなら一樹のお世話も含めて役目を全うするだろうって高津が言うの。でも一番の理由はアナタがいいって、一樹が言ったことかしら。幼なじみのアナタを信頼してるのね」

「そうおっしゃいましても……」

顔が引きつりそうになる。褒めてもらえたのは嬉しいが、十年も会っていなかった自分を、こんな簡単に信頼してしまうなんて、一樹は警戒心が足りない気がする。それにこの取り引きに応じたら、マスコミに狙われることになるのだから、それなりにリスクがある。

「もちろんお願いするからには、きちんとお礼はするワ。モデルとの噂を完全否定することに成功したら、それなりの金額をお支払いする。その後も、お望みであれば次の仕事もお世話するわよ。こう見えて、うちはいろんな事業を展開してるんだから」

自慢げに言ってから、安住はようやく表情を引き締めた。

「これはビジネスよ。〝彼女〟という仕事をして成功報酬を得る。どう？　悪くないでしょ？」

「〝彼女〟という仕事？」

「まあ、〝プロ彼女〟ってとこだな」

黙って聞いていた一樹が、そうつけ足した。

プロ彼女――。以前どこかで聞いたことがある意味とは違うものの、依頼された内容的にそうとも呼べる。いずれにせよあまりいい意味合いではないが、報酬がもらえるとなると背に腹はかえられない。別に一樹の愛人になれというわけではなさそうだし、考えてみてもいいかもしれない。

「もちろん、お前のプライバシーは守るよ」

考え込むゆりの不安を拭い去るように一樹が言う。

「その点は万全を期す。なにかあっても俺が絶対にお前を守るから」

「福……、いえ、一樹さん」

一樹のストレートな物言いにはいまだに慣れないが、心は少しずつ固まってきた。

「とりあえず今夜ひと晩考えてみない？　あたし、今夜は仕事で博多に泊まるの。明日の朝にでも返事をくれたらいいから。ね！」

安住がそう言ってくれたので、ゆりはお言葉に甘えることにした。

車は、午後四時には由布院に着いていた。秘書を伴い、異装のまま博多行きの特急電車に乗り込んだ安住を駅で見送り、高津ともいったん別行動をとることにした。ゆりは一樹とふたり、観光客でにぎわう由布院のメインストリートに向かう。週末の原宿に比べればどうってことない人出だが、それでも人目を気にしないわけにはいかない。

「ビクビクするな。普通に前を向いて歩け」

一樹はただサングラスをかけただけで、平然と歩いていく。ゆりもサングラスとキャスケットを目深にかぶって、背の高い彼のうしろを歩いた。脚が長くて見とれてしまう。中学時代たまに一緒に下校したが、並んで歩くことが自慢だったのを思い出す。

ネットの情報では、一樹は大学二年のときにモデルとしてスカウトされたとあった。ちょうどゆりの両親が亡くなった頃だ。葬儀の日に彼はゆりの肩を抱いて、ずっと慰めてくれたのだが、もしかしたらそのときにはすでに、今の事務所と契約していたのかもしれない。

当時のことを思い起こしていると、一樹は立ち止まり手を差し出してきた。ゆりは黙って首を横に振る。

「昔はよく手をつないだのにな」

「もう、子どもじゃありません」

「だからって、仲良くしちゃいけないわけじゃない。お互い独身だし、義理立てする相手はいないし……、あ、いないよな？」

いまさらそれを聞くのかと思ったが、ゆりは素直に申告した。

「いません。仕事ばかりしてる女は嫌われるので」

「なんだそれ」

あっけらかんと笑った一樹の声を聞きつけたのか、前を歩いていた女性グループが振り返った。ゆりは慌てて一樹の腕を引き、横道に入ったところにあるカフェに連れていく。古民家を改装した和モダンなカフェの店内は、夕方だからか、人がまばらだった。

「ふーん。落ち着く店だな。よく来るのか？」

青々とした芝庭を眺められる窓際席に案内されると、彼はそんなふうに聞いてきた。カップルシートのようなボックス席で、庭園に向かって並んで座る。

「休みの日に、たまに。人気店らしいですが、平日はたいてい空いてるんです」

「わかる。俺も平日に休みが入ることが多いんで、ふらりとどこかに行くんだ。お前、こっちの生活になじんでるんだな」

「ええ。二年もいますから……。親もいないし、行ったことのない街に住んでみたかったんです」

綾子とはそりが合わなかったが、職場にも同僚にも恵まれた二年だったと思う。

そこでオーダーした飲み物が届く。店員が去ると、一樹はサングラスを外した。ゆりもそれにならう。

「偉いな、頑張ってきたんだ」

「まあ、自分が頑張るしかなかったので……。わたし、この夏で奨学金の返済が終わったんです。今まで少し無茶して働いたけど、頑張ってよかったと思ってます」

「ゆり」

「わたしの子どもの頃の夢を覚えてますか？」

「ケーキ屋さんだろ？」

自分で質問したものの、覚えていてくれたことに驚いた。一樹は冷えたコーヒーをひと口飲んで至福の笑みを浮かべると、テーブルに頬杖をついて誘惑するような色っぽい目で見つめてきた。

「でも幼稚園のときには、カズくんのおよめさんになりたいって言ってくれたよな。兄貴が悔しがって泣いたのを覚えてる」

「そんなこと、ありましたっけ？」

ゆりもカフェラテをひと口飲み、記憶の糸をたどる。一樹の兄は大樹という名だ。社交的な弟と対照的にクールで寡黙な青年だった。

「なんだ、笑えるじゃん」

「え？」

　自分でも気づかぬうちに、ゆりは笑みを浮かべていたらしい。恥ずかしくなってつい、片手で頬を押さえてしまう。

「やっと、俺の知ってるゆりに会えた気がするな。ホテルにいるお前は、いつもすましてる」

「いえ……、これはその……」

　ゆりはもうひと口カフェラテを飲み、呼吸を整えた。

「か、一樹さんの夢はサッカー選手になってワールドカップで優勝することでしたよね。だからわたし気づかなかったんです、あなただって」

「嫌なことを思い出させるな。大学に入ったとき、自分の限界を思い知ったんだよ」

「ちっとも恥ずかしいことじゃないです。ワールドカップは無理だとしても、人に夢や希望を与える、素敵な仕事についてる。わたしの子どもの頃の夢――ケーキ屋さんになる夢は、今からでも叶うでしょうか？　東京で再出発して、学校に通い直せばわたしも……」

　話しているうちに、ゆりの心の中に様々な思いが渦巻く。とっくの昔に諦めてしまっていた夢。それにもう一度、自分も手を伸ばしてみてもいいような気がしてくる。一樹といると、幸せな未来を思い描いていた頃の明るく前向きな気持ちが蘇った。

「ゆり」

　もう一度呼ばれ、ゆりは隣に座る幼なじみの顔を見つめる。

「ほんとうに、ただでお世話になっていいんですか？」

「もちろん。空いた時間は好きなことをしていいよ」

「アルバイトをしても？　お金を貯めて、いずれパティシエになる専門学校に通うのはどう思います？」

「ぜんっぜん悪くない。クールだな」

　笑われなかったのでほっとした。

「じゃあ……確認なのですが、彼女のフリって、たとえばどんなことをすればいいのでしょう」

「俺と一緒に人ごみを歩くだけでいいだろう。俺は顔出しするが、お前は変装したらいい」

「それだけ、それだけでいいんですか？」

「ああ。スーパーの袋を提げて、恋人つなぎをして同じマンションに出入りしていたら、普通は同棲してると思うだろうな」

　頭の中でイメージする。夜の繁華街を、彼と手をつないだり腕を組んだりして歩くのだ。大丈夫、きっとできる。相手は彼だ、知らない人じゃない。そう考えるとなぜか安心できた。それにこれはビジネス。自分に課せられた仕事だと思えばいい。

「熱愛報道を完全に消し去れたら、そこで終わりにしていいのですよね」

「ああ。うちの社長のことだから、その辺の契約はきちんと書面にまとめるよ」

「わかりました。ビジネスですよね。ではお受け……」

「待て待て待て……！」

一樹が目を丸くして遮（さえぎ）った。

「ひと晩考えなくていいのか？　朝になったら気が変わるかもしれないぞ」

「変わってもいいのですか？」

「いや、困る」

「だったら、わたしの気が変わらないうちに安住社長にご報告しましょう」

プロ彼女、お受けしますと。

## 第二章　仕事のためならなんでもします

十一月、東京。

屋代一樹がゆりと〝プロ彼女〟の契約をして一カ月と少しが過ぎた。十一月に入ってすぐのある日の午後、彼はテレビ局内の楽屋で打ち合わせをしていた。このあと、トーク番組の収録がある。

映画の宣伝で訪れていたドイツから、今朝帰国した。長時間のフライトから仕事に直行したせいか、頭がズキズキする。しかし、夕方まで予定がびっしりだ。

「もう一度確認なんだけど、一樹くんの恋愛についての質問も大丈夫だよね？」

テーブルの上に開いた台本をペンで指しながら、男性ディレクターが念を押してくる。トークの後半ではMCが、一樹の恋愛観や結婚について質問する流れとなっているのだ。

「全然OKですよ。なんでもどうぞ」

一樹は余裕の笑みでうなずく。デビュー以来その手の質問はずっとNGだったが、例のニセの熱愛報道を完全に打ち消すために、事務所が方針転換したのである。

「ずばり、彼女はいるのかどうかも聞いちゃうよ？」

「どうぞどうぞ。今まで話さなかったことも今日は話しますから」

頭痛を我慢してにっこり笑うと、隣で高津がこくこくと首を縦に振った。筋書きはもうできている。人気俳優、福山一樹には遠距離恋愛中の恋人がいる。相手は年下の一般女性だから、交際は極秘裏に続けていた。

しかしモデルとの熱愛報道が出たことで彼女が心を痛め、一樹はそれが誤報だということを世間に証明するためにも、恋人の存在を公表する決意をした――

これが、安住社長の考えたストーリーだ。

——まあ、悪くないな。

一樹はテーブルに頬杖をついたまま、にやりと口角を上げた。

別府のホテルを辞めたゆりは、おととい一樹のマンションに越してきた。あんなホテル、有給を使ってさっさと辞めてしまえと言ったのだが、仕事を探す手間が省けたからと、彼女はぎりぎりまで勤務することを望んだのだ。

留守にしていた自分の代わりに、事務所のスタッフが彼女をマンションに案内してくれた。今朝から何度か電話をしているが、特に困ったことはなさそうだった。ついでに、このあとの収録で交際中の恋人の存在を明かすことも伝えている。

「それを聞いて安心したよ。今日の一樹くんはいい顔してるしね。本番もこの調子で頼むよ？」

「ええ」

一樹が返事をすると、ディレクターはようやく台本を閉じた。

「じゃあ、準備ができたら呼びにくるから、もう少し待っててね。たーのしみだなぁ」

ホクホク顔のディレクターは、スキップしながら楽屋を出ていった。

——任せとけって。

番組の放送は来週だが、それまでに「あの福山一樹が恋人の存在を明かす？」のような予告編がガンガン流れ、もしかしたら今日中には、関係者の口からマスコミへのリークがあるかもしれない。本命の彼女は誰なのか、一樹はふたたび週刊誌の記者たちにマークされることになるだろう。

——さっそく今夜から、ミッションスタートだ。

今日は仕事が早く終わるので、帰ったらゆりを連れて街に出ようと思う。うまくマスコミがキャッチしてくれたら、同棲を匂わせる発言をするのだ。

「楽しみなんは、ええねんけどな」

ふたりきりになったところで、高津はぶっきらぼうに口を開いた。

「何度もゆうてるが、長谷部さんとのことは芝居やからな。フェイクやぞ。手は出すなよ」

「なんすか、急に……。それくらいわかってますよ」

一樹は打ち合わせ用の椅子から立ち上がり、壁際に置かれたソファに腰を下ろす。

「言ったでしょう。ゆりは幼なじみだから……」

「それは何度も聞いた。美人の幼なじみがいて、うらやましいわ。けどな——」

高津も立ち上がり、一樹に歩みよる。

「ニセモノ彼女をやってもらうだけやったらええよ。お前が真剣に頼み込むから社長を説得するのに力を貸したけど、俺やってほんまは同居までする必要ないと思ってた。なんでそこまですんねん。下心ありありやろ」

「ルームシェアくらい、いいでしょ。今度のマンションは広いんだから」

声を荒らげかけたマネージャーをなだめるように、一樹は呑気に言う。

熱愛報道が出た直後、マスコミがマンションに大挙して押しかけ近所に迷惑をかけまくった。仕方なく、釈明会見の直後に警備員が常駐する今のマンションに引っ越したのだ。

「俺としてはただ、あいつを助けたいだけですよ。今まで苦労してきたんだから」

一樹は目の前のテーブルに置いた、ミネラルウォーターのボトルに手を伸ばす。

幼い頃のゆりは、常に一樹と兄の大樹のあとをくっついて回る、無邪気な少女だった。かわいいがどこか不器用で、転んでは泣き、慰めてやるとすぐ笑顔になる。

そんなゆりの面倒を見てやるのが好きだった。頼りにされることが嬉しかったのだと思う。妹のようであり、守るべき大切な存在でもあった。しかし高校に入ると、彼女は一樹のファンだという女子から嫌がらせを受けるようになり、やむなく距離を置くようになる。

嫌いになったわけではない。でもゆりを守るには、それが一番だと当時は思ったのだ。その結果ふたりの距離感が変わっていき、やがて事件は起こる。

「あいつが高校三年のとき、借金を残して両親が死んだことは知ってるんでしょ？」

「あ、ああ……」

高津は神妙な顔でうなずく。

「長谷部さんには悪いが、調べさせてもらった。お父さんは経営していた会社を乗っ取られるような形で社長の座を追われ、そのあと新しい会社を立ち上げたが軌道に乗らず、負債を抱えたまま亡くなったんやろ？」

お気の毒に……と、高津はつぶやく。一樹の脳裏に、ゆりの両親の葬儀の日が思い浮かんだ。

「そう。家も保険金もすべて借金のカタに持ってかれた。ゆりは一文無しで世間に放り出されたんだ。助けてやりたかったけど、俺もうちの親も励ましてやるくらいしかできなくて」

屋代家でゆりを引き取りたいと申し出たが、結局ゆりは遠縁の親類に引き取られ、二十歳のときにその親戚宅を出て以降、行方がわからなかった。風の噂で日比谷のホテルで働いていると聞き、何度か足を運んだが、残念ながら彼女に会うことはできず——後悔を引きずったまま、いつしかゆりのことは、記憶の奥底に沈んでいった。でもあの日、別府のホテルで彼女は一樹の前に現れた。

美しく、毅然と、颯爽と。

再会は運命だったのだろう。ハートを鷲掴みにされた一樹は、今度こそゆりを離してはならないと心に決めた。その矢先、ゆりが仕事と家を失うと知り、ニセモノ彼女役を任せたいと安住に提案したのだ。

ダミーの恋人を用意することは、もともと社長が言いだしたのだ。ただ安住は、ゆりを彼女にすることとは賛成してくれたが、同居には反対だった。それを高津が仲立ちする形でなんとかOKをもらい、社長はすぐに別府に来てくれた。

「言いたいことはわかった。今度こそ助けてやりたい、罪滅ぼし、ただの同情ってことやな」

「そうそうそう。亮さん、深読みしすぎです」

「熱愛報道にケリがついたら同居は解消。それでええな？」

「いいですよ」

「結婚なんか絶対にあかんぞ？　まだそんな時期ちゃう。そこんとこ、忘れんように」

「結婚って……。はいはい、絶対にないですよ」

いくらなんでも先走りすぎだ。一樹は大げさに首を縦に振った。ただ、手を出さないとは保証できない。お互い子どもじゃないし、ゆりはあんなにきれいだし。

あのときは、なかば勢いでプロ彼女の件を持ち掛けた。撮影が終わり東京に戻ってからの一カ月間は、電話でしかコミュニケーションをとっていない。でも毎日ゆりの声を聞いていると、会いたい気持ちがどんどん募った。

おそらくゆりは一樹を男として見てはいないだろうが、一樹は相手がゆりなら特別な関係になってもいいと思っている。けれど今それを口にする必要はない。

高津はなおも疑っているようだったが、やがて表情を緩めた。

「それやったらいい。お前を信じる……。あ、ほら。出番やぞ」

ドアがノックされ、女性ＡＤが顔を出した。

「福山さん、お願いしまーす」

「はいはい。ただいまうかがいます！」

調子のいい返事をして高津が荷物に手を伸ばす。一樹も立ち上がり、楽屋を出た。ＡＤのあとについて歩いていくと、廊下の角で、ガヤガヤと話しながら歩いてきた集団と鉢合わせした。

「わー、一樹くんだぁ！」

鼻にかかった声を上げて、集団の中からひとりの女性が駆け寄ってきた。小野エレナ、二十歳。ハーフの人気モデルにして、テレビのバラエティ番組にも引っ張りだこなタレントだ。大手芸能事務所「オフィス明智」所属の彼女は、芸能界のドンと呼ばれる明智光太郎社長の秘蔵っ子と呼ばれ、一樹の熱愛報道の相手だった。

「おっと、すんまへんなあ……」

危険を察知した高津が、彼女をブロックするように一樹の前に立ちふさがった。双方の事務所は面識のない相手だと熱愛報道を否定し、あれ以来共演はＮＧ、どこかでニアミスしないよう気を配ってきた。それなのに、こんなところでばったり会うとは。

「一樹くんはなにかの収録？　エレナは向こうでねえ……」

明るい無邪気な声で近寄ろうとするエレナに、一樹は冷ややかな声で告げた。

「すみません、急いでるんで……」

「えー？　行っちゃうの？」

鼻にかかった声に、一樹はつい立ち止まる。そして冷たい声で言う。

「事実無根の熱愛報道を収束させようとして、お互いの事務所が手を尽くしたのを忘れたんですか？　こんなところで俺を呼び止めたら、またあることないこと書かれますよ」

俺を怒らせるなと、言外に込める。すると突然、エレナのマネージャーらしき女性が進み出て頭を下げた。

「も、申し訳ありません！　エレナ、ほら……」

彼女は急いでエレナの腕を引く。

「ちょっと声かけただけじゃん。そんな言い方しなくたって……」

エレナはぷうっと頬を膨らませる。あざとい仕草に、一樹はうんざりさせられた。

「うん。そうかもしれないけど、君のところの社長さんはとても影響力のある人だ。だからもう少し考えて立ち回るべきだと思うよ。じゃあ、時間が押してるんで」

一樹はほかのスタッフに会釈をすると、高津と女性ADを促して歩き出した。

「かわいい顔して恐ろしいな」

小声で高津がささやいた。

四月のなかば、一樹は主演した連続ドラマの打ち上げで、明け方近くまで共演者らと飲んだ。ようやくお開きになり、店を出たところでエレナとばったり会ったらしい。もともと面識がないし酔っていたしで、一樹はそのときのことをほとんど覚えてはいない。

しかし数日後のマイナー写真週刊誌に「福山一樹が美人モデルと深夜の密会！」という記事とともに、一樹とエレナが路上で顔を見合わせているように見える写真が掲載された。あの場にはほかの出演者やスタッフもいたのに、まるでふたりの密会現場だと言いたげな記事に憤慨した。

エレナは現在の事務所と手を切りたくて、わざと問題を起こしている……。そんな噂が業界内に広まっている。記事が出たあと一樹は、脇が甘いとさんざん安住に怒られたのだ。

「俺も気をつけるけど、亮さんもフォロー頼むよ」

「まかしとき。これでも敏腕マネやからな」

スタジオに到着し、ADがドアを開けてくれた。中に入ると本番前の、緊張したざわめきに包まれる。思うことは多々あるが、一樹の頭はすっかり番組のことに切り替わっていた。

その日、最後の仕事が終わったのが、午後六時。早くゆりの顔が見たかった一樹は、時差ボケでぐるぐるする頭を抱えてワインとデザートを買い、高津とともに、渋谷のマンションに急いだ。

チャイムは鳴らさず、持っていた鍵で玄関を開ける。とたんにおいしそうな匂いが鼻腔をくすぐった。

「ただいま、ゆり。帰ったぞー」

玄関ホールからそう声をかけると、すぐにスリッパの足音が聞こえ、ゆりが現れた。

「お帰りなさいませ、一樹さん。お留守の間にお邪魔しております」

かろうじて名前で呼ぶようになったが、別府で会った頃と同じビジネスライクな口調。つい笑いそうになった一樹は、かしこまったお辞儀をしたゆりにはっとする。約一カ月ぶりに会う彼女は、ホルターネックの袖なしブラウスにタイトなオレンジのスカートをはいていた。髪はモードな感じのショートボブだ。

まるでホテルマンからやり手のフィクサーに転身したみたいだ。くびれたウエストとすんなり伸びた腕に、思わず目を奪われたが、そこで我に返る。

「おい、その髪……。切ったのか？」

恐る恐る尋ねる。別府にいた頃のゆりは、ベッドの上でかき乱したくなるような美しく長い髪をしていた。

「ああ……、これは一樹さんの事務所のスタイリストさんからお借りした、ウィッグです」

「ウィッグ？」

「はい。おととい羽田に着くと事務所に連れていかれて、そこで一樹さんと外出する際の服やヘアメイクのアドバイスを受けました。ダサい恰好（かっこう）で写真に収まるのはまずいとかで」

ゆりは片手ですっぽりとウィッグをはずす。長い髪はうなじのところできっちりまとめられていた。

「ウィッグのほかに服とアクセサリー、メイク道具一式もお借りしています。今夜さっそく街に出るということでしたので、先に着替えておいたのです」

「なんだ、おどかすなよ」

「いや……、社長がな。お前の彼女やったらどんなタイプがええか、いろいろ設定を考えてんねん。秘書とか女社長とか弁護士の卵とか。まあ、許したってや、それくらい」

高津が慌ててフォローした。

「そういうことですか。でもよく似合ってるよ」

おそらく社長の好きな映画かドラマのヒロインのコスプレだろう。一樹はゆりの頭からつま先までジロジロ眺（なが）め回した。

ホテルにいたときも感じたが、全体的にすらりとしているが、出るところはしっかりと出ている。素人にしてはプロポーションがいい。時差ボケのせいか、ゆりの女らしい姿にふるいつきたくなる衝動にすら駆られる。

それに、ビジネスライクな口調と、あくまで仕事というスタンスを崩さない態度。本性を隠されれば暴きたくなるし、頑なになられれば懐柔したくなる。俳優としての自分は爽やかで優しいイメージを持たれることが多いが、草食系じゃない。欲しいものは、自らつかみにいく。

手を出さないという保証はない――

ひと月ぶりに顔を見て、確信した。ゆりが欲しい、絶対に落としたい。昔のようにカズくんと無邪気に呼ばせたい。今はクールを装っているが、その仮面の奥に傷つきやすい繊細な心が隠れていることを、一樹は知っている。

まずは距離を縮め、俺のそばにいたら安心だとゆりに気づかせることから始めるか。澄ました顔で高津と言葉を交わすゆりを見て、沸々と闘志がわいてきた。

＊　＊　＊

ゆりは高津を夕食に誘ったが、まだ仕事があることを理由に彼は帰っていった。今朝ドイツから帰国し、そのままずっと仕事だったという。早く仕事を片付け、休みたいのだろう。

一樹とイギリス人俳優のダブル主演となった社会派サスペンス映画がドイツの映画祭で金賞を取り、その舞台挨拶や宣伝を兼ねての旅だったそうだ。タキシードを着た一樹がレッドカーペットを歩いたり、英語でスピーチしたりしている動画がいくつか、ゆりのところへメッセージアプリを経由して送られてきた。

もちろんテレビのニュースでも見かけた。

国際派となった人気俳優が自分の幼なじみで、今、目の前でけだるそうに髪をかき上げている。

そしていよいよマンションに一樹とふたりきりだと思うと、ゆりはほんの少し身構えた。

「じゃあこれ、向こうに運びますね」

早く現実に慣れようと、ゆりは高津が廊下に並べていった一樹のスーツケースに手をかけた。大小合わせてふたつ。ほかにもいくつか、明日届くとのこと。

「あとで片付けるからほっとけ。それより、ゆり」

「はい?」

ぽんと、肩に手を置かれて振り返ると、一樹が両手を広げている。

「お帰りのハグだ」

「お帰りのハグ？」

「そう。今日から毎日、朝と晩にハグをすること」

「……なぜでしょう」

「なぜ？」

疲れをにじませた顔を緩め、一樹がクスッと笑う。

「だって、俺たちには十年の空白がある。その空白を埋めて恋人同士の雰囲気を出すには、もっとスキンシップを増やさないと。じゃないと、いざというとき、それらしく見えないだろ？」

――なるほど。

確かに一理ある。必要以上に近づくのは落ち着かず気乗りはしないが、挨拶代わりだと割り切り彼の腕を受け入れた。

「……これでよろしいですか？」

「うん。ただいま、ゆり。わが家へようこそ」

耳元で声がして、一樹の香りに包まれる。

ゆりは彼の背に回した手を浮かせている。しかし彼はしっかりとゆりを抱きしめ、あろうことか頭を優しく撫でた。別府のホテルで再会したときも、こんなふうにハグされた。あのときは唐突すぎて混乱したが不思議と今は落ち着いている。

この一週間は、エトワールで引き継ぎ業務に追われ、羽田に着くなり慌ただしくあの社長のもとに連れていかれ、着せ替え人形のようにいろいろな服をあてがわれた。その晩からこの部屋でひとりで過ごし、一樹が留守の間に掃除とマンション周辺の散策をしていた。

新しい環境に多少疲労していたのかもしれない。背中をさすってもらうと、心地よくてほっとした。宙をさまよわせていたゆりの手が、自然に一樹の背に触れる。

「いえ……。わたしのほうこそお世話になります。多くはないですが、荷物はすべて運び込ませていただきました。すぐ寝られるようにしていただき、ありがとうございます」

「気にしなくていいよ。もともとあの部屋は荷物置き場だったんだ。カーテンやベッドカバーはお前の好みに変えていいから」

「はい……。ありがとうございます」

「引っ越したばかりだし、しばらくはのんびりしてろ。美容院に行くとか、エステとかショッピングとかかな。社長からキャッシュカードを預かっただろ？　自由に使っていいから」

一樹は太っ腹だ。おととい事務所に行った際、安住から一樹名義の銀行のカードを渡された。かなりの額が入っていて、そこから生活費を自由に出していいと言われたのだ。

「それなのですが、アルバイトをしてもいいですよね？」

何年も働きづめだったせいか動くのが癖になっていて、のんびり過ごすという選択肢はなかった。こういう機会でしかできないことをしてみたい。

「もちろんだ」

彼は機嫌よく即答した。

「履歴書が必要だろう？　ここの住所を書いていいし、保証人が必要なら俺の本名を書いておけ。なにかあっても俺が全部引き受けるから」

「保証人？　それはできません。住所はお借りしますが一樹さんの個人情報は……」

「心配すんな。もし男の名前じゃ都合が悪いなら、うちのおふくろに頼むよ。お前のことはまだ話してないが、絶対に力になるって言うはずだから」

「それは……、もっとダメです。だったら一樹さんの名前をお借りします」

履歴書のことまで考えが及ばなかった。でも一樹の母の耳に入ったら、会いにくるかもしれない。それはダメだ。会えば懐かしくて、平静ではいられないだろう。

かつての無力な自分に、戻ってしまうかもしれない。

「おかしな奴だな。まあ、いいさ。もしいいバイトが見つからなかったら、そのときは相談しろ。当てがあるから」

「わかりました。ありがとうございます」

相変わらず彼は頼りになる。彼には兄がいるが、甘えん坊の末っ子気質というよりは常にリーダー格だ。彼なら絶対に自分を守ってくれるだろう、そんな予感はする。

——でも、甘えてばかりはいられない。自分はもう、彼が知っている無力な少女じゃないから。

ひとりでだって闘える——。そんな決意が伝わったのか、一樹が身体を離してゆりの両肩に手を置いた。

「最後に。あまり他人行儀な言葉遣いはしないこと」

「それは無理です。わたしは一樹さんに雇われたわけですから」

「雇用主には、へりくだるってことか？」

「基本的なマナーです」

一樹の眉がピクリと上がる。

「でも、それだと俺がリラックスできない。もう少しフレンドリーに。これは雇用主としての命令だ」

フレンドリー。そういうのが一番苦手だと、ゆりは唇を噛みそうになる。

「じゃあ、先にシャワーしてくるから飯の用意を頼むな」

「かしこまり……、いえ。わかりました」

しぶしぶ返事をすると、彼はにこりと笑ってリビングへと歩き出した。

一樹がバスルームに消えると、ゆりは彼がリビングのソファに放った上着を拾い集め、広くて快適な室内を見回した。この贅沢なマンションは、ガードマンやコンシェルジュが常駐し、厳重なセキュリティとたくさんの防犯カメラで囲まれた要塞のようだった。

敷地内には緑があふれ充実した共有スペースも完備しているが、有名芸能人も多く居住していることから、プライバシーへの配慮も抜かりない。

一樹の住まいは3LDKで、ふたつの寝室にふたつのバスルーム、ほかに本がぎっしり詰まった書斎がある。

ゆりに用意されていた部屋は白とベージュでコーディネートされていて、大きなクローゼットとベッド、そしてドレッサーやエレガントなフロアライトに、なぜか青いイルカの抱き枕も用意されていた。

ゆうべとおととい、ゆりはそのイルカを抱いて眠りについた。

LDKにはセンスのいいソファやテーブルが配置され、大きな窓からの眺望が素晴らしい。

昼と夜と、都心のふたつの顔を堪能できる。

彼はいったい、どんだけ稼いでるんだか――

キャッシュカードの件もそうだが、月々の家賃を考えるとぞっとする。しかも専用駐車場には、彼の愛車だという真っ赤な高級イタリア車が停まっていた。いくら家政婦代わりとはいえ、こんな豪華な住まいにただで住まわせてもらうのは気が引けた。

――〝プロ彼女〟か。

もう引き受けたのだからやるしかない。エトワールでは、綾子を除いたほとんどの同僚がゆりの今後を心配してくれ、静香と新條は最後の日に別れを惜しんで泣いてくれた。

ふたりにはしばらく東京の友人の家に居候すると伝えた。落ち着いたら連絡を取ろうと思う。

やがてシャワーを終えた一樹が戻ってきたので、ゆりはダイニングテーブルに食事の用意を整え、彼が買ってきたスパークリングワインの栓を開け、フルート型のグラスに注ぐ。

「これ、全部お前が作ったのか？」

「はい。お口に合うかどうか」

テーブルに向かい合って座り、ワインで乾杯する。一樹はスウェットの上下に生乾きの髪のまま、鶏肉のトマト煮をひと口食べて顔をほころばせる。ほかには野菜たっぷりのキノコのマリネと低脂肪のヨーグルト。念のため低糖質のパンも用意してある。

「うまい。チーズのコクがあって肉は柔らかい」

「安住社長からいただいた、レシピどおりに作りました」

一樹は今月末から長丁場のドラマ撮影に入るとかで、その役作りのためにあと数キロ体重を落とさなくてはならないそうだ。そこで一樹が通っているジムのトレーナーが食事のメニューを考えてくれた。預かったのは、そのレシピだ。

「炭水化物は朝だけで、あとはタンパク質中心の健康的なメニューにするよう言われております」

「ふーん。こっちのキノコのマリネもうまい。酸味がマイルドだ」

「きっとレシピがよかったのでしょう。あとは性能のいいお鍋があったので、煮込み料理に使わせていただきました。そのせいもあるかもしれません」

キッチンにはミネラルウォーターや食材の買い置きと、最先端の調理家電やブランド食器などがそろっていた。マリネにはイタリア産の酢を使い、煮込み料理はフランスの有名ブランド「フォーブ」の鍋を使用した。母が生前愛用していた鍋と同じだ。

ズシリと重い真っ赤なフォーブ社製の鍋を見つけたとき、懐かしくてテンションが上がった。

「いい道具があっても、使いこなせる腕がないとうまい料理はできないよ。ゆりの腕がいいいんだろう」

一樹はモリモリ食べながら、そんなふうに褒めてくれた。

「ありがとう……ございます。ただわたしの料理は独学なので、失敗もあるかと思います」

「そのときは俺が教えるよ。こう見えて料理は得意なんだ」

「得意？　自炊できるんですか？」

「自分の食べるものくらい自分で用意するよ。身体が資本だし。それに料理人を演じることが何度かあったから、その都度プロから指導を受けた」

――なるほど。だからそれなりの鍋や道具がそろっているのかも。

「そうは言っても、料理も掃除も毎日はできない。今日みたいにくたくたに疲れて帰ったときに家に明かりがついてて、飯ができてる生活に最近憧れるんだ」

「そうですか」

――だったら本命の彼女と同棲でも結婚でもすればいいのに。

しかし仕事柄、そういう相手を簡単に作れないのかもしれない。プロ彼女ですら、なかなか適任者が見つからなかったと言っていたし。

「そういうわけで、お前にはいろいろ期待してる。俺、朝は冷たいものを取らないから、ジュースやスムージーはやめてくれ。味噌汁か、あったかいスープがいいな」

「かしこまりました。では、明日の朝食は和食にします」

ゆりはエプロンのポケットに入れたメモ帳を取り出し、言われたことを急いでメモする。

「苦手な食材はございますか？」

「そうだな……。キムチと納豆は匂いが気になるから、出すなら夕飯だけにしてくれ」

「かしこまりました」

「賞味期限の切れた食材は即廃棄だ」

「かしこまりました。期限内に使い切るようにします」

「それがいい……。って、おい」

「はい？」

メモから顔を上げると、頬杖をついた彼がやや険しい目でこちらを見ている。

「かしこまりましたもやめろ。二十四時間禁止だ」

「……失礼いたしました」

「だから」

今の返事もお気に召さなかったようだ。

――めんどくさいな！

声に出して叫びたかったが、ぐっと我慢する。中々の俺様気質なのかもしれない。というか支配するのが好きなのかも。今は居候の身だから、面倒でも彼の言うことに従わなくては。

「……ごめんなさい。こんな感じでいいですか？」

「しょうがない。許してやるか」

その場をふわっと和ませるように彼が笑ったので、つられて笑いそうになった。豪胆で男らしく、でも品のある笑顔だ。そしてなんとも言えない色気がある。子どもの頃、何度も見てきた一樹の笑顔が、こうしてふたたび自分に向けられていることが不思議だった。でも――

自分たちは本物の恋人ではないし、今後もそうなる予定はない。熱愛報道を消し去ることができたらここを出ていくのだから、不用意に親しくならないほうがいい。しょせんビジネスの関係なのだから、きちんと一線を引いておかなくては。

九時には外出すべく、早めに食事を切り上げて片付けを済ませた。一樹は自分の食器を洗ったあと、着替えるために自分の寝室に引っ込み、やがてアイボリーホワイトの箱を手に戻ってきた。

「これを着けて出かけること」

彼が箱を開けると、中から銀色に輝くふたつのリングが現れた。片方を自分の右手の薬指にはめ、もう片方を勝手にゆりの右手の薬指にはめてしまった。

「あの、これは……」

世の乙女の憧れ、ニューヨークに本店のある高級宝石店「ステファニー」のペアリングだ。シルバーのラインが三重に指に絡むエレガントで存在感のあるデザイン。

「撮影用の小道具だと思え。俺と外出するときは、必ずこれを着けていくこと」

「小道具？」

「ああ。だって恋人なんだから、それらしくしないとな。きっと写真映えするぞ」

写真映えって――

言いたいことはわかるのだが、有無を言わさず指輪をはめられて、面食らう。まるで彼の所有物にされた気分。それにたかが小道具に、こんな高価な指輪が必要だろうか。

「サイズがわからなくて適当に選んだけど、大丈夫だよな。うん、きれいだ」

一樹はゆりの手をつかんだまま、自分の目の高さに持ち上げ満足げにうなずいていた。

指輪は少し緩いが、天井のライトに反射してきらきらと輝いている。

「気に入ったんなら、ずっとつけててもいいよ。俺は当分つけ続けるつもりだから」

「当分……、テレビカメラが回ってるところでも？」

「もちろん。だって彼女ができたことにするんだから」

「そうですか……。わかりました。あとで考えます」

こうしてふたたびウィッグをかぶり、いよいよ一樹と夜の街に繰り出した。

「手始めに近所を少し歩くか」

「はい、道案内はよろしくお願いします」

玄関を出た瞬間から手をつなぎ、エレベータで階下へ下りる。一樹はスウェットの上下に黒のライダースジャケットを羽織り、グレーのニット帽を深くかぶって黒縁のメガネをかけた。ゆりはブラウスとスカートの上に秋物のコートを着て、黒のサングラスで顔を隠す。くだけた装いの一樹と自分の姿がややミスマッチな気もするが、安住の指示だから仕方ない。

「ただ手をつないで歩いているだけで、週刊誌の記者に気づいてもらえるのでしょうか」

　マンションの裏口から出たところで、ゆりはあたりを見回した。裏手は公園や学校の敷地が続く比較的静かなエリアで、歩いているのは近所に住んでいそうな一般人っぽい人たちだ。

「ああ。マスコミの奴らは芸能人が住んでいそうなマンションや、立ち回り先として知られた飲食店なんかに定期的に張り込んでる。それに一般人からの情報提供もあるんだ」

「一般人が……、スパイですか？」

「そんな感じだな。だから今夜撮られた写真が、来週の写真誌に出る可能性は十分にある」

　――そんなに早く……

　ということは、思ったより早く片付く仕事かもしれない。しかし有名人とはいえ、こんなふうに監視されるとは大変な商売だ。

「そもそも一樹さんは、どうして芸能界に入ったんですか？」

　つい、そんな質問を口にした。

「いい質問だな」

彼は機嫌よく言うと、手をつないだまま親密そうに身体を寄せてきた。

「大学二年のときに、バイト先のカフェで亮さんにスカウトされたんだ。あの人、当時はうちの事務所のスカウト部門にいて、雑誌のモデルをやらないかって、店に何度も通ってきてさ」

「高津さんが」

一樹も彼の兄の大樹も東京の大学に進んだので、家を出て都内で生活していた。だからゆりは、一樹の大学時代のことはあまり知らない。

「そう。学業と両立できるって言われて、つい『うん』と言っちまった。そしたら予想以上に人気が出たらしくて、卒業後は本格的に俳優を目指さないか、売れるまで徹底的にサポートするから辞めないでくれって社長に懇願(こんがん)されて、それで就活をやめた」

一樹は当時を思い出すように、夜空を見上げた。

「家族は反対しなかったし、もし売れなかったら親父の会社にコネで入れてもらえばいいと思ったんだ。そんな感じで連ドラやミュージカルにちょい役で出るうちに、亮さんがスカウトからマネジメント部門に異動してきた。以来、現場マネージャーとして面倒見てくれて今日に至る……だな」

軽々と言うが、陰で本人は相当努力したはずだ。容姿や運だけで生き残れるような業界ではないと思う。

「次はお前のことをなんか話せよ。俺はまだ、お前のこの十年を教えてもらってない」

「わたしは……、昔のことは忘れました」

「ほお……。そう言うと思った」

一樹は笑い、ありがたいことにそれ以上は追及してこなかった。歩きながら、遠足に向かう幼稚園児のように、つないだ手をぶんぶんと振り回す。裏手の路地をぐるりと回りコンビニとドラッグストアの前を通過して、ふたりは駅に続く表通りを歩いている。

「まあ、いいか。ところで、もっとくっつけよ。いまだに口調は堅いし仕草は義務的で、ゆとりもない。彼氏と夜の散歩中だぞ？　甘えるとかイチャつくとか自然にやってみろよ」

「も、申し訳ありません……」

「それとも、そんな経験ないのか？」

一樹は首をかしげて、探(さぐ)るような視線を向けてきた。

男と手をつないで夜道を歩いたことはある。いや、たぶんあったと思う。あまりに昔すぎてどんな感じだったか忘れてしまったのだ。

「それも忘れました」

二十歳のときに親戚の家を出て自活を始め、以来働きづめだ。男から見たら、つまらない女だっただろう。ゆりは信号が青になった横断歩道を、いくぶん一樹に身を寄せるようにして渡った。渡り切ったところにある大型商業施設の一階に高級スーパーが入っていて、一樹がそこに入ろうと言いだした。

「人が多いのですが、大丈夫でしょうか」

駅前だし、この時間でも買い物客は大勢いて、すれ違う人々が時々一樹を振り返っている。

「なにを言ってんだか。人に見せつけるのが目的なんだから堂々としてろ」

店内を歩きながら、一樹はわざと顔を近づけて耳元でささやく。

「大丈夫。お前の変装はかなり様になってるから、正体は、ばれやしない」

それに、もしなにかあっても……と、一樹は続け――

「そのときは、俺が絶対にお前を守るから」

がやがやとした店内でその言葉がはっきりと耳に届き、胸がざわついた。

それから日用品や食材を適当に選び会計を済ませた。店を出ようとしたゆりは、出口付近に野菜の苗の販売コーナーがあることに気づいて、足を止める。

「あ……」

吸い寄せられるように歩み寄り、その場にしゃがんだ。レタスの苗とカブやほうれん草の種がある。

「なんだよ、ベランダで野菜でも育てる気か？」

一樹も隣にしゃがみ込み、ビニールポットに入ったレタスの苗を手に取った。

「ダメですか？　わたしがすべて世話をするし、この時季なら虫がつくこともないし……」

マンションの構造上、広いルーフバルコニーなどはないのだが、唯一、ゆりの部屋の窓側だけ小さなベランダがある。別府にいたときもハーブとミニトマトを育てていたが、もっとやりたくても忙しくてそれが限界だった。今は日中時間があるし、もう少しまめに手入れができると思う。

「ダメなわけがない。ゆりがやりたいことをしていいよ。俺も手伝うから」

「ほんとうに？」

「ああ……。そうだな、とりあえずカブとほうれん草の種まきでもするか。あとはベランダで育てやすいものがいいんじゃないかな……」

一樹に言われて、ゆりは並べてあった苗を順番に手に取った。

「そういえば、おふくろたちも庭で野菜を作ってたよな。最初はうちのおふくろが庭でピーマンを作って、それを見たお前んちのおふくろさんも庭に菜園を作って……」

ふいに死んだ母の面影が浮かんだ。小学校に入ってすぐの頃、一樹の母親に触発されたゆりの母が、庭の一角で野菜の栽培を始めた。決して大量に収穫していたわけではないが、ふたりとも仲良く土いじりを楽しんでいた。自分が植物の栽培になじみを持っているのは、もしかしたらその影響なのかもしれない。そんなこと、今まで考えもしなかった。一樹といると、知らなかった自分の一面に気づかされて調子が狂う。

「おばさん……、いえ。一樹さんのお母様は今でも野菜を作ってらっしゃるのですか？」

「おばさんでいいよ。ずっとそう呼んできただろ」

「え？　はい、でも……」

「変に気取るな。うちのおふくろはお前がオムツをしてた頃からの付き合いだ。お前がどれだけ気取っても、その事実は消せない」

　強い口調だが、一樹はすぐに視線を和らげた。

「おふくろは元気だよ。子育ても終えたし、趣味のダンスやガーデニングを楽しくやってるよ」

　一樹は言って、レタスの苗を差し出してきた。彼の言葉は、なにかにつけてゆりの胸を揺さぶる。それをどう受け止めるか、ゆりはまだ見極め切れていない。

　食材と苗とプランターと培養土と、そこそこの荷物を抱えてマンションに戻り、今度は目につきやすいよう、正面エントランスから中に入る。

　部屋についてリビングに荷物を運び込むと、一樹がまたしても腕を広げている。

「今度はなんでしょう？」

「今日は朝のハグをしてないだろ？　だから今、朝の分をここでしよう」

「……さっき済ませたばかりですから」

ゆりは目をそらした。ここは快適で、一樹は時々傲慢な物言いをするが、基本的には親切だ。そしてゆりのことをよく理解してくれている。

それがよくないのだ。ずっといてもいいかな？　という気になってしまう。

「買ってきたものはわたしが片付けますから、一樹さんはもうお休みになってください。明日も早朝からお仕事だと、うかがっております」

そう言うと、一樹はやれやれという顔で頭を掻いている。

「七時半には朝食をご用意しますが、もし昼食もご入用でしたらお申しつけください。ロケ弁だとダイエットには向かないと思いますし」

「……弁当作ってくれるのか？　助かるよ。もちろん頼む」

「わかりました。ではご用意します」

「なあ。このよそよそしいやり取りやめないか？　さっきも言ったが、いくら外で手をつないでも、恋人じゃないことはすぐにわかるぞ？」

一樹はゆりに歩み寄り壁際に追い詰めた。彼がニット帽を取ると髪が無造作に広がり、また異なる雰囲気を漂わせる。彼の体温を感じるくらい近くて、自分の中の女の部分が激しく揺さぶられた。でも、その感情を抑え込む。

「だからハグだけではなくイチャイチャもしろと？　あなたは毎回、恋愛ドラマの撮影のときに、リアリティを追求するために共演女優を誘惑するのですか？」

「……いえ、いたしません……」

一樹が苦笑した。

「ですよね。雰囲気作りは必要かもしれませんが、ドラマの中で熱演すれば十分のはず。大丈夫、外ではちゃんとやりますから、家の中では家政婦だと思ってください」

するりと身を滑らせ一樹から離れると、ゆりはテーブルに置いた買い物袋に手をかけた。

「待てよ」

一樹もまたテーブルの前に回り込み、買い物袋に手をかける。

「言いたいことはわかるし、俺だってお前が嫌がることはさせたくない」

一樹はふわっと笑うと、買い物袋からはみ出たレモンを拾い上げた。

「だからしばらくは、お前のやり方でいいよ。でも、もし十日経ってもマスコミが取り上げなかったら、そのときは俺のやり方でいくからな」

「あなたのやり方……？」

「朝晩のハグと本気のキスだ。本物の恋人同士になるのが手っ取り早いが、それは勘弁してやる」

「はあ？」

一樹は威嚇(いかく)するかのように、テーブル越しにぐっと顔を近づけた。

「俺はプロだから本番だけでもうまくやり通せる。でもお前は素人(しろうと)だ。だから普段から練習しておく必要があるんだ。理解しろ」

「う……」

なんという俺様な。そしてめちゃくちゃな理屈。だが、一理ある。

「わかりました。そのときは考えます」

「よろしい。じゃあ、お言葉に甘えてそろそろ休ませてもらうよ」

お前もほどほどになと言い残し、一樹は自分の寝室に入った。

その晩ゆりは、なかなか寝付けなかった。

朝晩のハグと本気のキスだ――。そう告げたときの一樹の言葉と顔が頭から離れない。そこまでする必要があるのだろうか。もしかしたら最初から淫(みだ)らな下心があったのだろうか。

毛布をつかむ手に、彼の手の感触が蘇(よみがえ)る。傲慢(ごうまん)な物言いとは対照的に彼の手は温かく頼もしく、あの瞬間は安心させてくれた。どちらが本当の一樹なのか、わからない。

ゆりは寝返りを打って壁のほうを向くと、イルカの抱き枕にしがみついた。目をぎゅっと閉じて、一樹の気配を頭から追い出す。

——とにかくやるしかない。結果を出して、早くここから出なくては。

「では、スーツケースはわたしが整理しておきます。一樹さんのお部屋の掃除もいたしますので」

翌朝八時、ゆりは撮影に行こうとする一樹を玄関先で見送りながら、今日の予定を報告していた。

「ああ、頼む。クリーニングはコンシェルジュに頼んどけば大丈夫だから」

すでに高津がマンションの地下駐車場に車を停めて待っている。

「かしこまりました。かかった経費については、一週間ごとに会計報告をいたします。勝手ながらわたしのほうで予算を決めさせていただきますので」

「助かるよ。でも、かしこまりましたはやめとけ」

「……鋭意努力いたします。それと午後は、アルバイトを探しに行きますから」

「わかった。頑張れ」

「あと、これは今日のお弁当です」

ゆりは早起きして作った弁当を入れた、小さなトートバッグを差し出す。

「レシピを少しアレンジして、腹持ちのいいメニューにしておきました。余計なお世話かもしれませんが、一樹さんは身体が資本なので、あまり食事を制限しすぎると体調不良になりかねないと思いまして……」

俳優は体力勝負。食事と睡眠をおろそかにしてはダメだと思う。かがんでブーツをはいていた一樹は立ち上がると、満面の笑みを浮かべた。

「サンキュ！　お前クールぶってるけど、実は気が利くしいい奴だよな。こんなに俺のこと心配してくれてるとは。ありがとう、ゆり」

「い、いえ、あ……」

逃げる間もなくハグされる。昨日は傲慢な物言いをしていたが、今朝はいつもの優しい一樹だ。

「今夜も帰ったらスクープされるために外出するから、準備しておけよ。じゃあ、行ってくる」

最後にメガネをかけると、彼はトートバッグを手に出ていった。

――ふう……

見送ったゆりは、気持ちを切り替え作業に取り掛かる。朝食の片付け、掃除洗濯、昨日買った野菜苗の植え付けと種まき、それに一樹のスーツケースの荷解きなど。

外はよく晴れていて、リビングの窓からは、うっすらと富士山が見えた。関東に戻ってきたのだと、しみじみ思い知る。

昼食を適当に済ませて、午後は街へ出てみる。ひとりなので、変装はしない。無料の求人誌はないかと、駅の反対側にある大型書店に入ってみると、店内に張られたポスターに目が留まる。

「福山一樹主演、渋谷中央テレビ歴史ドラマ『花のように、鬼のように』原作本好評発売中！」

そんなキャッチコピーとともに、総髪に束ね華やいだ着物に身を包んだ一樹の姿が写っていた。ドラマの原作本の宣伝らしい。ポスターの下には、それらしき単行本が積み上げられていた。

――ダイエットは、このドラマの撮影のためかな？

歴史物だというのは聞いていなかったが、放送開始は春だと言っていたからたぶんこれだ。一樹の和装がりりしくてつい見とれていると、そばにいた女性店員に声をかけられた。

「もしかしてバイト希望の人？」

「はい？」

「違ったかしら。求人案内を見てたような気がしたので……」

言われてゆりは、一樹のポスターの横にちんまりと張られた「スタッフ急募」の紙に気づいた。勤務時間応相談、時給千二百円、未経験者歓迎などの諸条件のあとに、電話番号と「担当木下まで」という一文があった。

チラリと見ると、女性店員のエプロンの左胸に「木下」というネームプレートが付いている。たぶん彼女が採用担当なのだろう。

ふと別府にいる静香を思い出した。雰囲気がなんとなく似ているし、苗字も一緒だし、歳も同じくらいに見える。

「あ、はい……、そうなんです。アルバイトを探しておりまして」

とっさにそう答えてしまった。書店のバイトなど考えてもいなかったが、時給は悪くないし、目の前の木下という女性に親近感がわいたのだ。

「そう、よかった。急に人が辞めちゃって困ってたの。申し遅れました。私、星乃屋書店渋谷本店、フロアマネージャーの木下です」

——フロアマネージャー……。つまり木下マネージャー？

そう声に出しそうになった。木下と名乗った女性はエプロンのポケットから名刺入れを取り出し、その中の一枚をゆりに差し出した。木下温子。それが彼女のフルネームらしい。

「いつ面接に来られる？　履歴書を持ってきてほしいんだけど」

「いつでしたら、大丈夫でしょうか」

「そうね……。明日の今頃はどうかしら？　一時過ぎなら店内にいるから私に声をかけて」

「かしこまりました」

「かしこまりましたか……。あなた接客は得意そうね。じゃあ、明日お待ちしてますので」

なんという偶然。ゆりはドキドキしながら、その場をあとにした。

夜になり、帰宅した一樹に書店での経緯を話すと、快く賛成してくれた。

「でもなんで、書店なんだ？」

シャワーを済ませた彼は、夕食の用意をするゆりのそばで立ったまま缶ビールを飲んでいる。もちろんダイエッター向けの低糖質タイプのビールだ。

「なんというか……。本に囲まれてみたかったのと、あとはそう、フロアマネージャーさんが気さくな方だったので……。でもまだ採用されると決まったわけではありませんが」

「きっと採用されるよ。だけどゆり――」

「はい、なんでしょう」

一樹は湯上がりのコロンの香りを漂わせたまま、ゆりににじり寄った。

「バイトも野菜作りも反対しない。でもお前が一番すべきことをおろそかにするなよ」

「もちろんです。家事も一樹さんのお世話も、手抜きはいたしませんから」

「違うだろ。一番はそれじゃない。お前、俺の彼女だろ？　毎晩出歩いて、ラブラブっぷりをみんなに見せびらかすんだからな」

「た、正しくはあなたの彼女という設定です。大丈夫。きちんとやり通しますので、ご安心を」

真顔で言われてどきりとした。絶対にうまくやれる、十日もあれば結果を出せる。そのときはそう思ったが、数日たつと雲行きが怪しくなった。


「ない」

約束の十日目の晩、ゆりはマンションで今週発売の週刊誌の中身をチェックし、呆然（ぼうぜん）としていた。各誌とも大物政治家同士のW不倫の記事をトップで扱い、自分と一樹の話題などどこにもない。

ネットやワイドショーも同じで、目につくのは「永田町激震、禁断の歌舞伎町路上キス！」。こんな過激な見出しばかり。

――そんなぁ……

あれから書店のバイトに採用され、すでに三日ほど出勤している。一方で、一樹との夜の外出もかかさずやっている。ペアのリングも身に着け、彼が恋人について語ったトーク番組の予告だって、毎日テレビで流れているのに、どのメディアも興味を示さないのはなぜなのだろう。

「熱愛は不倫には勝てないのですか？」

その日、少し早めに帰ってきた一樹に訴える。グラビアの撮影でもあったのか、おしゃれなスーツにネクタイという姿でリビングに現れた一樹は、テーブルに置かれた週刊誌を見て苦笑した。

「まあ、幸せな恋よりもW不倫のほうが雑誌は売れるってことだな。あとはお前が恋人に見えないからじゃないか？　ただの友人か業界人と思われたか」

「友人か業界人？」

「そう。一応写真は撮られてて、複数のマスコミから事務所に問い合わせがきてる。お前のことは俺の昔からの知人だと、食いつきそうなエサをまいたはずなんだがな」

それを週刊誌サイドが恋人ではないと、判断したのだろうか――？

話が違う――！

手をつないで歩いていれば記事になるはずではなかったのか？

「だから言っただろ？　イチャイチャが足りないんだ」

一樹は意地悪そうに笑うと、上着を脱いでソファに座り、ネクタイを緩めながら長い脚を組んだ。

「お前のやり方ではプロの目は欺（あざむ）けないってことだ。今後は、約束どおり俺のやり方に従ってもらうからな」

朝晩のハグと本気のキス——？　そんなの無理だ。

隣に座れというふうに、一樹は自分の横をぽんと叩いた。

「そ、そこまでする必要があるのでしょうか」

「そこまでしなかったからスクープされなかったんだろ？」

「う……」

なんの反論もできない。諦めてゆりは一樹の隣に腰を下ろす。

「まずは何度も注意してるお前の口調から変える。俺の目を見てお帰りなさい、カズくん……。そしてハグ。これをやってみろ」

偉そうに言うと、彼はゆりの顎に手をかけ、クイっと持ち上げた。

「いいか、遊びじゃないんだ。仕・事・だろ？」

——仕事。確かにそうだ。報酬をもらうことと引き換えに受けたのだ。だから従うしかない。課された仕事はなんでもやる。それが自分のポリシーだから。

ゆりは無理やり媚びるような笑みを浮かべ、一樹に抱きついた。両手を彼の首に回し、甘ったるい声で耳もとにささやきかける。

「お帰りなさい、カ・ズ・くん」

「やけくそかよ……。まあ、いい。やればできるってことだ。俺の前では今みたいに笑えよ」

くすっと笑うと、彼は普段するようにゆりの頭を優しく撫でた。

「ただいま、ゆり……。腹が減ったな。今日の夕飯はなんだ？」

返事を促すように頭をポンポンと叩いてくる。

「ア……アクアパッツァともち麦のリゾットです……、いえ、リゾットよ」

「うまそうだ。ゆりは料理が上手だよな。早く飯にしようぜ。でもその前に」

「その前に？」

「今夜は例のトーク番組の放送がある。遠恋中の彼女がいると告白してるから、さすがのマスコミも本気を出すはずだ。だから今日はこのあと出かけてどこかで路チューする。今から練習するぞ」

「ろ、路チュー？」

　びっくりして顔を上げると、彼の情熱的な視線とぶつかる。幼なじみのカズくんから、乙女を魅了する福山一樹にスイッチしたみたいだ。

「お前はじっとしてればいい。心の準備が整ったら目を閉じる。あとは俺に任せろ」

「ま、任せろって。冗談じゃ……」

　本当に役作りなのか。それともただの性的な衝動なのか——。わからない。でも彼の視線に圧倒されて、ゆりは観念して目を閉じた。すぐに空気が動いて、彼の香りがいっそう近づく。と同時にうなじに彼の手がかかり、一気に唇を奪われた。

「ん……！」

衝撃に脳内がスパークした。ショックで目を開いてしまうと、くるりと視界が回転した。

「カズくん……」

ソファの上に押し倒され、一樹が覆いかぶさってくる。触れるだけの唇はすぐに強く押し当てられ、ゆりの身体の自由を奪った。両手を彼の胸に当てたが押し返せない。彼はゆりの唇をもてあそぶように甘噛みし、やがてこじ開け押し入ってきた。

「ゆり」

甘いささやきに、ふたたび脳内で立て続けにスパークが起こる。舌で口内をまさぐられ、彼の熱情と息吹を受け入れたゆりは、不思議な恍惚感に浸り始めた。

涸れ果てた心に久しぶりにもたらされた滴のように、しっとりと胸を潤していく。

――俳優って、ここまでやるの？　なんて官能的なキス。

実際はほんの数秒だったかもしれないが、ひどく長い時間、彼がのしかかっていたように感じられた。

「……七十点かな」

やがて顔を上げた一樹は尊大に言うと、息を弾ませるゆりの腕を引いて起き上がらせてくれた。

「素直になれた点は評価する。でもまだ足りない。もっとキスに溺れないとな、ゆり」

くすっと笑った一樹は、乱れたゆりの髪を撫でつけ、ブラウスの襟元もきちんと整えてくれた。

「顔が赤いぞ。久しぶりのキスだろう」

「はいそうです」とは言えなくて、ゆりはただ平静を装うので精一杯だった。

その晩は人生初の路上キスをした。

それがキャッチされたのか、翌週の水曜日、待ち望んだ熱愛記事が出る。朝からバイトだったゆりは、昼過ぎに休憩室に駆け込むと自腹で買った一冊の写真週刊誌をテーブルに広げた。今日発売の週刊ゴシップ、表紙には『福山一樹・熱愛激写』の文字が躍る。

十一月某日都内某所。夜の十時過ぎ、人気俳優の福山一樹は人目を気にするそぶりも見せずに長身の美女と手をつないで夜道を歩いていた。——ふたりは高級スーパーで買い物をすませたあと、手をつないだまま福山のマンションに入っていった。

また別のある日、同一人物と思われる女性を伴った福山が、高級寿司店の個室で仲良く寿司を食べている現場をキャッチ——

——キター！

心の中で叫んで、記事を三度読み返した。写真は今月初めのスーパーでの買い出しを含めて、モノクロで計三点。わりと鮮明だが、ウィッグに加えて顔がモザイク処理されているため、ゆりだとはわからない。しかし路上キスはなかった。

記事内ではゆりのことを「二十代の女性Aさん」とし、一樹のデビュー前からの知人で、仕事の関係で海外在住、日本には年に数回しか帰ってこない……と紹介していた。

このキャラ設定は安住が考え、一樹の周辺に吹聴(ふいちょう)して回ったと聞いている。

――結局恋人認定されてるの？　されてないの？

見出しは熱愛だが本文は曖昧(あいまい)な表現だ。歯がゆさを感じていると、午後のシフトに入っているバイトの男子が出勤してきた。

「わー。ゆりさん、カズキのファンなの？　うそー」

女のような甲高(かんだか)い声を上げながら、彼はゆりの背中をぺしぺしと叩いた。

金城聡(きんじょうさとし)、二十二歳の専門学校生だ。初対面時から妙になれなれしく、ふんわりとしたマッシュヘアは別府にいる新條を思い出させる。

マネージャーといい、この金城といい、なんというデジャブだろう――

「カズキってスキャンダルとは無縁だったのに、今年二度目の熱愛報道なんだよねぇ。なんか信じらんない。前回もだったけど、この人もカズキの恋人には見えないなぁ……」

「え？」

ゆりの隣に座った金城は、テーブルに広げた写真誌を指して首をかしげる。そこに写った女が自分だと見抜かれそうで、心臓がどきどきしてきた。

「どうして……、恋人に見えないの？」

「だって、なんかこの人カッコよすぎない？　有名ブランドの服で全身コーディネートしちゃって、妙に堂々としてる。まるで私のこと見てーって言ってるみたい」

言われてみれば確かにそうだ。変装しているのをいいことに、写真の自分は顔を上げて堂々と前を向いている。一樹にそうしろと言われたからだ。

「芸能人のカップルって普通はもっとこそこそするでしょ。ラブラブな雰囲気も感じないし、カズキと一緒にご飯を食べて舞い上がっちゃった、業界人じゃないかなあ……」

舞い上がった業界人。待って、どうしてそうなるの——!?

金城の言うとおりだった。待望の熱愛報道が出たというのに、世間の反応は金城とほぼ同じで懐疑的。ゆりはがっかりさせられた。

「最初の熱愛報道のときにかなり強気に否定したんで、今回も誤報と思われたんだな。うちの事務所に配慮して、ワイドショーはこの話題を取り上げないらしいし」

日曜日の夜、一緒に夕飯を囲みながら一樹は言った。

配慮。あるいは流行りの忖度ということだろうか。この件についてはネットを中心に、週刊ゴシップへの批判的な意見であふれているらしい。

「いえ、わたしの力不足です。正直、甘く見すぎてました」

ゆりは素直に詫びた。この数日は朝晩のハグとキス、その後、人生初の路上キスとゴシップ誌デビューまでしたのに、恋人には見えないという烙印を押された。

自分なりに頑張ったつもりだが、努力の向きを間違えたかもしれない。

「謝るなよ。社長も亮さんもお前にとても感謝してる。食事も含めて俺の生活をしっかりサポートしてくれてるから体調がいいし、このまま安心してドラマの撮影に入れるよ」

「でも芸能界のドンには、疑われたままなのでしょう？」

「まあな。でも相手のモデルは共演ＮＧにしてるから、最近見かけてもいない。お前は余計な心配しないで、このまま彼女でいてくれ。まだ二週間そこそこだ」

「このまま……」

このままニセの彼女でい続ける。当面生活の心配はないということだが、一樹とのふたり暮らしが長引くことは避けたかった。彼は自分を、素直だが無力だった昔の自分に変えてしまう気がする。

それに仕事として引き受けた以上、少しでも早く結果を出すべきだ。一樹だって、いつまでも不安材料を抱えていたくないだろう。

「あの、今夜は外出はやめませんか？　話があるんです、一樹さん……、いえカズくんに」

この数日考え抜いたことで、自分の中のプロ意識がある方向に固まりつつある。

「お、それもいいな。ふたりで酒でも飲みながらしっぽりと語るか？　俺明日、休みだし」

からりと音を立て、氷の入ったソーダ割りのグラスを置いた一樹はくったくなく笑う。

「話といっても、ベッドの中でだけど……」

「ベッド？」

彼が目を丸くする。ゆりは箸をおいて、きちんと背筋を伸ばした。

「わたしはこの任務を甘く見すぎてました。カズくんが言うように、日常から本物の恋人として振る舞わないと周囲を欺けないんだと……、気づいて……」

「へえ……。やっと気づいたか。それで？」

どうするんだ？　……と先を急かされた。彼はもう驚いてもいなければ、笑ってもいない。

「だからその……、もし嫌でなかったらわたしを、わたしを……」

声が震える。しかし、一樹に穴があくほど見つめられ、覚悟を決めた。

「わたしを抱いてください。今夜だけ、今夜だけでいいから」

しばしの沈黙。彼が呆れたような目で見ている。

「本気で言ってるのか？　ハグだって嫌々してたお前が？」

「本気です。そうしないと完璧な恋人を演じられないの」

「あのな……」

「カズくんが言ったんじゃない。やるときは徹底的にやるって。わたしも同じ。この任務を全うするためならなんでもやる」

力が入り、つい腰を浮かせてしまうと、一樹は大きく吐息をもらした。

「一応聞くが、普段からこんな枕営業やってんじゃないだろうな」

「ま、枕営業？　ひどい。相手がカズくんだからに決まってるでしょ。わたしはそんな……」

生活のためにどんな仕事でもしてきた。だが、女の武器を使ったことはない。

「俺だけなんだな。だったらいい。受けてたつよ」


バスルームから出てリビングに戻ってみると、先にシャワーを済ませた一樹がシックなガウンに身を包み、ソファで雑誌を読んでいた。はだけた胸、裾から伸びた長い脚。ガウンの下にはなにも身に着けていないことがわかる。

「早く来いよ」

待ちくたびれたというふうに、彼が手招きする。先ほどは唖然としていたが、最終的にはゆりの決意に理解を示してくれた。

テーブルに置いたままのグラスに残った水を飲みほすと、ゆりはすたすたと彼のもとに歩み寄る。髪をクリップでまとめ、熱い湯を浴びて火照った素肌にはタオルを巻きつけただけ。

　彼のそばまで行くと、その場にひざまずき彼が手にしていた雑誌を奪う。

「お手柔らかに」

　思わずそう口にしていた。くつろぐ彼の姿からあふれ出るフェロモン。きっと経験豊富に違いない。どうやったって、自分が一樹を満足させられるとは思わない。でもこれは、自分が限界を超えるための儀式なのだ。

　手を伸ばして彼の頬に触れ、そのまま首を伝ってはだけた胸に下ろしていく。頬はすべすべで、胸は筋肉で硬かった。そしてこの数日しているように、彼の頬にキスを落とす。二度三度口づけてから首筋に移動して、キスマークがつかないように気を配りながら胸へと唇を滑らせた。ガウンの内側に手を差し込んでいっそう胸元をくつろげると、CMで見たあのセクシーな胸元があらわになる。

　――すごく鍛えてる。そしていい匂い……

　ダイエットの成果で、余分な脂肪がそぎ落とされた胸板は美しい彫像のようだ。ゆりは硬くなった一樹の乳首に指を添わせると、筋肉の感触を味わうようにゆっくりと撫で、舌で乳首をつついた。

　ピクリと彼が動いた。

「おい。そんな処女みたいなアプローチやめろよ。初めてじゃないんだろ？　眠くなりそうだ」

「え？」

　一樹は頬杖をついたまま、退屈そうに言う。

「お前の考えはわかってる。仕事の結果を出すためにセックスという手段に出た。早く恋人だと世間に認知させ、報酬を手にしてここから出ていきたいんだろ？　見上げたプロ根性だ」

　与えられた任務を早く全うすることが目的で、早く出ていくためにこうしているわけじゃない。『プロ根性』という一樹の言葉には嘲りが含まれているように感じたが、間違いとも言い切れないので反論はしなかった。

「だったら、もっと気合いを入れてやれ。そして俺を本気にさせろ」

「くっ……」

　そのとおりだ。愛なんてない。なくていい。契約上の関係なのだから。

「失礼しました」

　ゆりも冷ややかに応じ、起き上がって彼の脚の間に割り込む。乱れたガウンのひもをほどいて一樹の裸身をあらわにすると、股間のモノに手を添えていきなり口に含んだ。

「おっと……」

一樹が小さくうめいた。ゆりは彼自身を口に含んだまま、何度か顔を上下させた。それはすぐにゆりの口内で肥大化し、のどの奥に突き当たる。

——んぐ……！

目の奥で火花が散った。処女ではないがセックスは久しぶりだ。男の肌の感触や骨ばった手足、濃密な匂いなど。自分の中の感覚を取り戻すところから始めなくてはならない。

歯が当たらないように気を配りながら、次は舌を当ててみる。つつつっと上下させると、続けざまに一樹のモノが脈打った。

——お、大きい……

戸惑っていると一樹は自ら脚を大きく開き、ゆりの頭に両手を添えた。そのまま頭を股間に押し付け、深く咥えさせようとする。横暴な行為は苦しくて、声にならない悲鳴を上げると、がばっと頭を引きはがされた。

「んあっ……」

たぶん、みっともなく口元を濡らしていたのだろう。一樹は色っぽく笑うと、ゆりの口元を指で撫で、両手で頬を挟んだ。

「涙目になってるじゃないか。まあまあ、うまかった。危うく口の中で果てそうだった」

「ま、まだ……」

「お前の本気度はわかったよ。次は俺にさせろ」

彼の手が伸びてきて、指先が胸のタオルにかかる。すっと下に動かしただけでタオルがはがれ、ゆりは冷えた空気を全身に浴びた。

「立ち上がって、よく見せろ」

言われるがまま、ゆりはその場に立ち上がり、反射的に胸の前で両手を交差させる。

「邪魔」

しかし一樹が顎をしゃくったので、すぐに手を下ろした。なにもまとわぬ状態で、彼の視線が全身に突き刺さる。細胞という細胞から悲鳴が聞こえてきそうだ。

「予想はしてたが、いい身体してるな」

「あ……」

乱暴に手をつかまれて、ソファの上に引きずり倒された。くるっと体勢が入れ替わり、彼がのしかかってくる。初めてキスしたのは数日前だ。あのときと同じ体勢で、一樹はふたたびゆりの唇を奪った。

「んふ……」

ぎしっと身体を沈ませながら、ぶつかるように唇がむさぼられる。舌でこじ開け、あっという間に侵入し、意識が寸断するほど強く吸う。

「だ、だめ……」

ゆりは、息を途切れさせながらつぶやく。

「どうして？」

「だって汚い……」

今さっき、彼の股間を愛撫した口だ。そこに唇を触れさせるのは気が引ける。でも一樹はやめなかった。

「お前のどこが汚いっていうんだよ。こんなにきれいだってのに」

「カズくん……」

彼は顔を上げると、まっすぐゆりを見下ろす。男らしくて美しい瞳だ。強い視線でゆりを動けなくし、自分は身体をずらすと、乳房に両手を添えて愛おしげに揉みしだく。乳首が痛いほどに硬くなり、今度は彼がそれを口に含んだ。

「はう……んん……」

甘い衝撃が身体を貫き、聞いたこともないような嬌声(きょうせい)を上げてしまう。頭は混乱しているのに、無意識に身体がのけ反り、彼の目の前に乳房を突き出す形になる。一樹は無言のまま舌と唇を器用に使い、乳房への愛撫を入念に繰り返した。

その行為はゆりの中の官能を一気に呼び覚ました。下腹の奥がじわじわと熱を帯(お)びていく。

「感じてくれて嬉しいよ、ゆり。じゃあ、こっちは？」

身体を起こした一樹はゆりの両膝に手をかけ、無遠慮に押し開く。

「待っ……、あ……」

羞恥に泣きだしたくなった。きっともう、濡れている。自分が淫らに感じ始めている
ことが、彼にばれてしまう。

「自分で脚を抱えてろ。いいか、俺の邪魔すんなよ」

屈辱的な命令だが従うしかなかった。ゆりは自ら両脚の膝裏に手をあてがい、恥ずかしい場所を彼の眼下にさらした。視線を感じ、身体の奥でなにかがどくどく脈打つ。

唇を噛んだまま羞恥に耐えていると、かがんだ彼が秘めやかなその場所を舌でなぞった。

「ひゃっ！」

乳首に愛撫したのと同じように、舌で入念に舐め上げる。両手を添えて閉ざされた襞を左右に押し開き、深層まで舌をねじ込んできた。

「や、あ！」

喘ぎをもらしてしまうと、つぷりと指が入ってくる。衝撃に、かっと目を見開いていた。

「じっとして、力を抜いてろ。乱暴にはしないよ。まずはお前が好きに感じていいから」

「や……、カズくん……」

奥まで侵入した指がゆっくりと抜き差しされ、次第に動きが速まる。と同時に、隠微な水音が静まり返った室内に響き始めた。

「あ、あ、あ……」

屈辱や羞恥はやがて消え去り、代わりにめくるめく快感に身体が支配されていく。ゆりは顔をそむけて、淫らな喘ぎをもらさぬよう歯を食いしばる。

「声は我慢するな。どうせ誰にも聞こえやしない」

「でも、あ……」

指先がどこか感じやすい場所をこすって、思わず身体が跳ね上がる。脚を抱えていた手がはずれ、反射的に手の甲で口を塞いでいた。

「この期に及んで素直じゃないいな」

差し込まれていた指が増やされたのを感じた。下腹のあたりがぐっと圧迫され、草むらをかき分けるもう片方の手に、敏感な蕾を探し当てられる。またしても一樹の顔が沈み、むき出しにされた蕾が舌に捕まる。

「それだめ……。んあ、あああ——！」

もう我慢の限界だった。ゆりはソファの座面をつかみ、身体を大きくのけ反らせた。

そして声がかすれるほど叫んだ。

「ここがいいんだな。いいぞ、もっと乱れろ。ゆり」

「や……、無理……」

「無理なもんか。なりふり構うな。お前の全部をさらけ出せ」

「カズくん……。や、ああ……」

ゆりは半泣きになりながら、頭を左右に振って甘美な攻めに耐えた。身体が火照り、彼の指をくわえ込んだ場所を中心に官能の渦が沸き起こる。それがどんどんせり上がり、頂点に達しそうな気配を感じる。

「もう、ぐちゃぐちゃだ。淫乱め。俺の指がふやけそうだ」

「うう……」

感じているのに、涙が込み上げてきた。一樹は指の動きを速め、ぴちゃぴちゃと音を立てながら敏感な蕾を舌でなぶる。

――もう逃げてしまいたい。でも逃げたくない。

彼が与えてくれる悦びを感じていたい。

「かわいいよ。ゆり」

ふいに顔を上げた彼は、ツンと尖った乳首を口に含んで舌先で転がした。

「なにも考えずにイけ」

ささやきは甘くセクシーだった。それが合図となって、ゆりは身体を大きく弾ませた。

「うう、うあああ――！」

せり上がってきた欲望が一気にはじけ、頂点に押し上げられる。恥も外聞もなく、一樹の腕の中で最初のエクスタシーを迎えていた。

息も絶え絶えのまま、ゆりは一樹に抱えられて彼の寝室に運ばれる。せっかくシャワーを浴びたのに、背中が汗で湿っていた。天井の明かりはついておらず、ベッドサイドのスタンドライトだけが、ほんのりと室内を暖かく照らしていた。

「お前のイった顔、なかなかセクシーだった」

裸のゆりを抱いたまま、一樹はこんなときでも余裕を漂わせていた。

「……ソファを汚しちゃったかも……」

彼の目をまともに見られないまま、ついそんなことを口走っていた。指でイかされただけなのに、身体がうねり頭の中が真っ白になった。

「もうびっしょりだった。お前大洪水だったし……」

「ひど……、そんなはずは……」

かあっと頬が熱くなる。一樹はベッドの上にゆりを下ろすと、カバーをめくってシーツの上にゆりを横たえた。

明るいときには何度も入った彼の寝室。

センスのいい家具と、シンプルなカラーのカバーリング。そして家族の写真。

「というのは冗談。あとで拭いときゃいい。今は余計なことを考えるな」

ちゅっと音を立ててゆりの唇にキスをして、一樹はいったん離れて背を向けた。その間にゆりは大きく息をつく。そしてうしろ向きのままガウンを脱ぎ捨てた一樹の、均整の取れた背中をぼんやりと見つめた。

ごそごそと音を立てて、たぶん避妊の用意を整えているのだろう。

――もうあとには戻れない。

抱いてほしいと自分から口にしたが、ふたりの距離感だけでなく未来や運命をも変えてしまいそうな予感がした。

「じゃあ、続きをやるぞ」

振り返った一樹が、ほの暗い明かりの中でぞくっとするような笑みを浮かべて近づいてきた。ベッドに這(は)い上がると、しなやかな動きでゆりの上に覆(おお)いかぶさり、顔の両脇に腕をつく。

「気だるい顔して……。そそられるよ」

唇が落ちてきて、ぴたりと口を塞(ふさ)がれた。またしても濃厚なキス。ゆりは黙って受け入れて、彼の唇が胸に移動し徐々に下半身に移っていくのを、ぼんやりと見ていた。

「お前の身体、いい匂いがする」

へそのあたりを、舌でぐるぐると愛撫され、それだけで身体の奥がふたたび濡れてくるのを感じた。ついさっき乱れに乱れ、それから十分くらいしかたっていないが身体はまだ欲(ほっ)していた。

「悪いけど、もう入れるから」

キスマークでもつけたのか、脇腹のあたりを強く吸ってから、一樹は身体を起こしてゆりの両脚を抱えた。

「大丈夫」

受け入れ準備は整っている。そう思っていた。でも一樹が自分自身を蜜口に押し当てたとき、熱を帯びた強直にほんの少し怖くなる。そのままぐっと腰を押し付けられると、身体が引き裂かれるような痛みに、ついうめいてしまう。

「ふ……、くっ……」

「力を抜いて」

覆いかぶさった一樹が、耳たぶを甘噛みしながらささやく。

「力を抜いて、ゆり。息を止めるな」

「わ、わかって……。あああ……」

ゆりの頭を撫でさすりながら、一樹は小刻みに腰を動かし奥まで自分を押し進めた。

やがてゆり自身が滑らかに潤って、彼を深く受け入れることができた。

彼とひとつになった――

でも途方もない圧迫感に息が止まりそうになる。内臓が押し上げられ、肺を圧迫し、酸欠のように頭がガンガンしてきた。

「お前の中、あったかいな……」

「生きてますから……」

「言うな……。じゃあ、動くぞ」

「はい……、あ……」

衣がこすれ合う程度の動きが次第に速さを増していき、ゆりの身体も大きく揺さぶられた。手を伸ばして彼の首にしがみつく。

「痛いか？」

返事の代わりにゆりは小さく首を横に振る。

——一線を越えてしまった。

もう幼なじみには戻れない。身体を重ね合うのは今夜限りではあるけれど、この先はただの男と女だ。自分の限界を超えるために、やるときは徹底的にやる。

「眠いのか？　どうして黙ってる」

「カズくんが大きすぎて、声も出ない……」

正直に言うと、一樹は額（ひたい）に汗を浮かべながらパッと目を見開いた。

「マジか。ていうかお前の口からそんな言葉を聞くとはな」

たいした進歩だ——。そう言うと、彼はゆりの背に右手を回し、左手で自分の身体を支えながら起き上がった。互いの下半身を密着させたままなので、ゆりは脚をM字に開いて彼の上に座る体勢になる。

「これ、や……」

彼が腰を突き上げると挿入が深くなり、とろけだした秘部の奥深くに達した。さっきは入り口の浅い部分を攻められ達してしまったが、今度はさらに奥を攻め立てられている。

ナカでイってしまうかもしれない。

過去にそんな経験をしたことはない。でも一樹となら未開の境地に到達できそうな気がしてきた。

一樹はゆりの腰に両手を回し、互いの胸をぴたりと密着させる。その体勢で乳房を口に含んだり、舌で乳首をはじいたり舐め回したりしながら、そのまま何度も腰を突き上げた。

「カ、カズくん……」

挿入が深くなり、たまらず下腹に力が入る。頭をのけ反らせ、ゆりは髪を振り乱しながら一樹の頭を両手でかき抱いた。そうしないと倒れてしまう。

「ゆり……、ばか、締め付けるな」

無意識に彼を締め付けていたようだ。うめいた一樹が左の乳房に歯を立てると、ズキンと痛みが走った。

「くそ……。お前、やばいな。あったかくてトロトロで感度がよくて」

ゆりのヒップに両手を当ててぐっと手繰り寄せ、彼はうめくように言った。

「もう手放せなくなる」

「そんなわけな……」

「それを決めるのは俺だ」

情熱的な光を宿した目で見つめた一樹は、ゆりに口づけた。

なにも考えられなくなり、反論もできない。今はただ、ふたたび身体の芯に沸き起こってきたエクスタシーの波に身を投げたくて。

それしか考えられなくなった。

「いいか、ゆり。決めるのは俺だから」

もう一度言うと、一樹は自分の身体を仰向けに倒して、ゆりを自身の上に跨らせる。腰をつかんだまま、いく度か下から突き上げた。それがことのほか刺激的で——

「や、あ……、カズくん……ナカ、変……」

身体中の血液が一気に下腹に流れ込んでいく。

「だめ、壊れる、こわれる……、うあー！」

頭の中が真っ白にはじけ、今まで感じたことがないほど子宮の奥がうねる。ゆりは胸を反らせ、一樹の上で身体を震わせながら二度目の頂点に駆け上がった。

「ベッドの中ではそんな顔するんだな」

ふわりと身体が回転し、ふたたびシーツに仰向けに寝かされた。けれどもう体力が残っていない。

「お前の喘いだ顔、すごく色っぽい。気に入ったよ、ゆり」

耳もとにささやいた一樹は、ゆりに覆いかぶさると、激しく腰を打ち付けてきた。彼はまだ果てていない。減量しているのに、この精力はいったいどこからくるのだろう。

彼の荒い息遣いや、ぱちゅんぱちゅんと湿った肌のぶつかる音を、どこか遠くの出来事のようにぼんやりと聞いていた。

「やばい、手放せなくなる」

眼前に迫った一樹の顔に、快感と苦渋の両方の色が浮かぶ。やがてゆりは、骨が砕けそうなほど強く抱きしめられる。

ゆりの中で彼が自分を解き放つ瞬間、いったいどんな顔を見せてくれるのか——。楽しみだったのに、頭がぼうっとしてきたせいで見ることは叶わなかった。

彼はゆっくりと弛緩して全身で荒い息を吐き出し、ばたりと覆いかぶさってきた。息ができなくて。彼に抱かれたまま、ゆりは意識を手放していた。

# 第三章　落としたい彼とビジネスライクな彼女

どれくらい眠ったのかわからない。

目覚めたとき、ゆりはぬくぬくと暖かいベッドの中にいた。室内はうっすらと明るくて、誰かの安らかな寝息が聞こえた。静かで穏やかで、心は満たされていた。ずっとこうしていたい気分。

しかしようやく目を開けると、目の前に裸の男の筋肉質な胸があった。

「ひっ……！」

息をつめて、目を見張る。昨夜の記憶が一気に蘇る。ここは一樹の寝室で、ゆりは一樹に腕枕をされたまま、彼の胸に頬を押し当てて眠っていたのだ。

――ああ、そうだ。やっちゃったんだ……

やっちゃったという表現はおかしいかもしれない。業務上必要なことだと思ったから、彼とセックスしたのだ。しかしいざ始めてみたら、仕事だということを忘れて夢中になってしまった。彼がたくみにゆりをリードし、甘やかな世界に導いてくれたから。

そっと動いて仰向けになり、両手で顔を覆う。動いた拍子に下腹部に痛みが走った。

――仕方ない。久しぶりな上に、けっこう激しかったし。

なりふり構わず欲望をむさぼる――。まさにそんな感じだった。

一樹は一度では飽き足らず、ゆりの中で三度果てた。買い置きの避妊具が三回分しかなかったのでそれで終わったが、そうでなければもっと続けただろう。終わったあと、身体がだるかろうがなんだろうが自分の部屋に戻るべきだった。でもあんなふうに求められて、ふたたび意識を手放すそのときまで彼にすべてを委ねたくなったのだ。

のそのそと起き上がり、乱れた髪をかき上げ、隣で眠る一樹を見る。

――すごく、よかったよ。カズくん。

たぶん人生最高のセックス。少しだけ下腹に痛みがあるが、身体は軽いし頭もすっきりしている。これもきっと我を忘れるほどのエクスタシーを与えてくれた彼のおかげだ。他人行儀はどこかに消えたし、今後は本物の彼女のように振る舞えると信じている。

今のうちにシャワーを浴びて、食事の用意をしておこうか――

ベッドから出ようとしたゆりは、自分が下着さえ身に着けていないことに気づいた。床に落ちている一樹のガウンを借りようとして、そっと毛布をまくったとき、肩に手がかかる。

「……どこ行くんだよ」

「え？　あ……」

寝起きの不機嫌な声とともに、強い力で引き戻される。ベッドに倒れ込むと、のそりと起き上がった一樹が覆いかぶさってきた。

「おはよう、ゆり」

「おはよう、カズくん。んん……！」

眠たそうな目で見つめられ、あっという間に唇を奪われた。昨夜の記憶を呼び起こすような熱烈なキスが繰り返され、それが首筋や鎖骨に移動していく。

「カズく……ん。起きないと……」

「休みだって言っただろう……。もう少し寝るから付き合え」

くぐもった声で言うと、抱き枕にするようにしがみつかれた。しかし寝ると言っておきながら、ぐいぐいと腰を押し付けてくる。彼もまたなにも身に着けておらず、いきり立った硬いものが腰のあたりをかすめてびっくりする。

——こ、これは……

頭より先に下半身が目覚めてしまったようだ。ゆりは身をひねって彼の腕から逃れると、ふたたび起き上がって毛布で胸を隠した。一樹はいっそう不機嫌な顔になる。

「なんだよ……」

「もう十時です……。ご飯の用意もあるし、わたしは午後からバイトだから」

「くそ。わかったよ。じゃあ夜にする。あとで出かけるから、そのついでにゴムも買っとく」

「ゴムって、それはつまりゆうべ三回分しかないって言ってた、あれのこと？」

「決まってるだろ。在庫があればあと二回はやれたな」

一樹は眠たそうな目のまま、肘（ひじ）をついて頭をもたげる。寝ぐせの髪でも無精ひげが伸びていても、骨抜きにされそうなほどセクシーだ。こんな素敵な男性をひとりじめしていることが、急に申し訳なく思えてくる。

「たっぷり仕入れてくるから今夜も楽しもうぜ」

そう言うと、手を伸ばしてゆりの頬にふれてきた。尊大な言葉とは裏腹に頬をなぞる指先は優しくて、身体の奥がずきんとなった。彼も満足してくれたのなら嬉しいが、次はない。新しい朝がきて、またビジネスの関係に戻るのだから。

ゆりは、手のひらでそっと彼の指を遮（さえぎ）る。

「今夜はできない。っていうか、次はないの。言ったでしょう？　一度だけって」

「どうして。あんなに熱い夜を過ごしたのに、また他人に戻れと？」

「そう。だって……」

「お前、俺に抱かれて自分がどれだけ感じてたか忘れたのか。クールぶるのをやめて、なりふり構わず喘（あえ）ぎまくってたくせに」

一樹がゆらりと起き上がる。熱っぽい目で見つめられると、またしても身体の奥がずきんと疼く。

「忘れてない。カズくんは最高によかった。今までで一番……」

「だよな。俺が一番よかっただろ？」

彼はゆりの両腕をつかんでぐいと引いた。

「相手が俺だから素直に自分をさらけ出せた。ほかの男じゃ、ああはいかない。わかってるよな」

「わ、わかってるって……。だからそんなに怖い顔をしないで」

拒否されて腹をたてたのか、一樹の表情が険しい。

「ただわたしは写真に撮られるために雇われたプロ彼女であって、セフレにも恋人にもなれないの。それもわかってほしい」

「セフレだと……？　お前が俺の？」

「うん……。違うの？」

話をややこしくさせないよう、ゆりは慎重に言葉を選ぶ。

「おかげでだいぶカズくんのことが理解できた。今後は打ち解けた言葉遣いにするし、外では今まで以上に恋人に見えるようにもできる。だから元のふたりに戻ろう。ね？」

「嫌だと言ったら？」

「カズくんはそんなこと言わない。だって、わたし以上にプロだから。自分が置かれた立場や周囲の期待をきちんと理解して行動できる人だと……、信じてるから」

自分の知っている屋代一樹はそういう男だ。俺様だけど、クレバーで責任感の強い人。たとえ芸能界に入っても彼の本質は昔のままだと思う。

黙ったまま目で訴えかけると、やがて彼が根負けした。

「くそっ」

怒りをほとばしらせるように吐き出すと、一樹は乱暴な仕草で毛布をはいでベッドから出た。素っ裸のままおしゃれなラグの上を歩き、クローゼットを開けてあちこち掻き回す。

「飯はいらない。シャワー浴びたらすぐに出かける。夕飯も用意しなくていい」

背中を向けたまま、なおも不機嫌そうな声で言う。

「え？」

「あちこちマークを付けたから、バイトに行くときは注意しろよ。特にうなじとか胸元とか」

「え、えええ！」

とっさにうなじに手をやると、一樹は落ちていたガウンを拾ってゆりに放った。

「わかったら俺の気が変わらないうちにベッドから出ろ。でないといますぐ襲う」

「か、カズくん……。ん、もう……」

ゆりはガウンをつかむと急いで羽織り、ぎゅっと前を掻き合わせた。

なんとかわかってくれたようだ。彼の気が変わらないうちに寝室を出ようと思い、急いでベッドを下りてドアに向かう。

「この俺をヤリ捨てするとはな。お前くらいだぞ、ゆり」

背後から恨みがましい言葉をぶつけられた。驚いて振り返ると、冷ややかな目でにらまれる。

「カズくん……」

「俺は自分のことは自分で決める。でも今回だけはお前の言うとおりにしてやる。ただ」

「……ただ？」

「欲しいものは手に入れる主義なんで、お前の口から抱いてほしいと、必ずもう一度言わせてやるからな。覚えておけよ」

傲慢な口調で言うと、一樹は自慢のボディを見せつけるかのように全裸のまま胸を張った。

どうやら怒らせてしまったようだ。これ以上刺激しないように、ゆりは急いで寝室を飛び出した。

シャワーを済ませてリビングに戻ると、一樹の姿はなかった。彼の寝室はバスルーム付きなので、そこでシャワーを浴びて出かけたのだろう。

——にしてもやけに怒ってたな。

その気になっていたところを中断したのだから、機嫌を損ねるのも無理はない。でも。

『欲しいものは手に入れる主義なんで』

——欲しいものってわたし？　まさかセフレじゃなくて、わたしを本物の彼女にしたかった？

ないないない。絶対にそれはない！

立ったままゆりはぶんぶんと、頭を振った。確かにゆうべの彼は激しい中にも優しさがあったが、それはふたりが幼なじみで、気心のしれた相手だからだ。情けをかけてくれたようなもの。自分が彼の恋愛対象外であることは、高校のときに思い知っている。

今はご機嫌ナナメだが、帰ってくる頃には普通に戻っているはず。

そう自分に言い聞かせたゆりは、手際よく家事を済ませると、ベランダの野菜たちに水やりしてから星乃屋に向かう。通用口から入ってすぐの事務所兼休憩室では、マネージャーの木下温子がテレビを見ながら昼食をとっていた。彼女の隣には制服に着替えた金城もいる。

彼とはこのあと一緒のシフトだ。

温子は主婦パートから社員登用された、自称やり手の書店員だそうだ。出版社の営業が彼女の前ではペコペコしている。一方の金城は沖縄出身、昼間はアルバイトをして、夕方から声優になるための専門学校に通っていると教えてくれた。

おはようございますと挨拶して更衣室に入ろうとすると、温子がじっと見つめてくる。

「おはよう、長谷部さん。なんだかいつもと雰囲気が違うわね……」

「え？ ああ、髪のせいじゃないですか？」

普段は髪をまとめた状態で出勤するのだが、今日はうなじのキスマークを隠すためにサイドの髪をハーフアップにしただけだ。

「たまにはいいかなと思って、今日はこのまま仕事に……」

片手を髪に添え、思わず照れ笑いを浮かべる。ふたりがぽかんと目を丸くした。

「びっくりした……。長谷部さんが笑ったとこ、初めて見たかも」

「僕もだ……。ゆりさんって、笑わないキャラだと思ってた。だってレジ打ちもカバーかけも僕よりうんと早くて、〝ザ仕事人〟みたいな人だもん」

「ほんとよね。しかもなんだか今日は、きらきらしてる。いいことあったの？」

温子が小首をかしげる。

「別になにもないし、わたしだってたまには笑いますので」

ゆりはわざと慇懃に笑ってみせた。とっさに昨夜のことが思い浮かぶ。女は恋したり満たされたセックスをしたあとは、肌つやがよくなるらしい。温子の指摘はその辺なのかもしれない。

「ごめんなさい、変なこと言って……。うん、たぶん髪形のせいね。今日はすごく女っぽいわ。ねえ、これからは私も金城君みたいに下の名前で呼んでいい？　ゆりちゃんって呼びたい」

「ええ……。お好きなように呼んでください」

「うふふ。じゃあ、ゆりちゃん、ゆりちゃん」

さっそく温子はゆりちゃんを連発して金城の笑いを誘っていた。そんなふうに呼ばれると、ますます別府の静香を思い出す。

そういえば静香にも何度か、表情が硬いと言われた。

言われることにはもう慣れたし、いまさらなんとも思わないが、目の前のふたりを見ていると、心おきなく笑うことも悪くはないなと思えてきた。

静香も言っていたではないか。人生には彩り（いろど）が必要だと。

そこで金城がテレビを指さす。

「見て、ゆりさん。カズキだよ！」

「あのねえ、金城君。別にわたしは……」

「やだ、ゆりちゃんも福山くんのファンなの？　わかるわー。彼、素敵よねえ？」

「いいえ、だからわたしは……」

温子の目がハートマークになっている。ファンだと言った覚えはないのに、勝手にそうだと決めつけられたようだ。

気にせず立ち去ろうと思ったが、ワイドショーが例の週刊ゴシップの記事について取り上げたので、更衣室へと向かう足を止める。

「……でも福山くんは先日の番組で彼女がいるって言ってましたよね？　ということは……」

MCの言葉にスタジオのコメンテーター陣が苦笑し合う。ワイドショーはスルーを決め込んだと聞いていたが、さすがに人気俳優の熱愛報道をいつまでも無視できなくなったのだろうか。

――本人がいるって告白したんだから、もっと本気で報道してよ。

つい、心の中で突っ込む。スタジオ内では様々な意見が出ていたが、あまり親密そうに見えないとか、イマイチ裏付けが取れていないとかの理由で否定したいような流れになりつつあった。

仕事人としてのゆりのプロ魂に火がつく。

――次にパパラッチされたときは、絶対に本物の恋人だと言わせてやる。

そのためにも、あの変装は見直すべきだとゆりは思った。今日中に別の服をそろえよう。

一樹の恋人を完璧に演じきるという任務を全うするには、思っていたより時間はかかるかもしれないが、受けた仕事は必ずやり遂げる。そう、心に誓って更衣室に向かった。

＊　＊　＊

午後四時。

「よし、このまま十秒キープ。ワン、ツー、スリー……」

黒のポロシャツを着たトレーナーのノリが、一樹の左脚を抱えてゆっくり力を加える。午後三時の予約だったパーソナルトレーニングは、そろそろ終わる。今はマットに寝そべりクールダウンの最中だ。

ノリこと広末則之は高津と同じくらいの歳だ。この業界では人気のボディメイクトレーナーで、顧客はすべてモデルや俳優。このジムの入っている表参道のビルの前にいると、ジムバッグを手にした芸能人を多く見かける。

「うん。いい筋肉だ。コンディションもよさそうだし、安心したよ」

「どうも」

ストレッチを終えて、一樹はマットの上に起き上がる。タオルで額の汗を拭き、最後にマッサージを受けるためにベンチに座る。テンションを上げてくれる音楽を聴きながらたっぷり汗をかいたおかげで、くすぶっていたもやもやが晴れたようだ。

朝、マンションを飛び出して、愛車で当てもなく走るうち、鎌倉の実家についていた。

ゆりと離れ、頭を冷やす時間が必要だったのだ。

昨夜の彼女があまりにも官能的で儚げで、たちまち夢中になった。おそらく誰にも見せないであろう、彼女の弱さやもろさを余すところなく差し出され、自分が久々に恋に落ちたことを一樹は実感していた。

——くそ。マジになりそうだ。

最初は単なる同情だった。でも東京で再会した瞬間、彼女が欲しくなった。毎朝のハグも路上キスの強要も、彼女を誘惑するため。だからゆうべ彼女から誘われたとき、チャンスだと思ったのだ。

タフで熱い夜だった。乱れて感じまくっていたゆりは、てっきり自分と同じ気持ちになってくれたのだと思ったのに、一夜明けたら元のカタブツに戻っていた。

俺がお前を欲しているように、お前も俺が欲しかったんじゃないのか？

答えはＮＯだ。恋に落ちたのは自分だけだったらしい。

なにがセフレだよ。人の気も知らないで。

悔しくて、ついイライラをあらわにしていた。

前触れもなく訪れたのに、母の貴子が在宅していた。一樹の父はこの地で三代続く高級バッグブランドの社長だ。貴子は永らく社長夫人として父を支えてきたが、去年から化粧品のプロデュース業も始め、今は実業家の肩書を持つ。

一緒にランチを食べながら、一時間ほど母親の愚痴(ぐち)やら冷やかしやらに付き合った。

「お下劣(げれつ)な写真誌に自分の息子が出るって、誰でも経験できるものじゃないわね、一樹」

相手はどんな人かしらと、母はにやにやしながら小首をかしげる。だが口には出したものの、それ以上はなにも言わない。親が干渉する歳ではないと思ってくれているようだ。

「勝手に想像しとけ」

あの写真はゆりだと言いたかった。しかしマスコミからゆりを守るためには、親であっても写真の女性が誰かは明かせない。それにゆり自身、一樹の家族との接触を避けている。だからランチの礼だけ伝えて東京に戻ったのだ。


「くそ」

つい、ゆりのことばかり考えてしまう。思わず口に出すと、しゃがんで一樹のふくらはぎのマッサージをしていたノリが、びっくりして顔を上げた。

「ごめん、どこか痛かった？」

「あ、いえ……。ひとりごとです、すいません」

「なんだ、脅(おど)かさないでよ。てっきり、変なとこ捻(ひね)ったかと思っちゃった」

ノリは日焼けした顔をくしゃっとさせて、笑った。

「でも五キロでいいかなって思ったのに、二カ月弱で体重を八キロ落としてる。よく頑張ったね。顔つきは変わったし、ここから先は落とさずキープしたほうがいいぞ」

「ありがとうございます。ノリさんからもらった食事のレシピがよかったんです。けっこう腹いっぱい食べられたんで、そんなにストレスは感じなかったかな」

間もなく撮影が始まる渋谷中央テレビの歴史ドラマ「花のように、鬼のように」。

原作は五十万部突破のベストセラー小説で、大坂夏の陣に敗れた豊臣秀吉の遺児秀頼が、智将として知られた真田幸村に導かれて薩摩に落ち延び、やがて豪商になる……という奇想天外なストーリーだ。このドラマで一樹は、主役の秀頼を演じる。

スケジュールの関係で、薩摩に落ち延びた秀頼が飢えと闘いながら山中をさまようシーンから撮影開始となった。そこでプロデューサーから、頬がこけるまで減量してほしいと指示があったのだ。

「あのレシピか……。というか一樹くん、料理は自分でやるんだっけ？」

「いえ……」

問われてつい首を横に振った。

「今回は全部彼女に任せてます。料理は上手だし、ほかにもいろいろ……。とにかくすごく頼りになる奴なんですよ」

「彼女……、ははは。彼女ってアレか。週刊ゴシップ？　まさかあれ、本物なの？」

「本物ですよ」

きっぱり宣言すると、ノリは一瞬マッサージをする手を止めた。

「みんなひどいんですよ。捏造（ねつぞう）記事のときはあんなに大騒ぎしたくせに、本物をキャッチしたとたんだんまりだ。別に騒いでほしいわけじゃないけど、恋人には見えないとネットに書かれて、アイツ気にしてるんですよ」

半分嘘で半分は事実だ。でもノリを信じさせるには十分なようだった。

「なんだ、そうだったの……。てっきり今回もガセだと思ったんだよね。じゃあ写真の彼女がご飯作ってくれてるの？」

「ええ。チキンの煮込みもアクアパッツァもローストビーフも、ひととおり作ったかな。アイツも言ってました。レシピがいいんだって」

「そっかー。そりゃあ嬉しいな。彼女はなにしてる人？　すごくカッコよかったよね？」

「サービス業ってとこですかね。ずっと海外勤務で、休暇で帰ってきてるんですよ」

「へえー。じゃあ、今は幸せなんだな」

「ええ……。まあ……」

夜遊びは卒業したし、合コンもたまにしか出ない。せいぜい俳優同士の食事会に顔を出すくらいだが、それも最近ご無沙汰（ぶさた）だ。ゆりが待っていると思うと、つい早く帰ってしまうからだ。

「彼女、いつまで休めるの？　まだいてくれるならセリフの練習も付き合ってもらえるじゃん」

「セリフの練習？」

「うん。俺、そのドラマの原作を読んだんだけど、ラブシーンが結構あるよね？」

「ああ、はい」

「それに付き合ってもらえばいいじゃん。彼女なんだし」

思いがけない提案だった。ノリが言うように、原作には秀頼の妻の千姫（せんひめ）も登場する。第一話では離れたくないと泣く妻を、身を切られる思いで徳川（とくがわ）方へ送り返すシーンがある。

千姫役は過去に共演したことがある年下の人気女優で、このシーンの撮影はまだ先だが台本はすでにもらっている。

――ラブシーンの練習か……。面白そうだな。

「ノリさん、グッジョブ。さっそく今夜から、セリフの練習に付き合わせますよ」

「うん、それがいいよ。人生楽しくいかないとね。この件はオフレコにしておくから安心して」

「いえ、しゃべっていいですよ」

「ん？」

以前小野エレナとの報道が出た際、ここにもマスコミが来ている。その際ノリは、ふたりに接点はないだろうと証言してくれたのだ。

「たぶんまた、ここにもマスコミが来ると思います。今回は、今俺が話したとおりのことをしゃべってください」

ノリは上目遣いに一樹を見上げてから、にやっと笑ってうなずいた。

「……そのほうが都合がいいんだな」

「まあ、そんな感じです」

「オッケー。任せとけ。うちには一樹くんの同業も多く来るから、さりげなく話題にしておくよ」

「助かります。ノリさん」

助かります――

マスコミが取り上げないなら、自分から売り込むまでだ。地道に続ければ、必ず話題になるはずだ。

それから映画を一本見て、会員制のグリルバーで俳優仲間と食事をし、九時過ぎにマンションに帰った。帰宅したら外出しようと伝えてあったので、ゆりは着替えて待っていた。

「お帰りなさい」

玄関で出迎えてくれた彼女は、いつもと違う変装をしていた。髪は同じくボブだが色はより落ち着いたブラウンになり、ボーダーのロングセーターの下に、クラッシュの入ったスキニーデニムをはいていた。

手にはセーターと同系色のベレー帽を持っている。

「ただいま。それで出かけるのか？」

ゆりはやや緊張気味の顔をしていたが、一樹が今朝のことなどなかったかのように声をかけると、ほっとしたように表情を緩めた。

「うん。一樹さ……、じゃなくてカズくんが過去に共演した女優さんの写真ブログを見て、好評だったコーディネートを真似したの。今までどおりだと、また業界人だと思われちゃうから」

「ふうん……。似合ってるし、かわいいじゃん」

そう、まさにかわいい。これまでのファッショニスタ風の変装よりも、フェミニンで甘さを感じる。一般人にも手が届きそうな価格帯のブランドだから、親近感というのがわくかもしれない。

「でしょ？　夕方時間があったから、急いで買ったの。高津さんに電話して、社長の了解もとったから安心して」

珍しくにっこりと笑うと、ゆりはその場でくるりと回転してみせた。

「ほかにもいくつか、経費で買わせてもらいました。きちんと会計報告しますから」

「ああ、別にいいよ。必要ならもっと買っていいから」

——俺の誘いは拒否しても、仕事とあらば一緒に出かけるための準備にも夢中になれるんだな……

ちょっと複雑な気分だが、おしゃれしたせいか柔らかい表情を見せたゆりに心が反応した。彼女はこういうキャラなのだ。そう割り切れば気持ちは楽になる。

「じゃあ、お帰りのハグだ」

「は？」

スリッパに履き替えた一樹は、その場で腕を広げた。

「約束しただろう？　朝晩のハグとキスを。これだけは今後も守ってもらうから」

「そう……でしたね。わかってます。約束だものね」

ゆりは一瞬顔をひきつらせたが、すぐに応じた。おずおずと自分の腕に入ってきた彼女を、一樹は優しく抱きしめた。そしてウィッグの上から頭を撫でる。

「体重も体脂肪も目標クリアだ。トレーナーに褒められた」

「それはよかったです」

「あとは撮影までこの体重をキープする。ランチに炭水化物を増やしても大丈夫だろうって」

「じゃあ、小さめのサンドイッチとか玄米のおにぎりとか増やしてみる？　……ああ、カズくんは玄米が嫌いだっけ」

「よく覚えてたな。子どもの頃おふくろがはまってたけど、あの食感がどうにも好きになれない」

「生のトマトも苦手だったよね。なら、ゆで卵のサンドイッチにしようか」

「うん」

返事をすると彼女が小さく身じろいだが、一樹はゆりを抱いたまましばらく髪を撫(な)で続けた。

一緒に暮らし始めてまだ一カ月もたたないが、ゆりは一樹の好みをすべて覚えてくれた。

苦手な食べ物、苦手な香り。苦手な生活習慣。

朝は必ず先に起きて、一樹がスムーズに仕事に行けるように準備を整えてくれる。自分の生活空間に他人が入り込むこと自体苦手で、だから今まで同棲はしたことはなかった。でも、ゆりとなら続けていけそうだ。頼りになるし、安心して任せられる。

――お前もここにいれば安心だからな。クールぶるのをやめて素直になれるのは、俺のそばでだけだから。

心の中で彼女にそう語りかけながら、背中をぽんぽんとさすってやる。そして身体を離す。

「怖い顔してるな」

「早く済ませてください」

「なんだ、その言い方は。セックスはしないが素直になるって約束だろ？」

「わ……、わかってます」

ゆりは頬を赤らめ、やがてうつむきがちに目を閉じた。一樹は彼女の腰に手を回し、強張りをほぐすようにそっと唇を重ねる。昨夜のような濃厚なキスではなく、ただ触れ合うだけの優しいキスだ。顔の角度を変えながら、それを何度も繰り返した。

ゆりが小さくうめいて、腕の中で身を震わす。それでもやめない。静かな室内で、立ったまま延々とじれったいキスを続けた。やがて彼女の身体から力が抜けて、息が上がる。

それをいいことに、両腕に力を込めてぐっと抱きしめる。

お互いの体温が混ざり合って、夢見心地になれるよう。

「ふーん。確かに素直になってるじゃん。明日もこの感じを忘れるなよ」

「う、うん……」

唇を離すと、彼女は息をはずませながら返事をした。目が潤んで、キスに酔っているのがありありとわかる。

——どう見ても、俺を意識してるだろ。

なくしかけていた自信が戻ってくるようだ。このキスは毎晩続けよう。あとはさらなるスキンシップ。それからセリフの練習もだ。

「散歩から帰ったら手伝ってもらいたいことがある」

だから今夜の外出は少し早めに切り上げようと、一樹はにっこり笑ってゆりに告げた。

＊＊＊

——なんの手伝いかと思えば、これですか……

一樹に謎の提案をされた数日後。ゆりは涼しい顔でドラマの台本に見入る一樹の様子をうかがっていた。

「今夜も昨日と同じ、このシーンだ」

長い脚を組んでソファに座る一樹は、開いた台本を差し出してきた。ドラマ「花のように、鬼のように」の第一話の冒頭部、一樹の演じる秀頼が妻の千姫と別れるシーンだ。

「ほんとに、わたしが相手で練習になるの？」

「なるさ」

彼は気取って返事した。

「相手の女優も俺と同じくらい売れっ子で忙しいから、本読みに来られないかもしれないんだ。とにかく、座れ」

偉そうに指図され、仕方なくゆりは台本を受け取ると、ソファの端のほうに座る。かれこれ今日で三度目の練習だ。

――苦手なんだよなあ……。家事ならともかく、こんなの、うまくやれるわけがない。

ゆりが想像したとおり、あの日一樹は機嫌を直して帰宅した。その晩から新たな変装で夜の外出を続けている。一度ベッドをともにしたからか、自分としては砕けた態度で振る舞えていると思う。

しかし砕けているのは彼も同じだった。家でも外でも、もはやなんの遠慮もなくベタベタしてくるのだ。

『お前の口から抱いてほしいと……。必ずもう一度言わせてやるからな』

あの宣言どおり、意地になってゆりを落とそうとしているみたいだ。

優しいキスもそんな思惑があるのだろう。朝は頬に触れるだけの軽いキスで出勤するのに、帰宅したときは時間をかけて優しいキスをされる。強引ではないところが逆にドキドキ……、いや心の奥深くに響いてくるのだ。

セリフの練習も同様だ。共演女優うんぬんはこじつけで、ラブシーンに近い場面の相手をさせて、ゆりを誘惑しようと試みている気がしてならない。

——でもまあ、自分で蒔いた種だし。これも仕事のうちだし。

割り切って、この数日の彼の要望にはすべて応じているのだ。

「始めるぞ。ほら、もっとこっち来いって」

「はいはい……」

「はあ？　なんだ、その返事は」

「……ごめんなさい。ええと、こう……だったっけ」

ゆりは彼のそばに寄ると、片手に台本を持ち、もう片方の手を一樹の腕にかける。ト書き部分に、千姫は必死の面持ちで彼の腕にすがる……とあるので。そしてセリフはこうだ。

『……いやでございます……。さいごまでせんも、おともいたしとうございます……』

視線は台本に据えたまま、棒読みする。努力はしているつもりだが、これ以上はどうにもならない。思ったとおり一樹が盛大にため息をついた。

「もっと必死にやれ。やる気が失せる」

「そんなこと言われても、ヒロイン役なんて無理よ。ほかにはないの？　侍女とか足軽とか……」

歴史物だから、言葉遣いが奥ゆかしい。素人には難しいのだ。でも、そんな訴えも無駄だった。

「俺はヒロインとのシーンを練習したいんだよ。もっと気持ちを入れろ」

一蹴（いっしゅう）され、仕方なく気合いを入れなおす。改めてドラマの時代背景を思い返した。

時は一六一五年、大坂夏の陣。徳川の大軍に取り囲まれた大坂城には砲弾が撃ち込まれ、あちこちから火の手が上がる。人々が逃げ惑い、死を覚悟した秀頼が愛する妻の千姫を、彼女の祖父である家康（いえやす）のもとへ送り返すことを決めた……

　これは星乃屋に貼ってある販促用のポスターに書いてあるあらすじだ。

『……嫌でございます。最後まで千もお供いたしとうございます』

　しかし千姫は最愛の夫と別れたくない――。それを念頭に置いてセリフを読むと、多少はましになっただろうか。彼の反応をうかがおうとしたとき、自分を包む空気が一変した。

『ならぬ。そなたは生きよ、お千』

　凛（りん）とした声に鳥肌が立った。屋代一樹から、福山一樹に変わった瞬間だ。

『これは我が豊臣と徳川の争いだ。おなごのそなたが巻き込まれる必要はない』

　彼の演技を間近で見て、その声と視線にくぎ付けになってしまったゆりは、慌てて台本に目を落とした。

『……ひ、秀頼様！』

『だが今生（こんじょう）の別れではない。必ず迎えに行く』

『迎えに？　秀頼様、それは……』

『わしとてみすみす犬死にはせぬ。城を枕に討ち死にしたとみせかけ、どこぞへ落ち延びる』

発声の仕方さえ、いつもと違う。彼の本気のセリフに、ゆりはここが二十一世紀の東京であることを忘れそうになった。

秀頼と千姫はいわゆる政略結婚だったが、夫婦仲は良かったらしい。しかし家臣らは秀頼と彼の母、茶々を救うべく、千姫を家康のもとへ送り返して助命嘆願をさせるのだ。

『……一年、いやもう少し先になるやもしれぬが、必ずそなたを迎えに行く。どこに隠れていても必ず見つけ出す。もしもほかの男に再嫁していたならば奪い返す。だからそれまでの辛抱じゃ、お千』

まるで秀頼が降臨したかのようだ。ただの読み合わせのはずなのに、一樹の言葉を聞いていると、心が揺さぶられた。

『そなたはこの秀頼の妻じゃ、誰にも渡さぬ』

『ああ……、秀頼様』

ここで秀頼は千姫を強く抱きしめる、そしてカット――

ト書きに書いてあるとおりに、一樹もゆりをぎゅっと抱きしめた。もし千姫ならどんな心境で夫の腕にすがっただろう。ネットで調べた限りでは、徳川に帰った千姫はその後、ほかの男と再婚している。果たしてふたりは再会できたのか――

別府で撮影したドラマは都会派のシェフ役。ドイツで受賞した映画では、アメリカの新聞社で働くジャーナリスト役。予告編しか見ていないが、流暢な英語が印象的だった。

――いろんな役を演じてきたんだな。

すべての出演作を見たわけではないが、彼の役者としての世間の評価はかなり高い。

――セリフを噛みそうな歴史物も上手に演じてるし、さすがはカズくん。

彼の胸にしがみついたまま、ついうっとりしてしまう。彼はゆりを離さず、いつの間にか背中をさすり始めた。

――ん？　いつまでやってるの？

「ここでカットのはずよね？」

我に返ったゆりは、ぱっと彼から離れた。こういう熱っぽいセリフを聞かせて誘惑しようという作戦かもしれない。

――危ない、危ない。ついその気になっちゃいそうだった……

「ん？　ああカットだな。じゃあ……」

一瞬で元の一樹に戻っていた。身体を起こした彼はゆりが持っている台本の一点を指で示す。

「ここところに注意しながらテイクツーだ」

「テイクツー。まだやるんだ……」

「当たり前だ。まだ一回しかやってないだろ？　ほら」

と言って、ふたたびくっつけと手招いた。前回も前々回も三十分ほど練習をした。ドラマの世界はよく知らないが、どんな演技をするかというのは、セットに入ってから監督とか演出家という人々が指導するものかと思っていた。

でもまったく知らない世界のことなので、ここは彼の言葉に従う。

「わかりました……。そうだ、カズくんはこの原作本を持ってる？」

「持ってるよ。ボロボロになるまで読んだし」

「もしよかったら、その本を貸してもらえないかな。読んだことなくて」

「いいけど」

なぜか、一樹は鼻で笑った。

「お前、本屋でバイトしてんだろ？　立ち読みとかしないのか？」

「売り場の本はお客様のためのものであって、スタッフが立ち読みすることは厳禁なんです」

「さすが、きっちりしてる奴だ。お前らしいな」

「……でしたら結構です。明日、自分で買いますので」

バカにされたようで背を向けると、彼が笑いながら言う。

「冗談だよ。新品の本が何冊かあるから、一冊プレゼントするよ」

「いいんですか?」

「ああ。練習に付き合ってもらうんだしな。書斎にある。あとで取りにいこう」

「……ありがとう」

それからテイクを重ねて三十分ほど付き合った。そのたびに最後は力強く抱きしめられる。業務とセクハラの境界が曖昧で、クラクラしてきた頃、ようやく練習が終わりとなった。約束どおりに一樹とともに書斎に向かう。

「すごい本の数ね」

中に入るなり、ゆりはそうもらす。掃除のために何度も入ってはいるが、改めて見るとリビングほどの広さがある部屋の壁面を覆(おお)うような書架(しょか)と詰め込まれた本は壮観(そうかん)だ。

――まるで図書館。

本のジャンルは様々で、ハードカバーに文庫、写真集、辞書、そして英語の原書もある。部屋の三分の一ほどのスペースにはソファと壁掛けの大型テレビと高級スピーカーも置いてあるから、シアタールームも兼ねているのかもしれない。

毎晩寝る前に、彼がここにこもるのをゆりは知っている。

「まあな、こう見えて読書家なんだ」

一樹は自慢げに言うと、部屋の奥に進み、デスクの上に置かれた本を一冊手にした。

星乃屋のポスターで見た和装姿の一樹が写った帯がついている。

それから背もたれの大きな椅子を引いて座ると、引き出しから筆ペンを取り出し、表紙をめくった白いページにさらさらと福山一樹の名を書いた。よくある芸能人のサインではなく、きちんとした署名だ。

今日の日付を入れ、最後に「ゆりへ」としたためてくれた。ものすごい達筆にため息がもれる。

「リボンはかけてないが、プレゼントだ」

「ありがとう。嬉しいな……。相変わらず達筆だね」

そのページを開いたまま受け取ったゆりは、素直な気持ちを伝える。一生の宝物だ。

「まあな。ずっと書道を習ってたの覚えてるだろ？」

「うん……。わたしは中学の途中でやめちゃったけどね」

当時のことは覚えている。同じ師範のもとに通っていたが、一樹の書道の腕前は別格だった。

本を閉じて、ゆりは壁際の書架に歩み寄る。目に留まったのは日本史の資料のような本だ。戦国時代とか幕府といったタイトルのついた本が数冊並んでいる。

「前から聞こうと思ってたけど、これはドラマのために勉強してるの？」

「それもあるが、個人的に日本史が好きなんで」

「そうなんだ……。うちの父も戦国時代が好きで、こういう本をよく読んでた」

初めてこの書斎に足を踏み入れたとき、懐かしさとか落ち着きを感じたのはそのせいかもしれない。鎌倉の家にもこの部屋の半分ほどだが、死んだ父の蔵書の詰まった書斎があった。

そういえば父は、渋谷中央テレビの歴史ドラマも毎年欠かさず見ていた。

「そうだったっけか？　うちの親父は新撰組や坂本竜馬の大ファンだったから、おじさんも幕末派かなと思ってた。俺はまあ、ゲームから入ったんだけどな」

「ゲーム？」

彼は椅子から立ち上がると笑いながら近づいてきて、その本の奥にしまわれた、戦国時代を題材にした人気アクションゲームのソフトを見せてくれた。西洋甲冑を身に着けた織田信長が、魔王のごとくたたずむパッケージだ。

「本でもゲームでも気になるものがあれば、いつでもこいよ。ここの本は立ち読み禁止にはしないので。もちろん部屋に持って帰って読んでもいいから」

「いいの？　……ありがとう」

感動的な申し出に心が躍る。ゲームはしないが読書は好きだ。そしてこの部屋の中には、興味深い本がたくさんある。

「もちろんだ。その代わりと言ってはなんだが、風呂のあとにマッサージしてくれないかな？」

「マッサージ？　肩たたきとかではなくて？」

「そう。このところ寝つきが悪くて……」

困ったふうな顔をして、さりげなく一樹はゆりに寄り添ってきた。

「ぐっすり眠れるように、全身を念入りにな」

肩に腕が回され、耳もとでそうささやかれた。

「いいですよ、それくらい。ご希望の場所を念入りにほぐしますから」

するりと彼の腕から逃れたゆりはドアに向かう。彼の考えていることなどお見通しだ。際どい申し出ではあるが、すべて対応できると思う。どんなに品のなさを装っても、一樹は非道なことをしないのはわかっている。

「ご希望の場所を、念入りに……。言ったな。確かに言ったな！　もう取り消しはきかないぞ？」

「ええ。言いましたけど、なにか？」

バチバチッと、ふたりの間に火花が散ったように感じた。しかし直後、一樹がふわっと甘くほほ笑む。

「助かるよ、じゃあさっそく風呂に入るか。あとな、ゆり」

「はい？」

呼び止められて振り返ると、すぐうしろにいた一樹が壁に手をついて行く手を阻んだ。

「お前の父親……、おじさんのことだけど、話せよ。聞くから」

「話せって……？」

「おじさんだけじゃない。昔のことやおばさんのことも、もっと話題にしていいから。お前、わざと避けてるだろ」

「そんなことは……」

「親戚に預けられていた間のことなんかも、ムカつくことがあったんなら腹の中にしまい込まずに全部吐き出してみろ。俺が全部受け止めてやるから」

きりっとした涼しげな瞳を向けられて、頭がくらりとした。

身体だけではなく心も支配したいのだろうか。

それともゆりを心配して、頑なな心を解放したいと言ってくれているのか。

「わたしのことはいいんです」

彼の意図はわからなかったが、ゆりは事務的に返事をした。

「わたしがここにいるのは、あなたが抱えている問題を解決するため。そしてあなたが仕事に集中できるようにサポートするためです。そのためなら、なんでもしますので」

どうぞお気遣いなく――。そう告げて、ゆりは苦笑いする一樹の腕をくぐって書斎を出た。

微妙な駆け引きを繰り返しながら、それでも課された仕事をこなしつつ、十一月の最後の週を迎えた。

熱愛報道第二弾が出るとゆりが知ったのは月曜の晩だった。

「今度は週刊ゴシップじゃない。もう少し硬派な雑誌だ」

「硬派な雑誌？」

「うん。経済誌みたいなやつだ。今月の初めからずっと俺たちをマークしてたとかで、丁寧に裏どりしていたらしい。俺もさっき事務所で聞いたばかりだが」

イベントのために早朝の飛行機で鹿児島に向かった一樹は、十時頃帰宅するなり、真っ先に教えてくれた。この手の記事は発売直前に、事務所のほうに連絡があるそうなのだ。

「帽子にマスク姿のお前の写真が出るそうだ。新しい変装にして正解かもな」

近頃は帽子にサングラス、そしてマスク姿で夜歩きをしている。そのほうがリアリティがあると思ったので。

「やった……！　で、いつ発売なの？」

「水曜日発売のザ・スピークって雑誌だ。立ち読みじゃなくて、ちゃんと買えよ」

了解、と返事をしようとしたのだが、お帰りのキスを不意打ちされて返事を呑み込んだ。

そして水曜日。「花のように、鬼のように」がクランクインを迎えて、一樹は夜が明けないうちに東京を出て、高津とともにロケ地の房総(ぼうそう)に向かった。帰りは金曜の夜だ。
ゆりは早番で星乃屋に出勤すると入荷したての「ザ・スピーク」を買い、昼の休憩を待って休憩室に駆(か)け込んだ。

人気俳優・福山一樹を陰で支えるデキる女。

表紙にはこんな見出し。ページをめくると今回も見開きの記事で、一樹のレザージャケットを羽織(はお)った自分が彼に肩を抱かれて渋谷駅付近と思われる路上を歩く写真が飛び込んできた。

十一月下旬の都内某高級スーパーにて、福山一樹と長身の女性が手をつないで買い物をする様子をキャッチした。女性は以前も報道されたA子さん（二十代後半）。福山の事務所によれば、外資系企業に勤務する料理や家事の得意な才女とのこと。

「才女……って。どうして毎度、ハードルを上げるんだか」
誰もいないのをいいことに、ゆりは誌面に向けて突っ込みを入れる。安住社長としては事務所の看板である一樹の相手は、なにがなんでもステータスの高い女にしたいらしい。

福山は役作りのために約十キロの減量を強いられたが、A子さんがヘルシー志向の料理を作り福山を支えた。撮影現場で彼女が作った弁当を食べている福山が、度々周囲の話題になり、福山を担当するジムのトレーナーもA子さんが食事の面倒を見ていると証言した。

ふたりはほぼ毎晩、マンション付近で目撃され、コンビニの店員も親しげなふたりの様子について語ってくれた。すでにA子さんとは同棲状態かと思われる……。プライベートは本人に任せていると言いつつも、相手が一般人のためこれ以上の詮索はしないよう事務所は……――

「すでに同棲か……」

週刊ゴシップよりも踏み込んでいて、なおかつリアリティのある内容だった。休憩室のテレビをつけると、昼のワイドショーがこの記事を取り上げていた。スマートフォンで一樹のファンが集まるSNSを覗いてみると、こちらもファンの様々な意見が飛び交っていた。

『週刊ゴシップに撮られたのと同じ相手かな？　今回はラブラブに見えるよー』

『彼女がかぶっている、あのベレー帽かわいい。渋谷の●●で店員がかぶってるやつだよね』

『バッグは女優の▲▲がドラマで持ってるのと同じだー』

『カズキが着てるジャケットは六本木（ろっぽんぎ）のツリーの点灯式で着てたやつ？　あー、ウラヤマシイ』

『ご飯作れる女は強いなー。まずは胃袋をつかむことからってよく言うし……』

　ファンの盛り上がりにびっくりしたが、ペアリングに気づいたり、服や小物が特定されていることにもさらに驚かされた。

　――でもやった！　やったぞ、わたし！

　今度は周囲を信じさせる……、つまり欺（あざむ）くことができたと確信した。一歩前進。いや、世間を大きく動かしたのかも。

「おかえりなさい。今度はネットもテレビも盛り上がってるわ」

　師走（しわす）に入った金曜日の夜、ゆりは疲れた顔で帰宅した一樹に、わくわくしながら報告した。

嬉しいことにマスコミの報道が一気に過熱し、この三日間はワイドショーがこの話題で持ち切りだ。ゆりはようやく本物の恋人として認定され始めていた。

このマンションは、敷地の周辺に脚立(きゃたつ)を持ったマスコミ関係者がたむろしようものなら警備員に蹴散(けち)らされ、怪しい路上駐車があれば周辺住民から即通報されるような地域だ。

とはいえ万一のことを考えた安住の計(はか)らいで、ゆりは今朝まで東京駅近くのビジネスホテルに避難していたのだ。

「わたしもお昼頃帰ってきたけど、警備の人が目を光らせてるからか、表にマスコミふうの人はいなかったよ。インターホンも鳴らなかったし、たぶんもう大丈夫だと思うんだ」

記事が出た日の午後には事務所からマスコミ各社宛(あ)てに、自宅周辺や家族への取材は慎(つつし)んでほしいという通達が出された。今のところそれが守られている形だ。

「ほんとうか？　怪しい奴を見かけたらすぐに言えよ？」

「うん。プランターの野菜も枯れてなかったし、わたしは特に困ってないから……。あ、ごめんなさい。わたしの話ばかり聞かせて。すぐご飯にするね。それともシャワーが先？」

「今のところ飯はいらない。少し休んだら風呂に入る」

上着を脱いだ一樹は、缶ビールを手にしてぐったりとソファに腰を下ろした。この二日間で森をさまようシーンを撮り終えたそうだが、少し日焼けして、出かけて行った日の朝よりげっそりして見える。

蹴とばすようにスリッパを脱いだ彼は、ビールを一気飲みする。それからいつもするように、自分の隣の席をポンポンと叩いた。ゆりがそこに腰を下ろすと、膝に頭を乗せてごろりと寝そべる。

「もうクタクタだ。しばらく枕になれ」

「……枕でいいならどうぞ。ついでに、どこかマッサージする？」

「いや……。このままでいい。すごく落ち着く」

そう言うと一樹は目を閉じて黙り込んだ。よほどハードなロケだったらしい。

無防備で静かな横顔になぜか心がきゅんとなった。うっかり彼の髪を撫でてしまいそうになり、思いとどまる。

そのまま数分間静寂が流れたが、やがて彼が口を開いた。

「二日間、ススキに覆われた原っぱや岩がゴロゴロしている渓流をひたすら走った。あちこち傷だらけだし、殺陣は呼吸が合わなくてボディに一発見舞われたし……」

悪夢を思い起こすかのような口ぶりだ。今回のロケでは大坂落城後に船で薩摩へ向かった秀頼が、嵐で船が大破し、生き残った真田幸村と命からがら山あいの森を逃げ惑うシーンを撮ったらしい。実際の場所ではなく房総の山間部で撮影するのは、映画やドラマではよくあることなのだろう。

「でも次からはしばらくスタジオだ……。で？　お前はなんだか楽しそうだな」

うとうとしながらゆりの太ももに頬ずりしていた彼は、ふいに目を開けて下から見上げてきた。

「だって、やっと本物の恋人と認められたんだもの」

と、ゆりはこの数日の報道を思い返す。

「今回はカズくんファンのファッションチェックにも合格したみたいだし、安住社長からは褒められて感謝もされた。ケリがついたら焼肉をごちそうしてくれるって」

「ケリ？　ケリってなんだ？」

「福山一樹の本命彼女はモデルのエレナではなくて一般女性A子だと、世間に認めさせたらってことよ。エレナとの噂が完全に消えた頃合いを見て、わたしはここを出ていくから」

おとといのバイト帰りに高級外車に乗った安住に拾ってもらい、今後のことを話しながらホテルまで送ってもらったのだ。

「社長はもうしばらく恋人役を続けて、話題づくりをしてほしいそうなの。年明けの大型CMの契約更新と、三月の歴史ドラマの放送開始。そこまで無事に進めば……」

「待てよ、なんで俺抜きで話が進んでるんだ？　それにここを出るなんて俺は認めない」

一樹は急に声を荒らげた。

「今すぐ出ていくわけじゃないわ。でもいずれはそうなる。最初に約束したでしょ？」

「あのときはな。でも気が変わったんだ」

「はあ？」

一樹は寝そべったままゆりの手をつかむ。そして少し照れくさそうに言った。

「だいたいお前がいないと困るよ。俺の好きなものを作ってくれて、すごく頼りになる。でも俺に、依存してこない。お互い自立していられる」

「カズくん」

「亮さんにも支えてもらってる。でもそれは仕事上のことで、お前は俺の精神面を支えてくれる。だからここに帰ってくるとほっとするんだ。やっと再会したのに、どうしてまた離れるんだよ」

――そ、そんなセリフは本物の恋人に言いなさいよ……！

切ない目で訴えられ、そう突っ込みたくなった。時折彼はまじめな顔で、ゆりの心をかき乱すことを口にする。こちらの身にもなってほしい。

「ここを出たって、いつでも会えるじゃない。カズくんが望むなら、ご飯も作りにくるし」

ゆりは子どもに言い含めるように、穏やかに言った。

「そうじゃない。そうじゃなくて……」

「じゃあ、なんなの？　わたしが言いなりにならないから？」

「ゆり」

意味がわからず、つい冷たい言い方をしていた。

「あなたの前に身を投げ出して、もう一度抱いてくださいって言わないから……。言わせるまで引きとめようって考えたの？」

彼の顔色が変わった気がしたが、ゆりは言葉を続けた。

「何度も言ってるけど、セフレにはなれない。お宅の社長だって、カズくんには一流企業で働くような才媛としか付き合わせないと決めてる。だからわたしは二度とそっちの相手はしないから」

「よく言うよ。自分から誘ったくせに」

「カズくん……」

それを言われると返す言葉がない。

「セフレ、セフレって、一度でも俺がお前をそう呼んだか？　欲求不満を解消するような目でお前を見たか？」

言ってはならないことを口走ってしまったと気づく。怒りに燃えた目で一樹は起き上がる。

「そんなに言うなら、セフレにしてやるよ」

「え？」

「抱いてくださいと言われるまで待ってなんかやらない。抱かせろだ。これは雇用主としての命令だからな」

「バッ……、なにバカなことを……」

危険を感じて立ち上がろうとしたゆりは、すぐに一樹につかまる。

「欲求不満で明日の撮影に集中できそうにないんだ。だからヤラせろ」

「カズ……」

「俺が仕事に集中できるようにサポートする、そのためならなんでもするって言っただろ？」

そう告げた彼の目があまりにも冷ややかで、ゆりは脚に力が入らなくなった。

「来い」

俊敏（しゅんびん）な動きで立ち上がると、一樹はゆりの両腕をつかんで歩き出した。リビングを出て蹴とばすように寝室のドアを開けると、部屋の明かりもつけないまま中まで進み、ゆりをベッドの上に突き飛ばす。

「いや！」

ばうんと身体がはずみ、スカートがめくれて脚があらわになる。直そうと手を伸ばしたときには、一樹がのしかかってきていた。

「いいからじっとしてろ」

「カ……」

次の瞬間、唇に痛みを感じた。たぶん、噛みつかれたのだろう。でもすぐに息ができないほどの激しいキスが始まる。

「ん、んふ……」

目の奥に火花が飛んで、意識が途切れかけた。キスがどれくらい続いたのかわからないが、ふいに身体が軽くなる。起き上がった一樹はゆりの着ていたブラウスの襟に手をかけ、一気に左右に引き裂いた。

肌にひんやりとした空気が触れる。乱暴にブラジャーを押し上げた彼は、さっきと同じように乱暴に唇を押し当て、乳房に噛みつくようなキスをした。

「いたっ！」

激痛に悲鳴を上げてしまったが、彼はゆりの両手首をつかんで顔の脇に押さえつけた。むき出しの乳房のあちこちに、激しいキスを繰り返す。そのたびゆりは、激痛に顔をしかめ苦悶のうめきを上げる。

続けて一樹は、すでにぴんと張りつめていた乳首を口に含んできつく吸い、いやらしい舌使いでねっとりと舐め回した。

――こんなの彼じゃない……。でも、でも……

暴力的な愛撫が繰り返されるうちに痛みはどこかへ消え、身体の芯が疼きだしていた。

　寝室内を照らすのは、ドアの向こうからもれてくる廊下の明かりだけ。ほの暗い中で一樹は自分が着ていたセーターを頭からすっぽり脱ぎ捨て上半身をさらすと、引き裂かれたブラウスとブラジャーをまとめてむしり取る。

「カズくん……」

「お前に拒否権はないんだよ」

　片手でゆりの両手の自由を奪い、もう片方の手を下着の中に入れ、秘部に無理やり指を差し込んできた。

「……っう！」

「痛くなんかないだろ？　こんなに濡れてるくせに」

　無慈悲な指使いで無理やり秘部をこじ開け、執拗に快楽を与えようとする。彼が言うように、不快感はすぐに失せて、ぴちゃぴちゃというあの隠微な水音が聞こえてきた。

「や、あ……」

「案外、乱暴にされるほうが感じるのかもな」

　顔を上げた一樹は、ゆりの顎をつかむと見下すような視線で見据え、スカートをめくって穿いていたタイツと下着をもむしり取った。今度は下半身に、ひんやりとした空気がまとわりつく。

「安心しろ。ナカに出したりはしないから」

「え？」

言わんとしていることが、すぐには理解できなかった。彼の激情に頭は思考停止しつつあり、なんの抵抗もできぬまま、ゆりは乱暴に身体を返されうつぶせになる。

噛みつかれ、痛みで熱を持つ乳房がひんやりとしたベッドカバーに押しつけられたかと思うと、腰をつかんでぐいと持ち上げられた。

「やだ、あ……」

たぶん今、蜜を帯びているであろうしどけない秘部が、彼の目の前にさらされている。そう考えただけでドクンと下腹が脈打った。そしてまた、熱いなにかがあふれ出す。

でも羞恥のあまり唇を噛んで声がもれないようにすることすら忘れていた。ただ人形のように彼の好きにされていた。

「カズくん……。うあ」

ベルトのバックルが外れる音がしてすぐに、ゆりは背後から彼に貫かれた。初めは痛かったがすぐに滑らかになり、ふたつの身体は、ねっとりとした熱にまみれながらつながった。一樹は最初から容赦なく腰を打ち付ける。

「口では嫌がるくせに身体は正直だよな、ゆり。挿れたばかりなのに俺をぐいぐい締め付ける」

「う、うう……」

肌と肌がぶつかり合う音を聞きながら、ゆりはただうめくことしかできず、サテンのベッドカバーを千切れるほどぎゅっとつかんだ。

「感じてるんだろ？　ほら、好きなだけイケよ」

言うなり一樹は下腹に回した手で、しとどに濡れた結合部をさぐり、敏感な蕾を指先ではじいた。強烈な痺れが全身をかけめぐり、ゆりはうめきながら無意識に腰を振る。

「それとも、こっちのほうがいいか？」

傲慢に言い捨てると、今度はむき出しのヒップを爪が食い込むほど強くつかみ、ゆりの中をえぐるように激しく突き上げ始める。

「悪いが、お前を手放すつもりはない」

背後から顔を引き上げられる。その耳もとに彼はささやいた。

「決めるのは俺だから、ゆり。この身体、当分自由にさせてもらう」

## 第四章　人はそれを、両片想いと呼ぶ

ザーザーと音を立てながら熱い湯がほとばしるのを、ゆりは呆然と眺めていた。

バスルームはたちまちシャワーの熱気に包まれ、鏡がくもり始めた。でも湯を浴びる

でもなく、熱い湯を足元に感じながら立ち尽くす。

突如、寒気を感じてぶるりと身を震わせた。その拍子に、両手首にできたあざが目に留まる。手首だけではない。両方の乳房には噛みあとが無数についている。

――ほとんどレイプ。わたし、どうして拒まなかったんだろう。

自分でもよく覚えていない、思い出せない。彼に見据えられたら動けなくなったのだ。

そろそろ日付が変わるはずだ。疲れ果て、寝息を立て始めた一樹を起こさぬようにベッドを出たゆりは、引き裂かれた衣類をかき集めて裸のままバスルームに駆け込んだ。熱いシャワーに打たれて自分を取り戻したかった。

――カズくん、別人みたいだったな。

ゆりはバスルームの壁に手をついて吐息をもらし、ようやく頭のてっぺんから湯を浴びる。目を閉じて身体にまとわりついたセックスの名残が流れていくのに任せたが、瞼の裏には冷ややかで辛辣な一樹の顔が貼りついて離れない。

一度目は避妊具をつけなかった彼だが、ゆりの中で果てることはしなかった。二度目は、破れたブラウスで両手首をしばられベッドの端に括り付けられると、手の自由を奪われたままいいようにされた。

あざはそのときについたものだろう。こすれて痛かったはずなのだが、彼が獰猛な獣のようにゆりを突き上げたので、手首がどうなっているかなど、考えも及ばなかった。

――わたし、M（マゾ）なのかな。

あんなふうに抱かれたのに、身体は素直に反応し、あろうことか快感を覚えていたのだ。口では何度も拒否していたのに、いざ彼に触れられると身体の疼（うず）きを止められなかった。

――わたしも欲求不満だったのかも……。でも、カズくんだから感じたんだと思いたい。

十年離れていた。それでもやっぱり、屋代一樹は自分にとって特別な男性なのだ。

両手で肘（ひじ）を抱えながら、シャワーに打たれ続ける。唇を噛むと、訳もなく涙が込み上げてくる。

彼をあんな行為に走らせたのは自分の不用意な発言だ。ゆりがいないと困るとか、帰ってくるとホッとするとか言われて、頭が混乱した。その告白の裏に多少の好意があるのではと期待し、すぐにその期待を追い払いたくて、あんなことを言ったのだ。

その結果、一樹は怒って性的な欲求を爆発させたということ。ストイックに役作りをしていたことによる反動もあったに違いない。

――そう、愛なんてないよ。彼も疲れていて欲求不満だっただけ。

でも一樹の切ない視線の中に、真剣な思いが潜（ひそ）んでいたように見えなくもない。何度振り払っても、あの切ないまなざしが蘇（よみがえ）ってくる。

――だめ。うぬぼれたり期待したりしちゃいけない。

あとでがっかりさせられて、傷つくのは自分なのだから。

今後も彼はわたしを抱くのだろうか。

もしそうだとしたら応じるべきなのか。それともこれ以上深い関係にならないうちに、ここを去るべきか。答えが出ずに、ゆりは泣きながらシャワーに打たれ悶々と悩んだ。


明けて土曜日。師走に入って最初の週末は快晴だった。一樹のスケジュールは高津からもらっていて、今日は昼頃にここを出る予定だ。

ゆりは朝、普段どおりに起きてベランダのほうれん草を収穫し、朝食の用意をして洗濯物を片付けた。

一樹がリビングに現れたのは十一時を過ぎた頃だ。シャワーと着替えを済ませ、いつものように無造作な髪で、ラウンドネックの長袖シャツという姿。小脇にお気に入りのフライトジャケットを挟んでいる。

すぐに出かけそうな気配だ。

「飯はいらない」

ミネラルウォーターをボトルから直接ひと口飲んでから、彼は黙って立ち尽くすゆりにそう声をかけた。

「おはようのハグは？」

ジャケットをテーブルに置き、こちらを支配するような視線のまま、ゆりに向かって両手を広げた。足が動かずになにも言えないまま立ち尽くしていると、歩み寄ってきた彼に抱きすくめられる。

「で、どうする？　逃げ出すか？」

「……逃げません」

「ふーん。また襲うぞ。いいのか？」

彼はゆりの髪をかき分けて、首筋に唇を寄せながらささやく。

返事ができなかった。彼を突き飛ばすこともできず、両手をぎゅっと握りしめる。

昨夜、夜通し考えた。もとはと言えば彼を誘い、その気にさせておいて突き放した自分が悪い。彼が言うようにヤリ捨てにしたも同然だ。

「襲いたいならどうぞ。きっかけを作ったのは、わたしのほうだし」

一樹はハグしていた身体を離して、正面からゆりを見る。

「本気か？」

「本気です」

声がわずかに上ずったが、つま先に力を込めるようにして踏ん張り、彼を見返す。

「彼女のふりをすることと、俳優としてのあなたの生活をサポートすることがわたしの仕事です。わたしを抱くことで仕事のモチベーションが上がるなら、好きにしてください」

これが夜通し考えて出した結論だ。受けた仕事は最後までやり通すのが自分のポリシー。とはいえこれ以上、彼に不快な思いをさせないためにも、幼なじみだという甘えを捨てて、以前のようなビジネスライクな態度で接する。

「お前のそのプロ意識、どこからくるんだよ」

一樹の言葉には呆（あき）れたような響きがあった。写真を撮られ、家事全般を引き受け、加えて性欲の処理も引き受ける女。すべてのケリがつけば報酬（ほうしゅう）を受け取る。ある意味セフレよりあざといかもしれない。たぶん軽蔑（けいべつ）されただろう、とゆりは思う。

そのとき玄関のインターホンが鳴り、どきりとする。ここまで直接来られるのは高津くらいだ。いつもは駐車場に着いた時点で、一樹のスマートフォンに連絡してくるのだが。

「亮さんだ。荷物があるんで上がってきてもらった」

一樹が先に動いて玄関へ向かった。あとを追うと、黒のマフラーを首に巻いた高津が紙袋を手に入ってくる。目が合うや、高津はハイテンションに挨拶（あいさつ）してきた。

「おはようございます、長谷部さん。いやー、今回は助かりました。恩にきます！」

「おはようございます、高津さん。いいえ、自分の仕事をしたまでです」

電話では何度か話しているが、顔を見るのは久々だ。髪形とひげの形が変わっただろうか。一樹の現場マネージャーは複数いると聞いているが、マンションに迎えにくるのはいつも高津だ。

「はは。長谷部さんらしい返事でなによりです。あ、これ遅くなりましたけど、鹿児島に行ったときのお土産です。昨日千葉で買ったお菓子も一緒に入れてありますから」

「わたしにですか？　わざわざすみません」

高津は持っていた紙袋を開くと、中から緩衝材で包まれた瓶を取り出した。

「この黒糖焼酎は、くせがなくて飲みやすいんです。お菓子のほうはお茶うけにどうぞ……」

袋の中にはほかに芋焼酎の瓶と、箱入りのお菓子がふたつ。ひとつは千葉土産のバームクーヘンで、もうひとつはシックな黒い箱に入った大分銘菓として知られた焼き菓子だ。

わ、懐かしいな……

「あのぉ長谷部さん……。いや、ゆりさんと呼ばせていただいてもいいですか？」

「はい？　ええ、どうぞ」

お菓子に見とれていると高津から声がかかる。

「そしたらゆりさん、風邪でもひいたんですか？　顔色が悪いですよ。声もかすれてるみたいやし」

「風邪……。いえ、これは……」

紙袋を受け取りかけていたゆりは、鋭い指摘にどきりとする。そんなふうに見えるのだろうか。すると一樹が口を挟んだ。

「こいつ寝不足なんですよ。ほら、急にテレビや雑誌に取り上げられたでしょ？　だから気になって、遅くまでネットをエゴサーチしてるんです」

「ほんまかいな？」

「ほんまですよ」

わざとらしく関西弁を真似て言った一樹が苦笑した。

「クールぶってるけど、中身はデリケートな普通の乙女だったりするんです。だろ？」

「そう……なんです。最初は面白がってテレビを見てたんですけど、あまりにもヒートアップしてきたので、だんだん心配になって……」

デリケートな普通の乙女か……。そんなこと思ってないくせに。

つい突っ込みたくなったが、高津の手前、一樹に調子を合わせておく。

「それはいけません」

高津は心配そうな目を向けてきた。

「ネットやマスコミへの対応は事務所のほうでしてます。ゆりさんの身元についてもばれへんように対処してますんで、あんまり深刻にならんように。ね」

「はい。ありがとうございます」

「でも万一、変な奴に声をかけられたらすぐに電話をください。手をうちますんで」

「はい。高津さん、ありがとうございます」

高津も安住もゆりを気遣ってくれている。それなのに一樹と男女の関係になってしまったことは、ふたりに対する裏切りだ。

——ダメ、いまさらそんなこと考えちゃ。

迷いや不安は顔に出る。自分が動揺したら一樹だけでなく高津にも心配をかけるだろう。

——しっかりしなきゃ。

「こちらのことは心配には及びません。今日は雑誌のインタビューと写真撮影でしたでしょうか。つつがなく進行するように祈っております。行ってらっしゃいませ」

顔を上げて毅然（きぜん）と告げる。一樹は訝（いぶか）しげに見ていたが、やがてうなずくと靴を履（は）いた。

「わかった。行ってくる。今夜はドラマのスタッフと食事会だから夕飯はいらない」

最後にゆりの肩にポンと手を置いて、一樹は上着を羽織（はお）るとドアを出た。

男たちが出てドアがぴたりと閉まってから、今日はおはようのキスがなかったことにゆりは気づいた。

＊　＊　＊

——あれだけ手ひどいことをしたのに逃げないとはな。それとも無理をしているのか。

雑誌社のインタビューを終えた一樹は、取材場所となった新宿のホテルのスイートルームにいた。このあと休憩を挟んで、数カットの写真撮影がある。高津は別の現場に行ってしまったので、撮影スタッフが持ってきてくれたコーヒーを手に、庭園を見渡せるバルコニーに出た。

手すりにもたれて師走（しわす）の空を眺（なが）めながら、今朝のゆりとのやり取りを思い浮かべていた。

彼女は隠していたが、手首にあざがあったことに気づいていた。両手の自由を奪ったうえで無理やり抱いた。そのせいだろう。

ゆうべのことは後悔していない。一樹はもう二度とゆりと離れたくなかった。どんな手段を使ってもそばに置くつもりだ。

もちろんお前が好きだと、いずれ伝えるつもりでいる。その時期がくることを慎重に待っているのに、セフレだのいずれは出ていくだのと言われ、カッとなってしまったのだ。

――俺もまだまだだな。

あざになるほど乱暴に抱いたのはやりすぎだ。今朝のゆりは平静を装っていたが、内心怯（おび）えているように見えた。きっと傷つけたのだ。それだけは反省している。

今夜帰ったら、彼女の目を見てきちんと詫（わ）びよう。

温かいコーヒーを味わいながら一樹はそう決めた。

それから撮影が始まったが、カメラマンとの息が合わずに少々手間取る。結果、予定時刻をオーバーしての終了となった。

「なんや、お前も調子が悪いんか？」

迎えに来た高津は、時間が押したことをそんなふうに皮肉った。

「別に。ロケの疲れが残ってるだけですよ。カメラマンも、ちょっとめんどくさい奴で」

一樹はぶっきらぼうに返事する。撮影のとき足にできた豆が痛むし、カメラマンもなかなかOKを出さない面倒な奴だったことも事実だ。ゆりのことに気を取られていたから長引いたとは思いたくない。

ふたりは急いで駐車場へ移動し、高津の運転で渋谷中央テレビに向かう。このあとは歴史ドラマの打ち合わせで、終わればスタッフや出演者らと食事会だ。

げっそりとやつれたシーンは撮り終えたので、ダイエットはもう終わり。ここから少しずつ体重を戻していく。今までは控え目にしていた飲み会や食事会にも、顔出しが増えるだろう。

と言っても一樹は派手に夜遊びするタイプではないし、長丁場（ながちょうば）の撮影に入ったのであくまでほどほど。体調管理は今後も継続するつもりだ。

「それやったらいいけど、ゆりさんは気になるな。顔色もだし、元気がないようにも見えた」

「そんなに顔色悪かったですか？」

後部座席に座った一樹は、スマートフォンを操作する手を止めて尋ねた。

「ああ。もともと色白やけど、今朝は特にな」

ルームミラー越しに高津と目が合う。なにか言いたげだ。

「ケンカでもしたんか？」

「いえ、そんなことは」

すらすらと嘘をつく。ケンカはしていないが、ゆりの心と身体を傷つけはした。

ならいいんだがと、高津は深くは追及してこなかった。

「さすがのゆりさんも、メディアであれだけ取り上げられたらビビりもするわな。お前のマンションは安全だと思うが、なんならもうしばらくホテルに避難してもらってもいいけど」

高津はやけに慎重だ。そこまで心配させたとわかり、一樹は責任を感じた。顔には出さないが心がずしりと重くなった。

「わかりました。帰ったらゆりと相談しますよ」

「そうしとき。あとなあ……。ちょっとやばい情報をつかんだぞ」

「やばい情報？」

「ああ。例の小野エレナや」

その名を聞いてがっかりする。

「興味ないっす」

「そう言わずに聞けや。あの女、オフィス明智を逃げ出せなくてヤケになってるそうや」

「ヤケね……。例えば？　夜遊びとか？」

エレナが所属する芸能事務所「オフィス明智」は若手タレントには恋愛禁止のルールを課し、プライベートを徹底的に管理することで知られている。

しかし人気が出て事務所の厳しい管理に嫌気がさしたエレナは、わざと問題を起こすようになった。今年に入り一樹を含めて数人のタレントと熱愛報道が出ているが、すべてエレナが週刊誌側とグルになって仕掛けたものらしい。

そういった裏事情を、以前高津から聞かされた。

「ずばりそれや。男を連れて毎晩夜遊び。仕事に穴をあける寸前のところを、マネージャーがぎりぎりでコントロールしてるそうなんや」

マネージャーに同情するわと、高津はぼやいた。エレナとしては問題を起こして社長を怒らせ、契約解除に持ち込みたいらしい。その後は別の事務所へ移籍するのだろう。

だがルックスとぶっ飛んだキャラが同世代のファンを中心に支持されているため、事務所としては少々の問題を起こしても手放すつもりはないようだ。

「まだあるぞ。実はお前とゆりさんのデートをキャッチしたマスコミに、記事にしないよう働きかけたりもしたそうだ」

「俺？　もう関係ないでしょ。どうして俺を？」

「お前は話題作りにはうってつけやから、キープしておきたいんやろ。だから一般女性との熱愛報道なんか出たら困るってことだ。それで」

「じゃあ、写真がなかなか記事にならなかったのは、あの女のせいってこと？」

一樹はついムキになり、シートから身を乗り出していた。

「そう。しかし週刊ゴシップには通じなかったけどな」

てっきりマスコミが慎重に動いているだけだと思っていたが、別の事情もあったということか。週刊ゴシップの第一弾はあまりテレビで取り上げられなかった。それを見てエレナはザマアと思っていたかもしれない。

「くっそ。なにがキープだ。ふざけやがって」

事情が呑み込めていくにつれ、不快感が込み上げる。

小野エレナなどどうでもいい。ただ巻き込まれるのはごめんだ。これ以上なにかしようものなら、こっちにも考えがある。いざとなれば明智社長に直談判(じかだんぱん)する覚悟もある。

そこまで思い詰めてから、一樹は冷静になろうとシートに深く座りなおした。

「さすが敏腕マネージャーですね、亮さん。どこでこの話を？」

「ザ・スピークの芸能担当の記者や。さっきの現場でばったり会ってな。エレナは怖いもの知らずだから気をつけろと忠告されたんだ」

「ご親切に……。で、その代わりになにを？」

見返りを要求されたに違いない。

「お前とゆりさんがいい雰囲気やったから、もし交際宣言とか入籍報告とかするんなら、真っ先に教えろと言われた。まったく疑ってへんかったな。お前はプロだがゆりさんは素人や。それなのに週刊誌を見ても、ほんまの恋人みたいやった。見事としか言いようがない」

高津は笑った。車は少し混んだ都心の道路をするすると走り、やがて前方に渋谷中央テレビの鈍色に輝くビルが見えてくる。

「エレナの動きは俺が十分注意しておく。お前はゆりさんが落ち着くまで、出歩くのは控えろ」

「ええ。そうします」

「熱愛報道についても社のほうで対応するから、まだしゃべるな。もう少し盛り上げてから交際宣言をしようと、社長はそう考えてはる」

「ええ……。はい」

——交際宣言ねえ……

そのときまでに、もう少しゆりといい雰囲気を作り出していたい。うまくできるだろうか。考え込んでいると、高津がふたたびルームミラー越しに見つめてくる。

「それとな。いい雰囲気なのも交際宣言するのも、あくまでフェイクや。俺が最初に言ったことをくれぐれも忘れるなよ」

最初に言ったこと。つまり、ゆりに手を出すなと約束したことだ。もう手遅れだが、一樹ははいと返事をしてそれ以上は口を開かなかった。


ドラマスタッフらとの会食は、局内のレストランで行われた。二時間ほどでお開きになり、一樹はまっすぐマンションに帰る。十時を過ぎていて、ゆりはぼんやりとリビングでテレビを見ていた。

「お帰りなさいませ、一樹さん」

一樹に気づいて慌てたように彼女は立ち上がる。いつもなら玄関で出迎えてくれるのに、帰宅したことに気づかなかったのだろうか。いや、それよりも。

——一樹さん……。一樹さんってなんだよ。カズくんとは呼ばないのか？

「ああ……。ただいま、ゆり」

じっと見返すと、ゆりは目をそらした。

「お食事は……、済んでいるのですよね？」

「うん……」

「では、わたしはいつでも外出できますので。先ほど外を見てまいりましたが、マスコミ関係者と思しき人は見当たりませんでした」

彼女はいつものボブヘアのウィッグに、今夜はピンクのニットとグレンチェックのワイドパンツという姿だった。ふんわりとしたピンクのニットは絶妙な甘さをかもしだしていて、つい抱きしめたくなる。例によって女優やモデルのSNSをチェックしまくって、ファンからの受けがよく、なおかつ福山一樹の恋人として恥ずかしくない衣装を調達してきたのだろう。

仕事熱心なその行いに、かすかに胸の痛みを覚える。

「お帰りのハグは？」

感謝はしているのだが、それをうまく言葉にできなくて、一樹は腕を広げながらつい、高圧的な言い方をしてしまった。

「失礼しました……」

ゆりは伏し目がちに一樹の腕の中に入ってきた。素っ気ない口調、他人行儀な仕草。朝より頑なになっている。まるで再会した頃に逆戻りしたかのようだ。

とにかく、あざのことは謝らなくては。一樹はゆりを抱いたまま、いつもより丁寧に彼女の背中をさすった。

「せっかく着替えてくれたのに申し訳ないんだが、しばらく外出は中止だ」

「どうしてですか?」

ゆりは顔を上げて、ようやく一樹と目を合わせてくれた。

「念のためだ。芸能リポーターにいきなり突撃されて、カメラのフラッシュを浴びたくないだろう?」

「そうですか。ではセリフの練習をしますか?」

「ん? ああ……。それがいいかもな。じゃあ、着替えてくるよ」

「かしこまりました」

以前聞いたようなビジネスライクな答えが返ってくる。そのままキスをしようとしたが、ゆりはするりと一樹の腕から抜け出そうとした。

「なあ、ゆり」

まだ謝っていない。ついゆりの右手をつかんでしまうと、彼女がびくりと身を震わせた。大きく見開いた目には、怯えた色が浮かんでいる。

「ごめん、脅かすつもりじゃないんだ。その……、なにもしないから」

「いえ、わたしのほうこそ、失礼しました……」

つかんでいた手を放し、ホールドアップするように両手を上げる。彼女は一歩あとずさった。

「ゆうべは悪かった。その手首、あざになっただろう? やりすぎだった。反省してる」

これ以上怖がらせないように、誠心誠意謝罪の言葉を口にする。

「いえ。わたしは別に……。これも業務の範囲内だと思っておりますので」

「業務？　こんなのが業務なわけないだろ」

ゆりがあまりに冷静で、一樹は思わず語気を強めた。

「無理すんな。俺が悪い、言いすぎたしやりすぎた。怒るとか罵(ののし)るとかしていいから」

「無理はしてません。わたしの中では仕事として整理ができています。だからこれ以上……」

まるであざを隠すように、彼女は手首をもう片方の手でつかんだままうつむいた。気丈に振る舞っているが、一樹の目には十分無理しているように見える。

そしてすごく遠くにいるように感じられる。

「そうか、それならいい。じゃあ、着替えてくるから、セリフの練習を頼むな」

自分自身が情けなくて。ついイラついた口調になった。ゆりはただ、はいとうなずいた。

いつもは数回繰り返すセリフの練習を、疲れていることを理由に一回通しただけで終わりにした。少し早めにベッドに入った一樹は、三十分ほどで起きだして書斎に入る。ゆりはもう寝たのか、リビングの明かりは消えていた。

書斎のテレビをつけてソファに座り、録画したまま見忘れていた海外ドラマを再生する。プライドの高いイケメン敏腕弁護士が、自分の才能に溺れたせいで仲間や恋人を失い、どん底に落ちてから這い上がるという人気シリーズだ。

一樹はこの弁護士役のアメリカ人俳優に憧れていて、以前髪形を真似していたことがある。英語のセリフも彼のしゃべり方を参考にした。ただ――

――見ている分には面白いが、リアルで恋人を失うのはごめんだな。

ぼんやりと目で映像を追ううちに、ゆりの顔が思い浮かんだ。

時間をかけて彼女の心を開いていくつもりだったのに、無理やり支配しようとした。常に心をフラットに保つようメンタルトレーニングを積んできたつもりだが、ゆりのことになると自分を抑えられなくなるようだ。

このままだとこの海外ドラマと同じ結末になりかねない。だとしたら、一度原点に戻ろう。ゆりを諦めるわけではない。彼女だって、傷を癒す距離と時間が必要だろうから。


翌朝、朝食を済ませた一樹は、食器の片付けを始めようとしたゆりに言う。

「一週間くらい、よそに泊まることにした」

「はい？」

彼女は驚いて片付けの手を止める。

「以前住んでたマンションを、荷物置き場にしてるんだ。ほとぼりが冷めるまでそこに行く」

「一樹さん、マンションをふたつも借りてるんですか？」

「そうだよ。人生三十年もやってると捨てられないものが増えてさ」

くだらないジョークを口にしてから、一樹は顔を引き締めた。

「俺がここにいないとわかればマスコミはほかを探すだろう。それに撮影が始まったばかりで少し集中したいというのもある」

「集中……」

——ああ。カッとなって、また腕ずくでお前を奪ったりしないためにだ。

次にゆりを抱くのは、自分の気持ちを伝えて思いが通じ合ってからにしようと決めたのだ。

「でも食事とか洗濯は？　わたし、そちらに通っても構いませんが」

「自分でできるよ。もうダイエットは終わったから、コンビニ飯でもいいし。お前はここにいろ。ベランダの野菜の世話もあるし、ここのほうが安全だから」

ゆりは複雑な顔をしていたが、一樹は笑って告げる。

「まあ、気が変わったらすぐに帰るよ。その間お前は羽を伸ばしとけ」

＊＊＊

——つまりわたしがいると集中できないってことか。

夜が来て、高津にもらった黒糖焼酎を飲みながら、ゆりは一樹の言葉を思い出していた。静まり返ったリビングでひとりで晩酌(ばんしゃく)していると、彼の言葉が胸に刺さり、自分を否定されたような気分になってくる。

黒糖焼酎はお湯割りにしてレモンをしぼると絶妙だった。つまみはコンビニのおでんと、ベランダで収穫したばかりのカブで作った浅漬けだ。想像以上においしくできて、焼酎がぐいぐい進む。ひとりだし、夕飯はこれで十分。

——カズくんにも、浅漬けを食べてもらいたかったな。

彼は一週間と言っていたが、本当にそれで帰ってくるかどうかわからない。もうひとつのマンションがどこにあるかは聞いていない。テレビ局に近ければ当面そちらにいることもありえる。

邪魔だとはっきり言われたわけではないが、今朝の彼は、なんとなくゆりと距離を取りたいような素振りを見せていた。思ったとおり軽蔑(けいべつ)されたのかもしれない。

以前もこうだった。幼い頃は親しかったのに、高校生になるとめっきり口をきかなくなった。地味で自分に自信を持てない幼なじみに、周りをうろつかれたくなかったのだと思う。

あの頃を思い出すと辛くなる。ビジネスの関係に戻ろうと決めたばかりなのに。

『必ずそなたを迎えに行く』

座り心地のよいソファに座って、ふたりで毎日セリフの稽古をしていたのはほんの数日前だ。彼の熱っぽいセリフや視線に内心ドキドキさせられていた。

それがひどく昔のことのように感じられる。

数日たっても一樹からはなんの連絡もなかった。ワイドショーの扱いも次第に減って、別の有名人の不倫や淫行といったスキャンダラスなニュースに取って代わる。相手が一般女性だし平和な熱愛報道なので、一週間もすれば興味が薄れるのかもしれない。

金曜日は午後から星乃屋のバイトだった。レジに入ってすぐ、会計待ちの客の対応に追われる。

「ねえ、領収書は？　さっき頼んだでしょ？」

つり銭を手渡そうとしたゆりは、目の前の女性客の不満そうな声にはっとした。

「申し訳ございません。すぐにお出しいたします」

うっかりしていた。急いでレジから所定の領収書を発行すると、指示された宛名とただし書きを入れて相手に渡した。その後もいつになく集中力を欠いて、客の対応に手間取ってしまう。

「らしくないわねえ」

二時間ほどして休憩に行こうとしたゆりは、追ってきた温子に呼び止められた。

「今週はずっと元気なかったけど、なにかあったの？」

「すみません。少しうっかりしただけです。以後気をつけますので」

「そうかな。ゆりちゃんは常に仕事モード全開だから、隙があると目立つのよ」

「いえ。ほんとになにもなく……」

「ねえ、今夜ご飯でもどう？　悩みがあるなら聞くわよ」

唐突に温子は話題を変えた。

「今週は旦那が出張でいないから、ずっとひとりご飯なの。金城君も今日は休講だって言ってたから、三人でおいしいものを食べに行こうよ」

「今夜ですか？」

「うん。たまには親戚の人にお休みもらったら？」

星乃屋の同僚には、ゆりは親戚宅に居候（いそうろう）中ということにしている。これまでも何度か飲みに誘われているが、親戚の夕飯の用意があることを理由に断ってきたのだ。ひとりで晩酌（ばんしゃく）をしているとまたネガティブな気持ちになりそうで、気持ちが揺らいだ。

「えーとその……、そんなに遅くならなければ」

勢いで承諾してしまう。温子が目を輝かせた。

「そうこなくっちゃ。金城君にも声をかけておくわね」


温子に連れていかれたのは、星乃屋から歩いてすぐのフランス風焼き鳥の店だった。こじゃれた居酒屋といった感じの店内にはフレンチポップが流れ、カウンターの向こうではコックコートを着た白人の男女が、せっせと焼き鳥を焼いている。

ワインの種類が豊富で、日本語に交じってフランス語のオーダーも飛び交っていた。

「ゆりさんってぇ、従姉のお姉ちゃんを思い出すんだよねえ」

ワインで乾杯して間もなく、金城がうきうきしながら語りだす。テーブルを挟んで、温子は向かいに、ゆりは金城と並んで座っている。

「那覇のホテルで働いてるんだけど、きれいで仕事はバリバリ、英語もぺらぺら。なのに愛想がなくていまだに独身。あー、そっくりだー」

こっちを見てキャハハと笑う金城を、ゆりは冷めた目で眺める。もうここは職場ではないし、ゆりをいじりたいのだろう。

「……でもそのお姉ちゃん、ほんとはとっても優しくて女らしいんだ。僕より十も年上だけど、昔から大好きでぇ……」

「そう。でもわたしは優しくもないし、女らしくもないから」

かわいげなく言うと、ゆりは運ばれてきたばかりのホワイトアスパラのグリルに、ぶすりとフォークを突き立てた。まあまあと温子がほほ笑む。

「でも親戚のお家では家事を引き受けてるんでしょ？　私の世代だと、そういう人を女らしいって言うわね。私なんか結婚十三年だけど、いまだにアイロンがけはへったくそだし料理も適当」

それが自分の勲章（くんしょう）であるかのように、温子は笑う。彼女は東京生まれの東京育ちで、見合い結婚したサラリーマンの夫と私鉄沿線の一戸建てでふたり暮らし。子どもはいない。今から三年前、パート歴五年目だった四十歳のときに正社員に登用されたと教えてくれた。

「僕は星乃屋にきて半年だよ。前はたくさんバイトを掛け持ちしてたけど、今はここだけ」

今度は金城が身の上話を始める。声優志望だという彼は五人兄弟の末っ子で、那覇の高校を卒業後、一度は地元で就職したが、声優になりたくて去年上京したという。

いわゆる「島人（しまんちゅ）」だが泳ぎが苦手で、日焼けもしたくないそうだ。

男にしては地声のトーンが高いので、これでどんな役を演じるのか気にはなる。

「今度はゆりさんの番だよ。生まれはどこなの？　弟がいたりしない？」

「え？」

「確か実家は鎌倉で、今は親戚のお宅に居候してるのよね。うちに来るまではホテル業界にいた……。その辺は面接で聞いたけど」

「え、ええ……。確かに生まれは鎌倉で、高校までそこで過ごしました」

温子が言うように、その程度のプロフィールは面接のときに話してある。

「じゃあ、大学進学と同時に東京へ来たの？　ご両親はお元気？　どうしてホテルを辞めて、うちみたいな書店でバイトを？」

ほらほらと、温子も話に乗ってきた。ゆりは手にしていたグラスを置いた。元来、他人に踏み込んでこられることは苦手だった。でも今夜はワインの酔いも手伝ってか、ため込んだものを無性に吐き出したい気分だった。

ゆりはぴんと背筋を伸ばす。

「わたしが高校三年生のときに、両親は交通事故で死にました。そのあとは千葉の親戚に引き取られたので鎌倉を離れたんです」

「あら……」

温子はそう言ったきり口をつぐんだ。

「当時、父はIT企業の社長で母は専業主婦でした。残念ながらわたしはひとりっ子です」

「じゃあ、ゆりさんは社長令嬢だったの？」

金城が目を丸くする。

「元ご令嬢……ね。あの頃はおとなしくて目立たないお嬢さんだった。のろまで内気で」

「嘘ぉぉ……」

大げさなリアクションをしたものの、不謹慎だったと気づいたのか金城は慌てて口を押さえた。

「いいわよ、笑っても」

ゆりは金城の肩をぽんと叩き、グラスを持つとワインをひと口飲んだ。

「でも父は社長を解任されたうえ、そのあとの事業もうまくいかなくて……。そういうのを見てきたからか、こういう人間になりました」

驚くふたりに、ゆりは当時のことをかいつまんで説明する。

父は大学時代の友人を副社長に迎え入れていたが、その男性がほかの重役と結託して父を追い出し、自分が社長に納まったのだ。家族ぐるみの付き合いをしていた、ゆりもよく知る男性だった。信じていた友人の仕打ちに、ゆりの父はひどくショックを受けていた。

他人は信じられない——。あのとき、思い知ったのだ。

その後、父は新しい会社を興したが思うようにいかず、借金だけが増えていった。家の中は重苦しい雰囲気に包まれ、明るかった母から笑顔が消えて。いつしかゆりも心を閉ざし、学校でも孤立するようになった。

　やがて事故が起こる。

「……父が運転をミスして。母共々即死だったそうです」

　本当にミスだったのか――。借金返済のために保険金を得ようとしてわざと起こした事故ではないか？　だとしたら自分は両親に置いていかれたのか――？　と、当時はよくないことばかりを考えた。葬儀がどんなふうに進んだかも、ろくに覚えていない。

「その後わたしは親戚に引き取られ、二十歳までそこでお世話になりました。鎌倉の家は処分して、今は人手に渡っています」

「ごめんなさい。なんて言ったらいいか……。立ち入ったことを聞いちゃったわね……」

　温子がおろおろし出す。ゆりはいいえと、首を横に振った。

「もう昔のことだし……。こんな話、ホテル時代の同僚たちにも話してなかったんですけど、思い切って話してみるとなんというか……」

「気持ちが楽になった？」

　普段の無邪気（むじゃき）さはどこかに失（う）せた金城が、泣きそうな目で問いかけてくる。まるで飼い主とはぐれたトイプードルみたいだ。別府にいた新條も、仕事で失敗をするとこんな目をしてすり寄ってきた。

「うん……。そうだね、なんとなくすっきりしたよ。ありがとう」

　新條と静香のことを思い浮かべながら、ゆりはもう一度背筋を伸ばすと、大きく胸を張る。

「親戚の家には小さいお子さんがいたから、必然的に子守や家事の担当になりました。わたしって、愚図でのろまだったから、いい勉強になったんです」

「ほんと？　実はこき使われたんじゃないの？」

温子が恐々と尋ねてきた。

「いいえ。お世話になるんだから、自分から進んでやりました。いつまでも泣いていられないし。二十歳からはひとり暮らしをしたのでバイトしながら大学に通い、ホテルマンになってからは奨学金の返済のためにがむしゃらに働きました」

「そうなの……。だからゆりちゃんは働き者なのね」

金城もこくこくとうなずいた。

「たまにマッハの速さで本のカバーかけしてるときあるよね。すごいなあって、思ってたんだ」

「すごいのかなあ……」

自分の人生は、あのときを境に、大きく変わった。親の庇護を離れ、必死で働かざるを得なくなった。おかげで仕事では評価されるようになったが、人間関係の構築や恋愛の仕方は覚えないまま。人としてどうなのかなと首をかしげたくなる。

一樹と口をきかなくなったのも、この時期だ。

彼は家を出て東京の大学に進学したから、ますます互いの距離は遠のいた。でも両親の事故のあとすぐに駆け付けてくれて、彼の家族とともに親身になって励ましてくれた。

それがどれほど心強かったか。

「でも仕事にこだわりすぎて融通が利かなくなり、前の職場では上層部ににらまれてしまって。つくづく世渡りが下手というか……。結果的にそれでホテルを辞めたんですが」

「えー、えー！　にらまれたってどんなふうに？　パワハラとかいじめとかあったの？」

金城がようやく元気を取り戻し、いつものようにオーバーなリアクションをする。

「内緒。でも自分で納得して辞めてきたからもういいの」

そう。どうしても自分のポリシーを曲げられなかった。納得の上だ。

「ううう……、教えてほしいのに。ゆりさんのケチぃ！」

「ケチじゃない！」

びしっと言ってから無性におかしくなり、金城と顔を見合わせて笑ってしまった。つられて温子も笑い出す。緊張の糸がほぐれ、心が軽くなった。

「はー。なんだか安心したわ。じゃあホテルを辞めたことは引きずってないのね。ということは元気がなかった原因は親戚かしら。今回は家政婦みたいにこき使われてるんでしょ」

「え？　ああ……」

いよいよというか、本題に入る。どうやら温子は、ゆりが以前いた親戚宅に今も居候していると思ったようだ。

「そんな親戚の家なんか、出ちゃえばいいのに。多少不便だけど、家賃が安くて安全なマンションなんていくらでもあるわよ」

「そうそう。なんなら僕、一緒にお部屋探ししてあげようか？」

「あら。いいこと言うわね、金城君。いっそふたりでシェアハウスでも借りるとか」

「違うんです。今はその親戚の家にはいなくて……」

ややこしい。なんと説明したらいいのだろう。でも嘘をついていても仕方がない。

「ごめんなさい。紛らわしい言い方をしましたが、今は幼なじみの家に居候しているんです」

「幼なじみ？」

ふたりが声を合わせた。

「はい。二歳上の幼なじみがこの近くに住んでて、事情を説明したら好きなだけ居ていいよと」

「まさか、家賃の代わりに家事をしてくれたらいいってやつ？」

「……はい」

「やだ。ドラマみたい」

温子は笑ったが、疑うような視線を向けてきた。今度はどんな人物か、追及されるだろう。そのときは女の幼なじみだと言えばいい――。そう覚悟を決めたが突っ込まれなかった。代わりに彼女は、金城に目配せしてから慇懃に笑う。

「そう。それならいいのよ。で、その幼なじみさんとは仲良くやってるの？　肩身の狭い思いをしてたりしない？」

「その辺は全然」

ふるふると首を振る。

「すごく快適なマンションで、便利家電もたくさんあるから家事は楽なんです。素敵なお鍋で料理をして、ベランダでは野菜を作らせてもらってて……。星乃屋のバイトも楽しいし、毎日すごく充実してるんです」

別府ではワンルームの寮住まいだったことを引き合いに出し、今のマンションがいかに広くて日当たりもよく、居心地がいいかを強調する。

「じゃあ結局のところ、ゆりちゃんはなにに悩んでるの？」

「は？　ええと……」

一樹だ。自分の心を乱す彼のことについてだ。

ふだんの彼は優しくて、ゆりの好きにさせてくれる。いつかは出ていくのだからと自分に言い聞かせてきたつもりだが、実際は終の棲家のようにくつろいでいる。

「幼なじみとはうまくやってきたんですが、今回ちょっとした行き違いがありまして」

「つまりケンカしたのね」

温子はまたもくすくす笑う。

「何日も落ち込んでるんだから、よっぽどのケンカだったのね。そういうのはいつまでも引きずらないのよ。意地を張ってたら時間がもったいないわ」

そうだよと、金城も言う。

「すぱっと謝るか、何事もなかったかのように、しゃあしゃあとしてたらいいと思うよ?」

「しゃあしゃあとなんて……。そういうのは、わたしできない」

「じゃあ、こっちから謝るしかないでしょ」

「謝る……」

少し違う気がする。でもこちらから動くほうがいいのかもしれない。

「それで元通りのふたりに戻れるなら、お安いもんでしょ?」

ゆりはまじまじと金城を見つめる。困り果てていたプードルが、頼もしくて老獪(ろうかい)なゴールデンレトリーバーのように見えてきた。

「そうだね……。明日にでもメッセージを送ってみる」

「メッセージ? 今夜帰ったら直接謝ればいいじゃん」

「それが……。数日留守にしてるの。だからメッセージにしておく」

温子のほうを見て、マネージャーのお宅と同じく出張ですと言ってから、今頃一樹はなにをしているだろうと思った。

二時間ほど食べて飲んで、そのあとはカラオケに行った。温子と金城の酒豪ぶりには驚かされたが、負けじとゆりも飲む。そして歌い、憂さを晴らした。おかげでなにに悩んでいたのか忘れてしまったほどだ。

たぶんふたりには、同居相手が男だとばれたと思う。面接時に提出した履歴書の保証人欄には一樹の名を書いたので、温子はそれを覚えているだろうから。

――まあ、いいや。

追及されなかったのだから、知らぬふりをしておけばよい。

十時に解散してタクシーに乗ったものの、胃がムカムカしてきたので途中で降りて歩くことにした。

外は冷えこんでいたが、新鮮な夜気は酔い覚ましにちょうどいい。いつもは一樹とふたりで歩く道をひとりで歩いていると、どこかの店頭に飾られたクリスマスツリーに目が留まる。派手に電飾されたツリーの前で、カップルがいちゃいちゃしながら記念撮影をしていた。

ふと……。胸の奥がきゅんとなる。

——わたし、カズくんが好きなんだ。

肩を寄せ合いスマートフォンをかざすふたりを前にして、答えがぱっとひらめいた。

身元がばれるリスクを冒(おか)してまで週刊誌に撮られるのも、仕事だと割り切って乱暴に彼に抱かれるのも、相手が一樹だから。彼のためならなんでもすると、覚悟を決めているのだ。

だから彼に距離を置かれて、こんなにも心が乱れる。辛くて切なくて。

きっと、これが恋というものなのだろう。

だいぶ前から気づいていたが、気づかないふりをしてきた。自分は地味で内気な幼なじみ、人気者の彼とはつり合わない。今だって、仕事を理由に恋人のふりをしているだけ。

恋愛感情を持ち込んでいいはずがない。

ただこれ以上、自分に嘘をつくことは無理そうだ。心が悲鳴(ひめい)を上げている。

——でも、どうしたらいいの？

仲むつまじいカップルを見ていられず、ふたたびとぼとぼと歩き出す。

温子と金城は、さっさと謝れと言うが、どんなふうに謝ればいいのだろう。

長いこと仕事にばかり打ち込んできたから、恋愛の仕方などわからない。誰も教えてくれなかったし、語り合える友人さえいない。自分から背を向けてきたから。

彼にどんな言葉で自分の気持ちを伝え、これからどんなふうに過ごせばいいかわからない。

イルミネーションに彩(いろど)られた街から、ゆりは逃げるように立ち去った。

ぶつぶつ言いながらも、どうにか無事に帰宅した。玄関で靴を脱いだゆりは、おぼつかない足取りでリビングに向かうと、バッグを放り出しソファに倒れ込む。

「わからない……、わからないいんだよ」

胃のムカつきは収まったが、まだ酔いは残っている。おかしなひとりごとを言いながら、もぞもぞとコートを脱ぐ。室内は明るくて暖かかった。たぶん出かける前に、明かりと暖房を消し忘れたのだろう。

「……わからない！」

――わたしとしたことが……

一樹からは十分な生活費をもらっているが、無駄のない生活を心がけているのに。悔(く)やみながら脱いだコートを床に落としたら、無性に喉(のど)が渇いていることに気づいた。

「ん……、お水……」

むくりと半身を起こしたところ、キッチンのカウンターに置かれているウォーターサーバーが目に留まる。無意識に手を伸ばすと、突然水の入ったグラスが目の前に差し出された。

「おみず！」

両手でグラスを受け取り、ごくごくと一気飲みする。おいしくて、つい声がもれる。

「ふぁ……」

「もっと飲むか？」

それは、穏やかな天の声のようだった。ゆりは、いいえと首を横に振る。

「いいえ、これで十分です……。じゅうぶん……、え？」

聞き覚えのある男の声だ。はっと我に返り横を向くと、呆れたような顔の一樹と目が合った。

「わからないって……、なにが？」

「え？　え……、うわああああー！」

いっぺんに酔いがさめる。叫びながら、手にしていたグラスをぱっと放り投げてしまう。それを一樹がキャッチする間に、ゆりはソファから転げ落ち、しりもちをついたまままあとずさった。

「ど、ど、どうして……」

――どうしてここにいるのー！

頭の中で絶叫した。火が付いたかのように身体が熱い。会いたかった一樹がそこにいる。なのに自分はみっともない酔っぱらいで、彼に醜態をさらしている。穴があったら入りたい。

「どうしてって……。俺が自分の家に帰ってきちゃいけないのかよ」

不機嫌そうに彼は言う。

「ええと……。帰るなら……、連絡くらい……」

「別にいいだろ。それとも、いきなり帰ってきたら都合が悪いのか？」

「いえ、いいえ……」

首を横に振ると、一樹が目の前にしゃがみ込む。久しぶりに会う彼は、人気のイルミネーションスポットに飾られた電飾ツリーのように、きらきらと輝いて見えた。着る人を選びそうなシルキーなパープルのシャツに、ゴールドのネックレス、細身の黒のパンツ。髪をかき上げた右手の指には、ふたりでそろえたあの指輪が輝いている。

「確かに羽を伸ばせとは言ったがな……。どんだけ飲んだんだ？　酒くっさ！」

彼は顔をしかめると、ゆりの腕をつかんで引き上げようとした。

「なにもしない。せめて椅子に座れ」

「は、はい……」

ゆりはふらつきながらも立ち上がり、彼が引いてくれたダイニングチェアに腰を下ろす。

「で？　どこで誰と飲んだんだ？」

テーブルの向かいに回った彼は、両手をテーブル上に置いて威圧するように顔を寄せてきた。まるでドラマの取り調べ室のシーンのようだ。彼が刑事役でゆりは重要参考人。

「星乃屋の上司と同僚と三人で、道玄坂(どうげんざか)のあたりでご飯を食べて……。そのあとカラオケに」

彼の圧が強くて、素直に白状する。

「ああ……。別府にいた上司と同じ名前の人か。同僚ってのも、確かあのホテルにいた後輩に似てる奴だとか言ってたっけ」

「はい……」

一樹には職場のことを説明してある。デジャブな光景のバイト先が、なかなか楽しいとも。一樹はなにか言いたげだったが、やがて腕時計を確認すると小さく吐息をもらした。

「ま、午前様にならないだけマシか。俺のことは気にしなくていいから、早く寝ろ」

「はい……」

「別に怒ってるわけじゃないよ。ただ十時過ぎてるのに留守だったから、少し心配しただけだ」

「すみません」

「……だから怒ってない」

「はあ……」

「家中ピカピカだし、俺の部屋もきちんとベッドメイクされてた。空気清浄機と加湿器も動いてる。おかげで喉（のど）の調子がいいよ。サンキュ……。いつもきれいにしててくれて」

「カズくん……」

褒（ほ）められて嬉しくて、ついその呼び方をしていた。それに心配してくれているとわかり、少しだけ心が浮き立った。だが――

「明日は早起きしなくていい。忘れ物を取りにきただけで、起きたらすぐに出るから」

「え？　また……、行っちゃうんですか？」

「ああ。もうしばらく、難しいシーンの撮影なんで」

一樹は目をそらすと、ゆっくり身体を起こした。もう取り調べは済んだらしい。

――なーんだ……

どうやら、まだまだ別居が続くらしい。そして自分がいると難しいシーンの撮影に集中できないと言われたようで、少なからず傷ついた。ついうなだれてしまうと、彼がふたたび口を開く。

「なんだよ、言いたいことでも？」

「え、いえ……」

一樹にじっと見つめられる。

『謝っちゃいなさい――』

温子と金城の言葉が頭に蘇(よみがえ)った。でもゆりは、なにをどう話したらいいのか、いまだにわからなかった。

「じゃあいいよ、おやすみ」

「はい……、あの……」

おやすみとは言えなくて口ごもる。彼は次の言葉を待っているようだったが、やがて諦(あきら)めたのか、背を向けて歩き始めた。

「待って……！」

言葉は見つからなかったが、ゆりは立ち上がり彼の右腕にすがっていた。一樹が驚いて振り返る。

「あの……。あの……いか、いか……、いかな……」

「もう、なんだよ。はっきり言え」

「だから……、いかないで……。行かないで」

「どうして？　ひとりだと不安か？」

一樹はゆりの手をほどくと、向かい合うように立った。そしてゆりの両肩に手を置いて、まっすぐに見下ろしてくる。

「マスコミなら心配しなくていい。それとも俺がいないと寂しいとか？」

まるで試しているような口ぶりだ。勇気を出して、そんな彼と視線を合わせる。

改めて向き合うと、その超絶イケメンぶりに顔が火照ってくる。昔からなにを着てもよく似合うし、勉強もスポーツも学年で一番だった。彼の幼なじみであることが自慢で、いつも一緒にいたくて彼のあとを追ってばかりいた。

再会して嬉しいのは自分も同じ。ずっとそばにいてほしい。あなたの本物の彼女になりたい。そう素直に言えたらどんなにいいか。

「というか……、ここはあなたの家なのだから、わたしが独占するわけにはいきません。あなたのお世話をするという約束で置いてもらっているので、安住社長や高津さんにも申し訳ないし……」

「は？」

「ここに……。ここに一緒にいてもらうほうが、筋が通ると思うんです」

頑張ってはみたが、今の自分が言えるのはここまでだった。

「今日発売の週刊誌に大物演歌歌手の不倫報道が出ていたから、マスコミはそっちを取材に行くと思うんです。わたしたちの話題はいったん下火になるわけで……。だからいつ写真誌に撮られてもいいように今後もデートを続けましょう……。わたし、変装が好きになってしまって」

「お前はそれでいいのか？」

「もちろんです。何度もそう伝えてます。覚悟はできてますから……」

覚悟。彼が好きだから、俳優としての彼のキャリアを守るためにプロ彼女に徹する——。

恋人になりたいと願う心より、彼のためになりたいという思いが勝っていた。

「わかったよ」

一樹はぶっきらぼうに言ったが、気のせいかその顔はしょんぼりして見えた。

「別居はやめる。ここから仕事に行くよ」

「そう……、よかった。よかった」

嬉しくて、ゆりはつい自分から彼をハグしていた。この際、理由はなんでもいい。自分が必要とされる間は彼のそばにいたい。それで十分だ。

「相変わらず仕事熱心だな。まあ、そのほうがお前らしい……」

「明日の朝ご飯ですが、おいしい浅漬けがあるんです。ベランダのカブがやっと収穫できて……」

「おいおい、いきなりカブの話かよ」

「あ……、すみません。でもあの、ほんとに浅漬けがおいしくて……」

「明日、ごちそうになるよ。だけどゆり」

「はい？」

顔を上げる。一樹の優しい視線に包まれる。

「また原点に戻って夜のデートを再開する。お前も最初の約束を守れ。朝晩のハグとキス」

「かしこま……。了解です」

「かしこまりは禁止。一樹さんではなくカズくんと呼ぶ。いいか？」

「了解です。かず……くん」

うなずくと、今度は一樹のほうからハグしてきた。それから彼はゆりの顔を手で挟むようにして、かすめるようなキスをすると、

「酒くせえな」

と言って、笑いながらゆりの頭を撫でてくれた。

## 第五章　愛していると言わせてやる

逃げるようにクリスマスが去り、ニューイヤーがやってきた。正月休みが終わり、成人の日も過ぎた金曜日の朝。いつものように仕事に行く一樹を、ゆりは玄関先で見送る。

原点に戻ろうと約束し合ってから、ふたりはつつがなくニセの恋人同士を演じ続けている。彼に嫌われないよう、ゆりは自分の行いに十分注意しているし、一樹も手荒なことはしない。むしろ今まで以上に優しくされている気がする。

でもその優しさが、ふたりの間の見えない垣根になっていることに、ゆりは気づいた。

別府で再会した頃ゆりに見せていた、傲岸不遜な態度が消えた。彼は最高に紳士的な態度で接してくれる。

朝晩のハグとキスはするが、あれ以来ゆりを抱こうとはしない。

きちんと一線を引かれているのだ。

――バカだな、わたし。なにを悲しんでるんだろう。

もともと一線を引いていたのは自分のほうだったのに。同居を始めた頃の一樹の熱っぽさや、きらきらした感じがなくなって、それを寂しく感じているとは。

「じゃあ、わたしは午後から横浜に行くので」

「別府のホテルにいた木下さんと会うんだっけか？」

「うん。少し遅いお正月休みをとったそうで、実家に帰ってきてるの」

「あの人、こっちの出身だったんだな。了解。楽しんでこい」

「はい……。ありがとう」

「その節はお世話になりましたと、伝えといてくれ」

「そんなことできないって。わたしがカズくんと知り合いだってことは、事務所関係者以外知らないんだから」

「ああ……。そっか」

夜のデートは、今も慎重に続けている。クリスマスには人気シェフのお店でフレンチディナーを堪能したところ、それが女性週刊誌にパパラッチされ、ふたたびテレビや新聞で取り上げられた。福山一樹が一般女性と交際中だという噂は、各方面に順調に広まっている。

そんな状況でありながらも、今のところ一樹の相手がゆりであることは、業界関係者の間にすらばれていないのだ。

「ゆっくりしてきていいから」

「うん。でも遅くならないうちに帰る。夕飯もちゃんと用意しておくよ?」

静香に会うのはエトワールを辞めて以来初めてだ。きっと、時がたつのを忘れるほどおしゃべりしてしまうだろう。とはいえ自分の役目を忘れるゆりではなかった。

なにより夜は一樹と語らいたい。

許される限り、彼のそばにいたいから。

「わかった。好きにしろ。夜は肉がいいな。もう少し体重を戻したいんで」

まだ早朝だからか気だるそうに笑った彼は、軽くて暖かいレザージャケットを羽織(はお)ると両手を広げた。朝の儀式の始まりだ。

「う、うん……」

ゆりはおずおずと彼の腕の中に入り、広い胸に自分の身体を預ける。彼がゆりの背に腕を回し、ゆりも同じようにしてハグをする。

「行ってくる」

「行ってらっしゃい」

ゆりの背を優しくポンと叩き、一樹は悩ましげな目でゆりを見つめる。慣れ親しんだ彼の香りが、いたずらにゆりの心を乱してくる。

――あ……、来る……。

一線を引いているはずの彼だが、キスは別だった。

顔をかたむけると、流れるような動きで唇を重ねてくる。触れた瞬間にバチッと火花が散るような感じがして、そこから一気に深く口づけてくる。もともと朝は触れるだけのキスだったはずが、いつの間にか濃厚なキスに変わっていた。

彼の唇がどれほど温かくて柔らかいか、ゆりの心を安心させてくれるか。浸る間もなく口をこじ開けられ、ねじ伏せるような彼のキスの餌食になるのだ。

「んふ……」

身体の奥が疼き、ぶるりと武者震いしていた。こうなると、もう逃げられない。

彼はゆりの身体を強く抱き寄せ、硬い筋肉と下半身を密着させてきた。その状態で、舌をエロティックに使って煽ってくる。

もはや挨拶代わりのキスではなくて、セックスへと誘う前戯のようだ。こんなキスが一日二回繰り返される。気のせいか、日に日に熱を帯びてくるようで。

――も、もう……、なんなの？

長いキスにくらくらしてくる。こういうのは恋人同士がするものだ。欲求不満を解消したいなら、今すぐ廊下に押し倒すとか、あるいは立ったままゆりを奪えばいい。でも彼はあれ以来、ゆりを抱こうとはしない。朝と夜に濃密なキスでゆりを翻弄するだけ。

――やっぱり仕事で行き詰まってるのかな……

彼の真意がよくわからなくて、彼を見送ったあと、なんとも言えない気持ちにさせられるのだ。

「カズくん、そろそろ……」

行かないと――

息が苦しくて、喘ぎながら言葉をもらす。高津はすでに駐車場で待っている。いい加減出ないと、朝の渋滞に巻き込まれる。

「ん……。わかってる」

ゆりをのけ反らせ、一樹は耳から顎下にかけて唇を沿わせていた。やがて満足したのか顔を上げ、ゆりの火照った頬を指先でそっと撫でた。ぞくぞくして、ふたたびぶるりと身体が震える。

「気をつけて行ってこいよ」

「う、うん……」

こくりとうなずくと、一樹は優しくほほ笑んでから出ていった。でも玄関のドアに手をかけたとき、どこか寂しげな顔をしていたのが胸に残った。

ドアが閉まると、ゆりは肩で息をしながらその場にへたり込む。心臓が怖いくらいに高鳴っている。

――寂しいというか、悲しそうな顔をしてたよね。

この数日、一樹はたびたびこんな顔をする。今は歴史ドラマの撮影をメインに一週間の予定が埋まっている。ドラマの撮影がうまくいっていないのだろうか。

――でも、あのキスはなに？　彼はわたしをどうしたいの？

こんなに濃密なキスを繰り返されると、勘違いしそうになる。自分が彼に恋しているように、彼もまたゆりに恋をしている。本気で愛されているのではと。だとしたらプロ彼女の任務が終わったとき、自分は黙ってここから出ていけるのか……

そこまで考えると、固い決意が揺らぎそうになる。


「……そうだったの。幼なじみのマンションにねえ……。って、ゆりちゃん。聞いてる？」

「え？　ああ……、そうなんです。幼なじみのマンションに居候（いそうろう）してまして……」

今朝の濃密なキスの余韻（よいん）から抜け切れなくて、ゆりは静香の話を聞きそびれていた。

くすっと笑った静香が、笑みを浮かべたままコーヒーカップを持ち上げる。

午後三時。ゆりは静香とふたりで、横浜市内のカフェにいた。待ち合わせたのはみなとみらい駅で、その近くのレストランでランチをしてから、少し歩いてこのカフェにやってきた。

街が一望できるカフェの窓際の席は、ぽかぽかと暖かい。店内は午後のティータイムを過ごす人々で、ほぼ席が埋まっている。

「いろいろ事情がありまして……。その幼なじみの手伝いをする代わりに、タダで居候させてもらってるんです」

おいしいイタリアンを食べながら、お互いの近況を語り合った。その後、場所を移して、別府では語らなかった自分の身の上話も少しだけ披露した。もっとも静香には、両親を失くして親戚に引き取られた過去を打ち明けてはあったのだが。

「じゃあ、そのお手伝いがあるから、ホテルの仕事をしていないのね」

「まあ、そんな感じですね。もともと賄い付きの寮があるからホテルマンになったようなもので、この業界から離れたことをそれほど後悔してないんです」

「なんてこと……。自慢の部下からそんな言葉を聞くなんて……」

「すみません。エトワールの仕事が嫌だったというわけじゃないんです」

「うん、わかってるわ」

静香は苦笑いしながら頬杖をついた。三カ月ぶりに会う彼女はベージュのニットのアンサンブルを着ていて、相変わらず品のいいミセスという雰囲気をまとっている。昨日からこちらに帰省していて、日曜の昼の飛行機で帰るそうだ。

あまり変わっていないように見えるが、少しだけ痩せたかもしれない。

ゆりが抜けたあと向こうでいろいろあったことは、静香からメールで知らされていた。同じ内容のメールは新條からも届いていた。新社長の方針になじめない者は少なからずいて、年度末には何人かが退職しそうだとか。

中間管理職として、静香も気苦労が多いのだろう。

「まあ、人それぞれよね……。中園さんなんて、制服がかっこいいからっていう理由だけで、フロント係になりたいって言い出したんだから」

ゆりの退職後は新採用のスタッフがフロントに配属されたが、なんとあの中園綾子もフロントに異動したそうだ。

「ゆりちゃんに因縁つけたのも、あなたを追い出して自分が代わりたかったからみたい。お得意様がゆりちゃんのことを褒めまくるから、目立つ部署に移ってチヤホヤされたかったのよ」

「でも年内で辞めたんですよね？」

その辺は新條からのメールに、克明に記されていたので知っている。

「そう。なにしろ彼女はあらゆる面でスキル不足だもの。ゆりちゃんは美人だからって理由だけで人気があったわけじゃなく、ホテルマンとしてプロフェッショナルな対応ができる人だったから評価されていた。中園さんはそれをわかってなかった……。現場を舐めすぎてたのね」

静香はもうひとりの元部下をばっさりと酷評した。わがままを通した綾子だがすぐにフロント業務に飽きたらしく、ある日突然出勤しなくなり、そのままフェードアウトしたそうだ。

「外国人客も多いのに、簡単な英語の接客もできないんですもの」

そういえばと、静香はゆりを見た。

「ゆりちゃんって、割と英語が話せてたわよね。前のホテルで語学研修とか受けてたの？」

「それもありましたけど、子どもの頃、アメリカ人に英会話のレッスンを受けていたので」

「そうだったの」

「その人は日本人と結婚したアメリカ人女性で、自宅で英会話教室を開いていたんです。そこに小学校から中学を卒業するまで通ってました」

「なるほどね。だからか……」

片言の日本語を操る若い白人女性だった。少しふくよかで明るくガッツがあり、近所の人気者だった。最初は一樹と彼の兄・大樹が通い始め、小学校に入ると同時にゆりもふたりにくっついて、彼女の教室に通い始めた。

去年公開された映画で一樹が流暢な英語のセリフを披露できたのは、俳優になってからの努力もあるが、子どもの頃から英会話になじんでいたことが大きいとゆりは思っている。

「あの、マネージャー……、いえ、静香さん」

「なあに？」

「別府にいた頃はいろいろとありがとうございました。わたし、すごくお世話になっていたのに、ろくに感謝も伝えないままこっちに戻ってしまって」

まるで妹のようにかわいがってもらっていたのだ。今だって、静香がいかに自分のことを理解してくれていたか、思い知らされた。にもかかわらずゆりは、仕事上の関係だからと静香も含めてほかの同僚たちと一線を引いていた。

このところ星乃屋のふたりと親しくしているせいか、エトワールにいた頃の自分はつくづく頑なだったと、思うようになった。

「いいのよ、そんなこと。むしろお礼を言うのは私のほう。ゆりちゃんが人の何倍も働いてくれたから、とても助かってた。それなのに、あなたを守ってあげられなくて……」

「いえ……。それはわたしのミスですから」

仕事にこだわりすぎて、周りを見ていなかった自分が悪い。ゆりは肩を落とした静香に言う。

「この話はこれくらいにしましょう。冷めちゃいますよ」

テーブルの上には、コーヒーとともにふわふわのパンケーキも並んでいる。がっつりランチを食べたくせに、静香がどうしてもというので一皿をシェアすることにしたのだ。

「そうね。済んだことだしね。食べましょうか」

静香はフルーツとクリームがたっぷりかかったパンケーキを器用に切り分けて、半分をゆりの皿に載せてくれた。パンケーキはふわふわで、ひと口食べると口いっぱいに至福の甘さが広がっていく。

「静香さん、以前わたしにおっしゃいましたよね。人生には彩りが必要だって」

「な、なんなの急に……」

パンケーキを頬張っていた静香は、驚いたのか小さくむせた。

「ええ。覚えてるわよ。ゆりちゃんがあまりにもストイックな毎日を送ってるようだったから」

「わたし、見つけたんです。自分にとっての彩りを。だから今はそれなりに充実していて」

「そう……。なんとなくそんな気がした。ゆりちゃん明るくなったし、前にも増して美人さんになったと思う。いいことあったんだなって、ピンときたわ」

「そんなことは……」

静香はなにかと褒めてくれる。エトワールに行くまで上司に褒められる経験があまりなかったから、ひどく照れるのだが、最近は褒められて素直に嬉しいと感じられるようになっていた。

「ほんとは彼氏なんじゃないの？」

「え？」

黙ってゆりの様子をうかがっていた静香は、突然そんなことを口にする。

「幼なじみというのはお付き合いしている男性で、その方と一緒に暮らしてるんじゃない？」

「ちが、違います……。彼氏ではなく……」

「いいのよ、そんなに慌てなくても」

あはは……と、静香は突然笑い出す。オーバーリアクションだったため、近くのテーブルの客がちらっとこちらを盗み見たほど。

「若いんだから別におかしくもなんともないわ。せっかく手にした彩りなんだから、逃しちゃダメよ。永遠のものにしないとね」

「永遠のもの……ですか」

「そうよ。あなたの人生に、末永く彩りを与えてくれる関係にしなきゃね」

末永くと言われても――

その晩、マンションに帰ったゆりは、料理をしながら静香の言葉を思い出していた。男と同居していることを見抜くあたり、さすがは静香だ。お付き合いというような関係ではないが、強く否定できなかった。

自分と一樹の関係が、幸せな未来を迎えることは決してない。おそらく歴史ドラマの放送が始まる三月には、自分はここを出ていくことになるだろう。でも――

――夢を持つくらいなら許される……かな？

この十年は耐えて我慢の連続だったから、身の程知らずと言われようと、夢を抱くくらいなら構わないだろう。などと考えていたところで、キッチンタイマー音が鳴る。

――カズくん遅いな。

もう九時を過ぎた。フォーブの鍋ではメキシカン風味に仕上げたスペアリブが、柔らかく煮えている。ほかのおかずもできあがっているので、今は明日の朝食の下ごしらえをしているのだ。

さらに一時間過ぎたが、帰ってこない。

おそらく急な予定が入ったとか、誰かと飲みにいったとか、そんなところだろうと思っていた午前零時、突然インターフォンが鳴る。

「こんな時間にすいません、ゆりさん」

高津だった。急いで玄関を開けると、ぐったりとした一樹を背負い玄関の中に滑り込んでくる。

「大丈夫です……。くさ……、いえ、飲んでるんですね」

「はい……」

と高津は苦笑する。目を閉じて高津にしなだれかかる一樹から、ものすごいアルコール臭が漂ってきた。まさに酩酊状態。こんな一樹を見るのは初めてで、ゆりは驚いた。

「わたしが靴を脱がせますから、お手数ですが中に運んでもらえますか？」

「了解しました」

高津と協力し合って、百八十センチを超える長身の男を引きずるようにして、寝室まで運んだ。布団をめくり、シーツの上に一樹を転がすと、彼が大きくうめいた。

高津はひと仕事終えて、大きくため息をついて額の汗をぬぐった。

「珍しいことに、今日の撮影でNGを連発しちゃいましてね……。時間が押したんで、共演者サイドから苦情がきたんですよ。で、仕事終わりにひとりで飲みにいっちゃいましてね」

「ひとりで飲んでたんですか？」

「いえ、行きつけのバーで俳優仲間と合流したみたいで、そのうちのひとりから私の携帯に連絡があったんです。一樹が荒れてるから迎えにこいと」

週刊誌に撮られたら面倒だと思い駆けつけたのだと、高津は説明してくれた。

「NGを出してヤケ酒に走ったんでしょうか」

　一樹らしくないと思ったが、そうとしか考えられない。

「それもあるけど、こいつ最近イラついてますでしょ。だから憂さ晴らしかもしれません」

　憂さ晴らし――。まあ、なんとなく想像がつく。

「イラついてるかどうかわからないのですが、少し元気がないかなと、気にはなっていたんです。申し訳ありません、わたしがしっかりしていなくて」

「いやいやいや、ゆりさんのせいやないですよ」

　相変わらずの関西風のイントネーションで、高津は眠たそうな目で無理やり笑顔を作った。

「そうでしょうか。わたしのサポート不足ではないかと」

「大丈夫です。十分やってもらってます。な、一樹」

　高津はかがんで、大の字に寝そべる一樹の頭をぽんと叩いた。それから着ていたレザージャケットを脱がしにかかる。ゆりも手伝った。

「ま、注目度の高いドラマの主演やということで、プレッシャーを感じてるんかもしれません。今夜はこのまま寝かせといてください」

「わかりました」

「明日は急遽、早朝に雑誌の撮影が入りました。六時に迎えにきます」

「かしこまりました。五時には起こしてお風呂に入ってもらいます」

「頼みます。とりあえず着替えが済んでたらええので。朝食はこっちで用意しますから」

「わかりました」

やがて高津は帰っていった。玄関で彼を見送ったゆりは戸締まりを済ませ、もう一度一樹の寝室に戻る。寝ている彼の掛け布団を直して、ヒーターと空気清浄機と加湿器をチェックした。

最後にベッドサイドにひざまずく。

「静香さんと会ってきたよ。それで英語のレッスンの話になってね……」

寝ている彼に小声でささやいた。お帰りのハグをしていなかったことを思い出し、掛け布団からはみ出た一樹の肩にそっと手を置く。

「メグ先生のことを思い出した。懐(なつ)かしいね」

メグ先生というのが、英語を教えてくれた女性だ。正しくはマーガレットという名前だが、彼女のご主人がメグと呼んでいたので、近所でもそう呼ばれていたのだ。

「時々、ペカンナッツのクッキーをごちそうしてくれたよね。おいしかったな」

無邪気(むじゃき)だった子どもの頃の記憶が蘇(よみがえ)る。なんの苦労も将来への不安もなかった。メグ先生は今頃どうしているのだろう。

そこで一樹がうめいたので、思い出の再生はストップした。

「ごめん、うるさかったね」

彼を起こさないよう、ますます声を潜(ひそ)める。

「わたしにできることなら、なんでもする。だから、なにかあるなら言ってね、カズくん」

――夢は永遠に夢のままでいい。

今、自分がすべきなのは、チーム福山の一員として、彼の仕事を完璧にバックアップすることだ。おやすみなさいとつぶやいて、ゆりは彼の部屋をあとにした。


翌朝、ゆりが起きたときには一樹はすでに起床していた。きちんと風呂に入りひげも剃(そ)って、迎えがくる十五分前には出かける用意を整えていた。

「トマトジュース、飲む？　お酒が抜けるって言うでしょ？」

「好きじゃない」

ぶっきらぼうに言うと、彼はソファに座って目を閉じた。口を開くと口臭ケアスプレーのにおいがプンプン漂う。よく見れば目の下にクマがあり、顔色もあまりよくない。寝不足と二日酔いで不機嫌極まりないといったところか。

「でも、あったかいはちみつレモンが飲みたい。うんと酸っぱいやつ。すぐできるか？」

「任せて」

冷蔵庫にレモンのはちみつ漬けを常備している。キッチンでそれをお湯割りにし、さらに生のレモン果汁を足した。

「はあ……。生き返る」

マグに入ったはちみつレモンを半分ほど飲むと、一樹はほっとしたように目を細めた。

「ゆうべ、悪かった。夕飯を用意させたのにすっぽかして」

「大丈夫よ。あとで食べるから」

「今日は取材がいくつかと、ラジオの収録だけなんで早く帰るよ。だから取っといてくれ」

「そう……。わかった。カズくんの分は残しておくね」

「その……、今週、例のラブシーンの撮影だったんだ」

一緒にセリフの稽古をしたあのシーンのようだ。第一話のはずだが、今頃の撮影だとは。

「相手の女優とうまく呼吸が合わなくて、リハから少し焦ってた」

「ふーん」

「NGを続けたが無事に撮り終えてる。だから先に進む。お前はなにも心配しなくていいから」

「え？」

まさか。寝ていたと思ったのだが、高津とのやり取りを聞いていたのだろうか。

「う、うん……。でもわたしにできることがあれば、なんでも言ってね」

うなずきながら、彼は残りのはちみつレモンを飲み干した。空のマグを受け取ろうとして手を伸ばすと、その手をつかまれる。

「お前はいつもそんなふうに言うけどさ。ほんとにそれでいいのか？」

少し険しい顔だ。怒っているようでもあり、悲しそうにも見える。

以前にも、こんなふうに言われたことがあった。彼が言う「それ」の意味がよくわからない。

「いいですけど……。いいに決まってますけど、あのカズくん……」

もっとなにか、彼は訴えたいことがあるのだろうか。

確かめようと思ったのだが、彼のスマートフォンに着信が入ったので、話はここまでとなった。


その晩、約束通り早めに帰宅した一樹から、ゆりはとんでもない依頼を受けた。

「パーティー？　わたしがカズくんと一緒にパーティーに出るの？　本気？」

「本気。だってお前、なんでもするって言っただろう」

「言ったけど……、言ったけどパーティーなんて無理でしょ。だって人がいっぱいいるわ。夜道をこっそりデートするのとはわけが違う」

キッチンにいたゆりは、レタスの葉っぱをちぎる手を止めてエプロンで手を拭いた。

「まあ、来いよ。きちんと説明するから」

　一樹はリビングのソファに腰を下ろすと、ほんの少し横にずれてゆりが座るスペースをあけてくれた。朝は散々な顔をしていたが、今はテレビで見かけるキラキラした福山一樹に戻っている。

　プロってすごい。

　感心しながらも、ゆりは急いで彼の隣に座る。

「イギリスの人気アパレルブランドが、六本木に日本一号店を出すんだ。そのレセプションパーティーが来週の日曜にある。そこに俺と出席する。社長も一緒だけどな」

　――海外ブランドのレセプションパーティー？

　店の入り口にレッドカーペットを敷き、マスコミや業界人を集めて、オープニングセレモニーをしたり立食形式のサービスをしたりするイベントだろうか。

「社長もご一緒にって……。わたしが行くことを了承なさったの？」

「説得した。ていうか、不測の事態に備えて自分も行くと言いだしたんだ。去年のうちに招待を受けてたんだが、あの女が出席すると聞いたんで断ってて……」

「あの女？」

「このオレ様を使ってニセの熱愛報道をでっち上げた女だ。名前を言わせるな。ムカつく」

「あ……」

　小野エレナだ。たまにテレビで見かけるが、無邪気(むじゃき)でとてもかわいい女性。多少、天然っぽいところはあるが、一樹が言うようなしたたかさは感じられない。

「ところが昨日、事務所を通して欠席の連絡があったそうだ。それで再度、俺のほうに出席しないかと打診があって。だからお前と社長と三人で行くと返事をしておいた」

「そうなんだ……。なんとなく事情はわかった。でもパーティーにどんな変装をするの？　着ていくものもないし」

「いつもどおりで大丈夫だ。こういうのがあってさ」

一樹は目の前のテーブルに置いてあるタブレットを手にすると、ちゃちゃっと操作して、あるＷＥＢページを開いた。ワンピースを着た女性が、顔が半分隠れそうなカラーレンズの眼鏡をかけている。

「このブランドが手掛けてるサングラスだ。レンズの色が薄いけど、目元は隠せる。レセプションパーティーだし、これくらいはオーケーだ」

「なるほど」

「ドレスやアクセサリーは俺が手配する。お前はなにも心配はいらない。パーティーの間はずっと俺がエスコートするから、上品に愛想笑いをしてたらいい」

「愛想笑い……」

自分がもっとも苦手とする行為だ。

彼はニセモノ彼女に求めるハードルを、どんどん上げていく。今までは変装して夜の街を歩いたり、個室のレストランで食事をするだけだった。周りに人がいないから、いくらでも表情を作れたが今度はイベント。しかも一樹が出席するのであれば、そこそこのブランドで大物芸能人も来るのだろう。

ということは、マスコミも大勢来るわけで。

「お前ならできる。人前には出るがセリフなしだ。俺が主役でお前がヒロインだな」

「ヒロインなんて……。なりたくない」

「でも、なるんだ」

一樹はゆりの顎に手をかけ、そっと上に向かせる。

「パーティーには業界関係者だけじゃなく、ファッション関係のマスコミも集まる。そこにお前を連れて行って、間違いなく本命の相手だとダメ押しするんだ」

「ダメ押し……」

「そう。ブランドの関係者に頼んで、俺が出席するに至った経緯をマスコミに流させる。あとは奴らが勝手に想像してくれるだろう。月曜からふたたびワイドショーの主役に返り咲ける」

「わたしが行くことに意義があるってこと?」

「そのとおり」

彼は傲慢に言い放つ。パーティーでも、ワイドショーでも主役になりたいに違いない。

ゆりがよく知る自信家の屋代一樹に戻ったようだ。しかしすぐに視線を和らげ、ゆりの頬を両手で挟んだ。

「行ってくれるよな」

「はい……」

それが彼のためになるなら嫌とは言えない。

「よかった。ちなみに同じ商業施設に出店してる関係で、うちの親父も来るんで」

「ええっ？」

一樹の父は、老舗高級バッグメーカーの社長だ。全国の主要都市に直営店を展開している。確かに六本木にも出店していたと思う。

「待って、あの……。どうしてそれを先に……」

屋代家の家族には会えない。自分はあの頃と変わってしまった。どんな顔で一樹の父の前に出たらいいのだろう。

「いまさらキャンセルは受け付けない。じゃあ、お帰りのキスだ」

ゆりの言い訳を遮断するように、唇が降ってきた。今朝は二日酔いのせいで頬に触れるだけのキスしかしていない。その分、お帰りのキスは、糖度マシマシとなった。

唇に優しく触れて、からかうように舌を沿わせ、頭がくらっとしてきたところで中に押し入ってくる。生々しい音をたてながら舌を強く吸われたが、がさつだとか乱暴だとかは感じなくて。ただただとろけるほどに甘いキスだった。

――いっそ、奪ってほしい。

煽られて、もてあそばれて、その気になったところで終わりにされるのは、ゆりにとって拷問のようだった。


一週間はあっという間に過ぎた。

前日には一樹が手配してくれたエステに行き、全身のお手入れをしてもらった。そして迎えた日曜日。昼過ぎに高津が迎えにきてオフィス「アデル」に連行され、ヘアメイクと着替えをさせられる。

ドレスは深みのあるワインレッド。胸元と袖がレースになっていて、ふわりと広がる膝丈のスカートはうしろが長くなっている。

ウィッグは、明るいアッシュベージュのボブ。ドレスと同じ色合いのサングラスを用意してもらったが、プロにメイクしてもらったからか、このままで十分別人に見える。

「化けたわねえ……」

午後五時半、リムジンでパーティー会場に向かう途中、車内で安住が感嘆の声を上げる。

「そうですか？　なんだか落ち着かなくて」

黒のファーコートを羽織ったゆりは、デコルテに収まるダイヤのネックレスに無意識に指で触れた。耳にはおそろいのピアスもつけている。このふたつとファーのコートだけで、かなりの金額になるだろう。借り物ではなく、すべて一樹からのプレゼントだ。

その一樹はおしゃれなブラックスーツに身を包み、ゆりの隣で優雅に脚を組んで座っている。一方安住は光沢のある、青いロングドレス姿だ。その身体をゴージャスなキツネ色のコートで包んでいる。

「大丈夫。アナタはひとこともしゃべらなくていいの。一樹にくっついてるだけでいいわ。あとはあたしたちがうまくやるから」

「はい」

と言ってから、安住は一樹をにらむ。

「ちょっと一樹。ふてくされてないで、なんか言いなさいよ」

「ふてくされてはいませんよ。ちゃんと聞いてましたから」

「そぉ？　全部アンタが言い出したんだから、彼女の身元がばれないように守りなさいよ？」

「わかってます。なにがあってもこいつのことは、俺が全力で守りますから」

な、というふうにゆりと目を合わせたが、一樹はふたたび口をつぐんで前を向いた。

会場となる海外ブランドの一号店は、六本木の大型商業施設の二階に入っていた。人だかりがしている車寄せでリムジンを降りて、レッドカーペットが敷かれた外階段を上って店内に入る。ドアが開いた瞬間から、待機していたマスコミにバシバシ写真を撮られ、息が止まりそうになった。

「福山さん、お連れの方は？」

「今夜は恋人同伴なんですね」

「安住社長、事務所公認の交際だということですか？」

一般人の野次馬も加わり、さまざまな言葉が投げかけられるが、一樹は黙ってゆりの腰に腕を回し、安心させるように引き寄せてくれた。

「無視していい。堂々と前を向いて歩け」

そう耳元にささやかれた。うしろで安住が、「あたしと彼女は美人姉妹よ」と言ってマスコミの笑いを誘う間に、足早に階段を上った。

花が飾られた店の入り口には、屈強なボディガードが立っていた。受付を済ませて奥に進むと、中は大勢の招待客で賑わっている。ブランドの商品がセンスよくディスプレイされ、その周りを、テレビで見たことのあるタレントや、俳優、モデル、ファッションコメンテーターなどが思い思いのファッションで行き交っていた。

イギリスの人気シンガーの歌が大音量で流れているので、週末のクラブイベントのようだ。会場内はマスコミ取材が禁止されているため、皆、思い思いの服装で賑やかに交流を深めているといった感じ。

「笑顔だ」

見とれていると、またしても一樹に耳打ちされる。

「ほら、あの歌手の連れの女性。あんな感じで愛嬌を振りまけばいい」

一樹の視線の先には、そろそろ還暦になろうかという大物男性歌手がいて、彼の傍らには黒のドレスを着たモデル風の女性がはべっていた。若いのに妖艶とも思える笑みを振りまいている。

ほかにもカップルでの参加者はそれなりにいて、男女ともに場の空気に合った笑顔を見せていた。

「鋭意努力します」

「声を出すな。誰に聞かれるかわからない。うなずいてくれたらいいから」

この大音量ならそんな心配はいらないとは思ったが、わかったという証にこくりとうなずき、彼の腕に回した手に軽く力を込める。

——でもやっぱり、カズくんが一番素敵。

広い店内には美女はもちろん、いろいろなタイプのイケメンが集っているが、服装やプロポーションなどの全体のバランスから見て一樹が飛びぬけている。

だからすぐに周りに人垣ができた。真っ先に歩み寄ってきたのは、ひげをたくわえおしゃれなスーツを着た外国人の紳士。お供を引き連れているから、おそらくブランドの代表だろう。

『アズミサン、フクヤマサン、ようこそ。デビッドです』

英語で挨拶（あいさつ）してきたミスター・デビッドは、自己紹介に続けて一樹にこう言った。

『実はベルリンで君の映画を見たんだよ。すごくイカしてた。いつか一緒に仕事がしたいと思って招待したんだ』

『光栄です、ミスター・デビッド』

ふたりは通訳を介さず、しばらく話し込んでいた。いつかデビッドのブランドのイメージモデルになってくれたら嬉しいとか、イギリスの映画には出ないのかとか、そんな内容だった。対して一樹は機会があればぜひと答え、ゆりのことを恋人だと紹介し、安住からの挨拶（あいさつ）を通訳していた。

主催者との挨拶（あいさつ）が済むと、次々に人が寄ってきて、一樹と言葉を交わしていく。外に群がるマスコミのように詮索（せんさく）してくる者はいなかったので、ゆりは一樹と腕を組んだままほほ笑んでうなずいて、冷えたシャンパンを飲んで軽食をつまむ、という行為を繰り返した。

彼が望んだように、パーティーの主役の座をゲットしていると感じた。

一時間ほど過ぎて、履（は）き慣れないピンヒールに足が悲鳴を上げ始めた頃、ゆりは離れた場所からこっちを見ている男女がいることに気づいた。

「親父だ。お袋も一緒だとは聞いてなかったな」

——え？

ゆりはとっさに背を向けると、一樹の肩越しに夫婦を盗み見る。一樹の父はスーツで、母のほうは赤と黒の花柄のワンピース。表情はよくわからないが、自分の知っている屋代夫妻に間違いない。

「こそこそしなくて大丈夫だ。話しかけるなと言ってあるし、お前だとは気づかないよ」

「でも……」

無意識にサングラスを触っていた。

あのふたりには、どれほどお世話になったか。本来なら駆けつけてお礼を伝えなくてはならない。でもこの場でそれはできないし、許されたとしてもふたりと顔を合わせる勇気はなかった。

「無理しなくていい。主催者への義理は果たしたし、そろそろ帰ろうか」

「いいの？」

小声でささやくと、一樹は人差し指を口の前に立てた。

「亮さんに車を回すよう、電話してくる」

安住はもう少しいると言うので、ゆりと一樹で先に帰ることにした。

主催者の配慮で帰りは裏口から出してもらう。納品用のトラックの停まるスペースに高津がワゴン車を停めていて、ふたりで急いで乗り込んだ。

「はー、疲れた」

ドアが閉まるなり、ゆりはかぶっていたウィッグとサングラスを外す。一樹がぽんぽんと頭を撫(な)でてくれた。

「GJ(グッジョブ)だ、ゆり。俺のパートナーとして、十分役目を果たしてくれた。恩にきる」

「ゆりさん、お疲れさんです」

これどうぞと、高津はどこかのカフェで買ったと思われるホットコーヒーのカップを手渡してくれた。ひと口飲むと生き返る心地がした。それから普段使っている地味なウィッグと黒のサングラス、白いウールのコートに着替えると、高津は用心深く周囲を確認してから車をスタートさせる。

「ふたりの写真は、もうSNSに投稿されてるぞ」

「早っ。まあ、一般人が結構いたしな」

車を降りたときもだが、パーティーの招待客の中にも一般人はいたのだ。

「どうせ撮られたんだし、もう少し足を伸ばすか」

「え？」

一樹の提案に、ゆりは驚いてコーヒーを飲む手を止める。

「亮さん、次の信号を左に曲がって。向こうの通りを歩きたいんだ」

「やめとけって。あっちは繁華街やろ。人が多いし、まずいんちゃうか？」

高津は反対したが、一樹は聞かなかった。

「ほんの百メートルくらいぶらつくだけですよ。亮さんはもうひとつ先の信号を渡ったところで待っててください」

「でもなあ……」

高津は迷っていたが、結局折れて言われた地点で車を停めた。

「十分くらいで行きますから」

コーヒーは飲みかけだったが、一樹がそう言うのでゆりは彼のあとに続いて車を降りる。

いくつかの飲食店が軒を連ねる裏通り。一樹に手をつながれ歩き出したが、行き交う人々がちらちら振り返る。

「カズくん、サングラスして」

「別にいいだろ。もう隠す必要もない」

「でも……」

そのとき「きゃー！」という甲高い奇声が聞こえ、前方から走ってきた女性の集団に行く手を阻まれた。

「福山一樹さんですよね？　この近くのパーティーに現れたってネットで見て、探してたんです。写真撮ってもらえますか？　ファンなんです！」

スマートフォンを手にしたひとりが進み出ると、ほかの通行人も立ち止まり始める。

「ごめん、プライベートなんで」

一樹は言ったが、たちまちあたりに人だかりができた。やむなく人だかりをかき分け、ふたりで高津の車を目指して走り出したが、信号を渡っても指示した場所に車はない。背後からは奇声を上げる集団が迫っていた。

「くそ」

「どうするの？」

「とにかく走れ。そのうちに諦めるだろう」

「まだ走るの？」

コートは変えたが、靴はピンヒールのままだ。つかまるわけにもいかず、入り組んだ路地をやみくもに走ったが運悪く行き止まりにぶつかる。

「くっそ……」

「あそこ……、はいろう……。この際しょうがないよ……」

息を切らしながら、ゆりはそばの建物を指さす。外観は瀟洒なレンガ造りだが、植栽の向こうに「ＨＯＴＥＬ」と書かれた看板が掲げられている。間違いなくラブホテルだろう。

「はあ？」

「早くしないと、あの子たちに追いつかれちゃうよ！」

「くそ、くそ、くっそ！」

歯ぎしりしながらも、一樹はゆりの手をつかんだままホテルの入り口に駆け込んだ。


「くそっ」

さっきから悪態ばかりつく一樹は、部屋に入っても苛立ちを隠さなかった。ゆりがソファに崩れ落ちるように座っても、檻の中のライオンみたいにその周りをうろうろと歩き回る。

よくも悪くも育ちのいい彼だから、こんな場所に入らざるを得なかったことに怒り心頭なのだろう。でも仕方ない。無謀な提案をしたのは一樹だし、あの黄色い声の集団から逃げるには、もっとも手っ取り早い手段だったのだから。

ピンヒールを脱いで痛む足をさすっていると、彼のスマホに着信が入った。

「亮さん。いったいどこにいるんすか？」

高津のようだ。一樹はイラつきながらやり取りしていたが、やがて腕時計を確認して大きく吐息をもらす。

「いえ、タクシーを拾うから大丈夫ですよ」

そして不本意そうな口調で告げてから、電話を切った。

「停める場所を探してる間に、行き違いになったらしい。タイミングが悪かったんだな」

「そう……。仕方ないよ、少し座ったら？　なにか飲み物を用意するから」

今はカッカしていても、しばらくすれば落ち着いてくれるだろう。ゆりは立ち上がり、絨毯(じゅうたん)の上を裸足で歩いて冷蔵庫を開けてみる。中にはビールやチューハイの缶と、水やソフトドリンクのペットボトルがあった。

冷蔵庫の脇にはこの手のホテルにありがちなグッズの自販機が置かれ、その上に湯わかしポットとコーヒーや紅茶のインスタント飲料が用意されていた。

「あったかいものがいい？　わたしは冷たいお茶にしようかな。走ったから喉(のど)が渇いて……」

「なんでそんなに落ち着いていられるんだ？」

「な、なんでって……」

今度はゆりに当たるつもりだろうか。

「ラブホだぞ？　恋人でもない男とこんなところにふたりきりで、お前、怖くないのか？」

「怖くなんか……ない。だってカズくんだし」

まだウィッグをかぶったままだったことに気づき、ゆりはそれをすっぽりと脱ぐ。うしろでダンゴにした髪をほどくと、頭が楽になった。そんな自分を一樹は呆れ顔で見ている。

「ということは、カズくんはわたしと一緒だからイライラしてるんだ」

「はあ？」

彼を無視して、冷蔵庫の中からジャスミンティーのボトルを取り出すと、立ったままぐびぐびと飲む。暖房の効いた室内で、冷えたドリンクは喉に心地よかった。

「結局このところのイライラの原因は、わたしだったのね。わたしに腹を立ててマンションを出て、戻ってきたけどやっぱり一緒にいるのが嫌で、仕事にまで支障をきたしてたんだ」

仲直りできたと思っていたのは幻想だったということ。毎日の甘いキスに身を震わせ、彼が自分を好きなのではないかと妄想までしていた。

同居を始めた頃の彼はこうではなかった。彼を変えてしまったのは、自分の頑なな性格だろう。

そう考えると切なくて、胸が張り裂けそうだ。

「おい待て。誰がそんなこと言った……」

「いいよ、弁解しなくて」

ゆりは飲みかけのペットボトルを置くと彼に背を向ける。

「そっちを見ないようにするから、もうしばらくここで我慢して。今外に出たらきっと、あの集団につかまると思うから。もうバカだよね……」

悲しくて、ゆりは壁に頭を打ち付けた。間抜けすぎて涙が込み上げてくる。

仲が良かったのは中学校の頃までで、高校に入ると彼は離れていったではないか。

地味で暗い性格の自分が嫌われたのだと、あのとき思い知った。だから彼に必要以上の期待をしたり、心を許してはいけないと自分に戒めてきた。それを忘れていたなんて。

しかし——。気配を感じて振り返ると、歯ぎしりしそうな形相の一樹が立っている。

「勝手に自己完結するな。ああ、そうだよ。お前にはイライラさせられっぱなしだ！」

「カ、カズくん……」

ショックで絶望しかけた。しかしなにを思ったか、一樹はジャケットを脱ぎ捨てると、ネクタイとベストも脱ぎ捨て床に放る。ドレスシャツのボタンを外して前をはだけ、見事な腹筋をあらわにしながら迫ってきた。

——カズくん……。なにをする気？

「もうたくさんだ」

「きゃっ……！」

ゆりは両手首をつかまれ、背中を壁に押し付けられた。

「子どもの頃から、お前にはいつもハラハラさせられてきた。大人になってまでこんな思いをさせられるのは、もうたくさんだ」

「カズ……。んん……」

熱い唇が落ちてきて、口を塞（ふさ）がれた。性急すぎるキスに頭の中は真っ白になる。

――このキスはなに？　彼はわたしを否定したはずなのにどうして？

混乱する意識の中、突如（とつじょ）キスは中断される。

「大事に守って愛おしんできたつもりなのに、なぜ理解しようとしない。俺がお前を好きだということを」

「え？」

「もう二度と離れたくない、お前が必要だとはっきり告げた。それなのにセフレにはなれないだの、挙句（あげく）は嫌われてるだのと勘違いをしやがる。俺の身にもなれよ！」

「え……？　えええ？」

――わたしを好き？　カズくんが？

「うそ、だって――」

「一度お前の身体を知ってしまったら、我慢できなくなった。それで二度目は無理やり抱いた。でもその結果お前を傷つけて、頭を冷やそうとして家を出たんだ……」

「カズくん……。わたし、傷ついてなんか……」

「黙って聞け！」

「は、はい……」

一樹は一度視線をそらしたが、すぐに真っ直ぐゆりと向き合った。

「きちんと気持ちを伝えるまでは手を出さないと決めたんだ。だからキスだけで我慢していた。仕事でミスしたり、イラついたりしていたのは、我慢しすぎて爆発寸前だったからだ！」

自分がそんなふうに思われていたとは、すんなり信じられない。もしかしたらと思ったことは何度かある。でも自信がなかった。

そう。自分に自信がなかったのだ。

「俺だって、ケリが付くまで告白すべきではないと思ってる。でもお前が妙な思考回路でおかしな結果を導き出すなら、もう待たない」

「妙な思考回路って……、あっ」

「いいから来い」

褒められたのか、けなされたのかわからない。一樹はゆりの腕をつかんで、ベッドの前まで引っ張っていくと、カバーをめくってシーツの上に押し倒す。

室内はセンスのいいデザインで統一されているが、天井はこの部屋の在り方に沿うよう鏡張りになっていて、ドレスの裾を乱して仰向けに横たわる自分の姿が映しだされていた。

そこに彼がのしかかってきた。

「カズくん。あの……」

「契約だとかプロ彼女だとかは、もうおしまいだ。今からは、ただの屋代一樹としてお前に接する」

「カズ……。んん……」

一樹はゆりの両手首をつかんでひとまとめにすると、頭上で固定し、ふたたび唇を奪った。激しく舌を吸われ、意識が飛びそうになる。自由を奪ったままゆりの身体をずらして、彼は片手で器用にドレスのホックを外し始めた。

ドレスのラインに響くからブラはしていない。下半身にも申し訳程度のセクシーなショーツを穿いただけ。脚にはストッキングを穿き、ガーターベルトで吊っているだけだ。

彼の指が背中や肩に、じかに触れてくる。身体が粟立ち、心の中で悲鳴が上がる。

また彼に触れられることを待ち望んでいた。でもそれを伝えていいかわからない。

「愛してるよ、ゆり」

「カズくん……」

それは憧れだった王子様からの、夢のような告白だった。

「別府での再会は運命だった。再会した日に俺の中でお前は頼りない幼なじみではなく、気になって仕方ない女性になっていた」

「あ……、わたし……」

胸がいっぱいになり言葉が出ない。

「お前が俺と一緒にいるのは仕事のためだけなのか？　違うと信じているが、もしもそうなら俺を突き飛ばして逃げろ。このまま身を委ねてくれるなら……俺に溺れて、ひとりで立っていられなくなるくらい溶かして甘やかしてやる」

――あなたにこの身を委ねたい。

口にする代わりに、ゆりは精一杯の思いを込めて、彼の頬にそっと触れた。

一樹は身体を起こすと、ゆりの肩からドレスを引きはがして胸元をはだけさせる。

これからされることを考えると、期待と緊張で全身がビリビリするようだった。まだ触れられてもいないのに、どんどん身体が敏感になっていく。

――早く触れてほしい……

しかし一樹は、組み敷いたゆりをじっと見つめるばかりで触れてはくれない。焦れったくて、恥ずかしくて、心臓がどうにかなってしまいそうだった。

「早く触ってほしいって顔してる」

意地悪く笑われて、全身がかあっと熱くなる。

ポーカーフェイスが得意で、普段は他人に感情を読まれることなんてほとんどないのに。一樹の前だと、いつもの自分でいられなくなる。

ずばり言い当てられて押し黙っていると、彼は少し寂しそうに表情を和らげ、ふたつのふくらみにようやく触れた。

「……っていうのは俺の勝手な願望だ」

——違う、カズくんだけの願望じゃない。わたしだってそう思っている。

その証拠に、彼に触れられた頂は、すでに硬く尖っていた。ようやく望んでいた刺激を与えられ、触れられてもいないのに腰が痺れ、秘部が潤っていくのを感じる。

捏ねくり回すようにしながら何度も撫でられ、乳首が痛いくらいだ。

その痛いほどに張りつめた頂に唇が落ちてきた。

「……っんあ！」

衝撃的な快感が全身を駆け抜けていく。身体がぶるりと震え、背中がいくぶんベッドから浮いた。

「いい反応だ。そのままもっと感じて、俺に溺れて」

一樹は、がっつくように乳房を口に含み、湿った音をたてながら乳首を強く吸う。それからいったん顔を離し、ゆりのそこがぷっくりと勃ち上がっているのを目で確かめながら、左右の乳首を交互に愛撫し続けた。

自分の身体が彼に反応している様子を、そんなふうにつぶさに観察されると堪らなくなる。

はじめこそ声がもれるのを我慢していたゆりだが、喘ぐことを我慢できなくなる。

「あ……、ああんっ、やっ……！」

手の甲を唇にあて、声がこぼれ出るのを抑えようと試みる。しかしゆりの思いとは裏腹に、声はどんどん大きく、艶めいていく。声をもらすたびに、心の奥底にしまっていた一樹への思いも溢れ出てくる。

――待ち望んでいた。ふたたびこうして身体を重ねる日を。

「声、我慢するなよ。いつもそのかわいい声を聞きたいと思ってた」

「カズくん……。あ……」

優しい視線でゆりを包んだ一樹は、ふいにドレスの裾のほうから手を入れてきた。太ももを這い上がった手が、申し訳程度にそこを覆っていた下着にかかる。

「きれいだ。早く触れたい」

――そう思うなら、なにも言わず早く触れてくれればいいのに。

一樹にそんなつもりはないのだろうが、ゆりはもうさんざん焦らされている気分だ。そこはもう、確かめなくてもわかるほどぬかるんでいる。もじもじと脚を動かすたびに、水音がたってしまいそうで心配になるくらいだ。

じっとしていられず膝をこすり合わせるゆりの様子を認めてから、一樹はようやく手を動かした。

　下着のレースの隙間から指を差し込み、割れ目に沿って滑らせる。彼は襞をかき分けるようにしてあふれ出た蜜を指にからめた。くちゅくちゅと微かな音が聞こえる。

　恥ずかしくて、気持ち良くて、あまりの衝撃に身体ががくがくする。

　秘部の中心にある蕾が、みるみるふくらんで、今にもはじけそうな感覚に陥る。

「まだ我慢できるか？」

　くすっと笑いながら言うと、一樹は衣擦れの音をたてながらドレスを引きずり下ろし、足元から脱がせてしまう。

　裸にされた身体が寒くて腕で胸を覆っていると、彼も自分の下着とズボンを一気に脱ぎすてた。現れた彼のそこは、すでに力強くそそり勃っている。思わず目が釘付けになり、視線をそらせない。はしたない自分を知られたくはないのに、そんなことに構っていられないほど彼を欲していた。

「そんなに見られると恥ずかしい。でも、お前が俺を欲しがってるみたいで嬉しいな」

　欲しがってる「みたい」、じゃなくて本当に求めているのだ。彼に溺れて、溶かされて甘やかされていたい。でも、そんなことが自分に許されるものなのか、自信がなくてなにも言えなかった。

　ゆりの視線をかわすように背を向けた彼は、手早くコンドームをかぶせてシャツも脱ぎ、ふたたびゆりに覆いかぶさる。

　天井の鏡に、ふたつの裸身が重なるのが映る。

「今すぐ、お前の中に入りたい。一秒だって待てない」

　蜜口に宛がった自身に添えた手を、一樹はもったいつけるように上下させた。ゆりの中からあふれた愛液にまみれた彼自身は、恥ずかしくなるほどなめらかに動いている。

　これならばもう、これ以上の前戯なしに挿入されたとしても痛みなど感じないだろう。

　でも、彼の言葉を聞き入れることは、自分が興奮しているのを認めるようで恥ずかしい。

「え、やだ……、そんな……」

「嘘。ゆりも、もう準備できてるだろ？」

　妖しくほほ笑んだ一樹は、ゆりの両膝に手をかけ左右に押し開く。そしてあろうことか、穿いていたショーツを引きちぎってしまった。

「ちょっと、待……っ！」

　ゆりの抗議も無視して両脚を脇に抱え、一気に貫く。

「きゃっ！　や、あぁ……っ！」

　想像していたとおり、ゆりのそこはなんの抵抗もなく一樹を受け入れた。痛くないどころか快感に目がくらみ、意識が飛びそうになる。

「ほら、入った」

　腰を強く押し付けた状態で、一樹はゆりを見下ろして笑う。その場に似合わぬ爽やかな笑顔だが、そんな表情に騙されるわけにはいかない。

「下着……、か、帰りはどうすれ……あうっ」

　この寒空のした、下着を穿かずに帰れというのか？　しかし一樹が腰を動かしたため、快感に頭の中がショートしかかる。

「悪い、手が滑った。まあ、どうせコート着るんだし、ノーパンだって構わないだろ。つーか、これ以上おしゃべりしてる余裕ないんだけど」

「あ、ひゃ……」

　腰を両手でがっちりと抱えられ、一樹がなめらかなリズムでストロークを開始した。腕が背中に回されて身体を支えてもらう。互いの胸がぴたりと密着し、鼓動が伝わってくる。彼の心臓の音も速くなっていて、ゆりは嬉しくなった。一樹も自分に興奮し、どきどきしているのだろうか。

　合わさった温もりにほっとして、ゆりは彼の肩に両手を回した。

　――放さないでほしい。ずっと抱いていてほしい。

　そう思ったら身体の奥がきゅんと疼いた。みるみるうちに中が収縮し、彼の感覚をより鮮明に感じる。

「バカ。そんなに締め付けるな」

「でも……、んん……」

「くっそ、お前の中、気持ち良すぎてもちそうにない」

美しい顔をゆがめ、一樹は上体を起こしてゆりの顔の脇に両手をついた。少し背中を丸めるようにして激しく腰を打ちつけ続ける。角度が変わると、刺激を受ける場所も変わった。

彼の突き上げは深くて強くて。ゆりも一気に高みへ押し上げられそうになっていた。それほど丁寧な愛撫をされたわけではない。でも待ちわびていたから、ゆりもまた触れられたらすぐにでもイッてしまう寸前だったのだ。

身体が揺さぶられ、それに合わせてベッドも音を立てながら軋(きし)んだ。

「すまない、もう……」

一樹はうめいて、ふたたびゆりの乳房を口に含んだ。強く乳房を吸い上げながら一気にスピードを上げて腰を打ち付ける。淫(みだ)らな水音に交じり、湿った互いの肌がぶつかり合うなまめかしい音が響き渡った。

下腹のうんと奥のほうに熱がこもり、血液が逆流していく感じ。

ゆりは脚をいっそう開いて、彼とより深くつながった。

「カズくん……」

愛しい人の名を呼んだ瞬間、せり上がってきた欲望が大きくはじけ、ゆりはエクスタシーの波間に放り出される。

「う……、ああっ——！」

背中をそらしながら必死に一樹の肩にしがみつく。

「ゆり」

彼もまた獰猛に唸りをあげながら、最後に強くひと突きし、やがて息を弾ませたまま
ぐったりと覆いかぶさってきた。

そうして、いつもの自信満々の口調で甘くささやく。

「早く、俺のところに落ちてこいよ」

一樹にそんなふうに言われて落ちない女なんていない。ゆりはクラクラして目を閉
じた。


軽くシャワーを浴びたあと、念のためもう少し滞在しようと一樹が言う。

日付が変われば表の人通りも減るだろう。ここの支払いは客室内でできるから、誰に
も見られずすぐに出られると彼は言う。

「せっかく来たんだから、オモチャも使ってみるか？」

「オモチャ？」

ベッドに座り背後からゆりを抱いていた一樹は、いたずらっぽくささやく。さっきま

での真剣で切羽詰まった空気は和らぎ、彼はいつもの調子を取り戻している。

そんな彼が上機嫌で指差したのは、冷蔵庫わきの自販機だ。避妊具はもちろん、電動の淫らなアイテムが販売されている。

使ったことはないが、それがどういうものかはゆりだってわかる。

「ゆりがかわいく乱れる姿をもっと見たい」

「なっ……！　そんなの見せられません」

「臆病者め」

「ねえ、カズくん。わたしは……」

彼は先ほど告げてくれた思いに対し、ゆりに答えを聞いてこない。けれど、うやむやにして良いことではなかった。彼が誠実に話してくれたように、ゆりも自分の気持ちを説明しておきたい。彼を傷つけたくないし、これ以上仕事の支障になりたくない。でも、その話をしようとするたびに、さっきから何度も拒否され続けている。

「言うな。お前の考えてることくらいわかる」

「でも……」

ゆりも彼を好きだけど、一樹の事務所の人たちは交際を許さないだろう。

「難しく考えるな。って言っても、お前の性格じゃ無理か。俺がなんとかするから、今はなにも考えなくていい。それより今は、もっといろんなゆりが見たい」

「カズくん」

「愛してるよ、ゆり」

　それを言われると頭も身体も溶けてしまう。彼はゆりが身に着けていたバスタオルの端を引いて前をはだけさせ、優しくベッドの上に寝かせた。

「お前はめんどくさい性格だけど、一緒にいてくれると安心できるんだ。そういう相手とは、そうそう巡り会えない」

　額にちゅっとキスをして、一樹は指先でゆりの胸からお腹にかけてなぞったあと、身体をずらしてゆりの足元に近づいた。脚の間に身体を割り込ませて片方の脚を抱え、膝の内側に優しくキスを落とす。

「うふっ！」

「俺たちにはまだ、オモチャは必要ないかもな。今はまだ俺の手だけで、知らないゆりの姿を引き出したい」

　上目遣いにゆりを見ながら、今度は太ももの内側を舌でなぞる。もちろん下着は身に着けていない。両脚をつかまれ左右に押し広げられ、恥ずかしい場所がすべて彼の目の前にさらされている。

「そんなに、じっと見ないで……」

「断る」

舌がちろちろと動き、じれったさにおかしくなりそうになる。肝心の場所に触れていない分、余計にもどかしい。

「お前のここ、さっき触れる前から濡れてたな」

一樹はそこにぐっと顔を近づける。

――やっぱりばれてたんだ。

自分のはしたない姿を知られていた恥ずかしさで、泣き出したくなる。

「からかってるんじゃない。俺を求めてくれてるみたいで嬉しかったってことだ」

そう言うなり、彼はゆりの秘部に唇を押し当てた。

「カズくん、なんか耳が赤……ふあああ……！」

心なしか彼の耳殻が赤くなっているように見えたのは気のせいだろうか。

「おしゃべりする余裕があるなら、もっとしても大丈夫だよな」

いたずらっぽくつぶやきながら秘部をぱっくりと押し広げ、襞の奥に潜む小さな蕾をむき出しにされてしまった。敏感な場所が外気に触れ、ふるりと身体が震える。

「せっかく久しぶりにお前に触れたんだ。そう簡単にやめられない。もっといろんなゆりを見せてくれ」

「そんなの、無理……やっ！」

むき出しにされた蕾を、舌ではじかれた。

失神しそうな快感に襲われ、ゆりは大きく喘いでびくびくと身体を震わせてしまった。

つい腰を引くと、一樹にがっちりとつかまれる。

愛撫を続ける彼は、ものすごく楽しそうだ。ここのところ、難しい顔や苛立った顔、寂しそうな顔の彼ばかり見ていたから、こんな状況ながら少しだけ嬉しくなってしまう。

しかし、これ以上快感を与えられたら危険だ。また彼に、あられもない姿を見せることになってしまう。

「ふーん、見せてくれないなら引き出すまでだ」

むき出しにされた秘密の場所を、執拗に舐められる。舌でなぶるようにいじり回され、音をたてて吸い上げられた。

「え、ちょ……！」

立て続けに攻め立てられ、下腹の奥が熱くなる。どくどくと身体が脈打ち、自分の中から蜜があふれ出るのを感じた。

熱を外に逃がしたくて、ゆりは一樹に見られていることも忘れ無意識に腰を振っていた。

「いいな、そういうナチュラルなエロス。ぐっとくる」

一樹は秘部への愛撫を中断し、身体をおこしてゆりの表情をさぐった。

「『カズくんが好き』って甘くささやいて、俺の胸に飛び込んでこいよ」

　胸がきゅううっとなる。そんなふうに自分も言えたら、どれほど良いか。でもゆりは、自分の身の程を十分にわきまえている。一樹の思いに応えたいが、それが簡単なことではないことを知っている。だからまだ、なにも言えないのだ。

「すまない。無理な注文だったな」

　そうつぶやいた一樹の指が突如、濡れそぼったそこに深く侵入する。

　一樹はいく度か抜き差しを繰り返し、わざと隠微（いんび）な水音を響かせゆりの羞恥（しゅうち）を誘った。繰り返し攻められた蜜口は柔らかくふくらんで、彼の指をスムーズに受け入れる。

　もちろんその中心に位置するひそやかな蕾（つぼみ）への愛撫も、彼は忘れなかった。

「あ、イっちゃう……、イっちゃう……、ダメ、カズくん……」

　ふたつの場所を同時に攻め立てられ、勝手に腰が動いた。

「俺を呼びながらイけ」

　膣内をかき混ぜていた指が速さを増して、やがて内壁をツンと押した。

「はぁう！」

　それがスイッチとなり、ゆりは激しく身体を痙攣（けいれん）させる。

「や、あ、ああ……」

　息が苦しくて、シーツをつかんだまま大きく喘（あえ）いでいるうちに、一樹はふたたび避妊の用意を整え、ベッドに這（は）い上がってきていた。

「ちょ、待って……」

「こんなところへ連れ込んだお前が悪い。俺はかれこれ一カ月以上もお前に触れていなかったんだからな。そのうえこんなかわいい姿を見せられて、我慢できるはずないだろ」

ゆりの身体を横向きにして背後から寄り添い、肩にキスをしてから片脚を持ち上げる。

「ダメ、今イッたばかりなのに……。おかしくなっちゃう……」

返事はなくて、代わりに背後から熱くたぎった彼自身が侵入してきた。

驚くほど深く収まり、膣の中の感じやすい部分をリズムよく突き上げてくる。

「おかしくなればいい。たまにはなにもかも忘れて欲望に没頭してみろ、ゆり」

一樹はゆっくりとしたリズムで腰を突き上げてくる。ゆりの秘部は、あふれ出る蜜でシーツをしとどに濡らしながら、ゆりの気持ちとは裏腹に一樹の熱情を深く深く導き入れた。

＊＊＊

日付が変われば帰るつもりだったが、ゆりをいじめて楽しんでいるうちに、気づけば月曜日の午前四時になっていた。

一樹は急いで服を着ると、半分意識のないゆりを起こして着替えさせ、夜が明けぬうちにタクシーでマンションに帰った。

　ゆりを抱いたまま寝室のベッドで二時間ほど眠り、シャワーを済ませて出かける用意をしていると、自分の部屋に戻っていたゆりが寝室のドアをノックした。

「なにかお腹に入れる？」

「部屋で寝てろよ。疲れてるだろう？」

　化粧を落として部屋着に着替えた彼女は、あきらかにだるそうな顔をしていた。

「お前、自分が何回イったか覚えてるか？」

　途中からはイキっぱなしになったので、正確なカウントはしていなかった。そんなあからさまな質問を彼女は、あっさりスルーした。

「大丈夫。カズくんを見送ってから、休ませてもらうから」

「ふーん」

　一樹は苦笑しながらアンダーシャツを着た。

「じゃあリンゴとヨーグルト。あとはコーヒー。ブラックで」

「了解。すぐ用意する」

　立ち去ろうとしてゆりは、もう一度一樹を見た。

「カズくんは眠くないの？　仕事に支障は……」

「慣れてるから」

一樹は笑った。

「朝までクラブで騒いで仕事に直行……。少し前までは普通にやってたな」

「そうなんだ」

「でも今は睡眠と食事に気を使うようになった。身体が資本だし。なあ、ゆり」

「はい？」

一樹はキッチンに向かおうとしたゆりに追いつくと、ドアを背にするように彼女を追い詰める。

「お前はもう自由だから、気兼ねなく生きろ」

「言われる前からそう生きて……ますから」

「じゃあ、早く自分の気持ちに素直になれよ」

寝不足のせいで顔色の悪かった彼女が、かすかに頬を赤らめた。

「俺はお前が好きだ。何度でも言う。お前が好きだ。だから、今後は堂々といくから」

彼女を意識したのは十代の頃だ。一度は離れ離れになり、十年の月日を経て再会した。今の自分は、クールなふりをした不器用なゆりに、二度目の恋をしたのだと思っている。

「カズくん……」

「お前だって俺にホレてる。でも仕事への責任感から口に出さないだけだ。わかってる」

どこからそんな自信が、と呆れられても仕方ないようなセリフだが、一樹はゆりも自分を想ってくれていると確信していた。いや、本当はそうだと信じたくて、わざと口にしただけかもしれない。そんな自分の言葉を、ゆりは否定しなかった。かわりに緊張を解きほぐすように大きく息を吸い込んだ。

「俺がお前を愛しているように、お前も俺を愛していると……。そう遠くない将来、必ず言わせてやるからな」


その日は午前中にバラエティ番組のロケがあり、朝からサッカーのミニゲームをやらされた。ゆりの前ではカッコをつけたが、一樹は収録の前に滋養強壮剤を飲んでいた。その甲斐あってか、華麗なゴールを決めることができた。

昼頃、予定がひとつキャンセルになったので、安住に呼ばれて事務所に戻る。するとボスは日当たりのいい社長室で、白のレザーチェアにふんぞり返ってテレビのワイドショーに見入っていた。

「もう、朝からこればっかりよ」

社長は一樹たちを手招きすると、ご満悦な様子でテレビを指さす。ちょうど、リムジンから降りた一樹とゆりが、カメラのフラッシュを浴びながらレッドカーペットを敷いた階段を上るシーンが映し出されていた。

続いて、パーティーの出席者から提供されたという写真がいくつか紹介される。こちらはワインレッドのドレス姿で歩くゆりの全身が写っている。顔にはモザイクがかかっているが、スタイルのよさが際立っていた。

――あのドレスで正解だったな。人目を引くが品もある。

ゆりのために、一樹が自ら選んだものだ。ピアスとネックレスも銀座のステファニーで用意した。いつかプロポーズする日が来たなら、そのときに渡す指輪もあの店で買うと決めてある。

最後にマイクを向けられた安住が、

「プライベートは本人に任せてます……。お相手は一般の方なので皆様くれぐれもご配慮を……」

とカメラ目線でコメントする様子が映し出された。

「お顔はわからないのですが、ドレス姿はお美しいですねえ……」

ＶＴＲが終わりＭＣが思わずそうもらすと、スタジオ内から賛同の声が上がる。

「あんなにスタイルがよくても、一般企業のＯＬさんなんでしょ？」

「外資系企業にお勤めだという噂ですね。デビュー前からのお知り合いだとかで」

「福山君はモテモテなのに、あえて業界人ではなくそういう人を選ぶんだね」

コメンテーター陣からもこんな意見が出た。

「結局、去年噂になった某モデルさんの件はなんだったんですかね？」

ＭＣが言うと、女性コメンテーターのひとりが苦笑する。

「ガセでしょ。どう見ても福山さんと某モデルさんじゃあ、恋人のイメージわかないもん」

「謎の美女とは去年の交際発覚時から、定期的に写真誌に撮られてますよね。むしろ撮ってほしいという福山さんサイドの思惑が透けて見える。これは某モデルとの報道を強く否定したいという、福山さんの強い意思の表れなんじゃないですかね」

ベテラン芸能記者の発言に、スタジオ内で大きなざわめきが起こった。

「そのとおり！」

社長は興奮気味にデスクをばんと叩いた。

「アンタがゆりさんを連れて行くって言い出したときは、いったいどうなるかと思ったけど、結果的にはいい方向に進んだわね。デビッドちゃんからは、お礼の電話もらったわ。アンタのおかげでお店がバンバンテレビに映って嬉しいって」

安住のデスクの上には今日のスポーツ新聞がいくつも置かれていた。その一面が自分とゆりのツーショットであることは言うまでもない。

「あとは、いつ交際宣言をするかよね。マスコミからの問い合わせは殺到してるし、ＣＭの契約更新の連絡も来てるわ。あー、忙しいー」

「いつだって会見しますよ。今夜でもいいし」

「今夜って……。やあね、慌てないの」

　しかし一樹には急ぎたい理由があった。それを打ち明ける。

「堂々と交際宣言をして、いったんこの件は幕を引きたいんです。そしてゆりをプロ彼女から解放してやりたい。あいつくそまじめだから、このままだと任務に潰される」

「ええっ？　ゆりちゃんは、そんなにストレスたまってたの？」

　安住は目をぱちぱちさせた。

「もちろん、顔には出してません。でもわかるんです。あいつ苦労してるから……」

　十代で両親を亡くし、親戚の家で肩身の狭い思いをしながら二年を過ごした。ようやく独り立ちしてからは、奨学金返済のためにがむしゃらに働き続けた。

　そんな過去を過ごしたせいで、仕事に対する異常なほどの執着や責任感が植え付けられたのだと思っている。

　――ゆりは俺にホレてる。

　三度も抱けばわかる。でも彼女が素直になれないのは、今のふたりの関係がビジネスであり、そこに私情を持ち込まないことが彼女のポリシーだからだと一樹は理解した。だったらこの関係を解消するしかない。

「俺も嫌なんです。もともと俺が言い出したことなのに、こんな不満を言うのは身勝手だとわかってます。でも大切な幼なじみを、これ以上巻き込みたくない。いったん関係を解消して、本物の……――」

今朝、ゆりにも言った。これからは堂々といくと。だから社長にも自分の気持ちを伝えようと思ったのだが邪魔が入る。

「そ、そ、それがええかもしれません！」

なにかを察知したのか、高津が慌てて割って入った。

「ゆりさんがあまりにも有能なので、自分も少し頼りすぎたかもしれません。綻びが出る前に会見して、ゆりさんにはこの役から降りてもらい、マスコミからも隔離しましょう」

「高津……」

「CMの件もクリアできたし、あとはドラマの撮影に専念させましょう。ね、社長」

「そうね……。わかった。お前が言うならそうするわ」

安住は指輪をたくさんはめた手で、デスクの上のカレンダーを指した。

「木曜日に写真集の発売イベントがあるでしょ？　そのあと取材に応じるのはどう？」

「いいかもしれませんね。この調子なら、かなりの数のマスコミが集まるでしょう」

「じゃあ、あたしのほうで段取りは整えるわ。一樹は今日帰ったら、ゆりちゃんにそう伝えて。あたしが感謝してること、お礼の件は改めて連絡するってこともね」

「わかりました。そしたら、われわれは向こうで昼食をいただくことに……」

行くぞと、高津は一樹の腕を引いた。一樹はそっと、その手を払う。

「いったん幕引きはします。そのあとは、本物の恋人としてゆりと付き合いますから」

「はあああ？」

「こら、一樹！」

高津に肩をつかまれたが、一樹は強い視線で安住を見る。

「三十になれば、プライベートは自由にしていいという約束でした。社長も何度かマスコミの前で、そうおっしゃってます」

「……や、約束したわよ。でもアンタ、本気なの？　本気でゆりちゃんにフォーリンラブなの？」

「おかしいですか？　将来を見据（みす）えた関係を、ゆりと築いてゆくのはダメですか？　確かに今のゆりは社長が好むような肩書きは持ってない。だから反対だと？」

ハトが豆鉄砲（まめでっぽう）を食らうとはこんな顔かもしれないと、そのときの安住の顔を見て一樹は感じていた。

「結局はゆりさんを巻き込むことに変わりはないやろ？」

「そうかもしれない。けどこれからは堂々とゆりを守ることができる。俺は本気ですよ」

苦渋（くじゅう）の表情を浮かべるマネージャーに、一樹は冷静に自分の意思を伝えた。

いた。

＊＊＊

テレビに映る自分と一樹の姿を、ゆりは別の世界の出来事のようにぼんやりと見ていた。

舞踏会が終われば魔法がとけて、シンデレラは元の姿に戻る。でも今の自分は、姿は元通りになったが、いまだ魔法から抜け切れていない気分だ。

マンションで掃除をしていても、星乃屋でバイトをしていても、ふわふわと身体が宙に浮いているような感覚にとらわれている。

『愛してるよ、ゆり』

たぶん、大切な彼からの愛の言葉が、自分をそうさせているのだろう。

——愛してるか……

生まれて初めて異性に言われた。過去に男性と付き合ったことはあるが、甘いささやきを交わし合った記憶はない。ゆりは幸せをじっと噛みしめている。

火曜日になり、バイト先の星乃屋の休憩室では、いつものように温子と金城が昼のワイドショーに釘付けだった。

　ワインレッドのドレスを着て顔にモザイクのかかった自分が一樹と寄り添いながら階段を上(のぼ)っていくシーンは、連日テレビを賑(にぎ)わせている。

「にしても、素敵よねえ……」

　コンビニのお弁当を食べながら、温子はしみじみ言う。

「一般人だって話だけど、どうやって福山くんみたいな人と知り合うのかしらね」

「きっと同級生とか幼なじみとかじゃない？　デビュー前からの付き合いだって週刊誌に書いてあったもん」

　金城が幼なじみというキーワードを口にしたので、テーブルでコーヒーを飲んでいたゆりはつい緊張してしまう。

　――大丈夫、自分とはばれやしない。

　横目で金城を見つめながら、そう心に言い聞かせた。

「うらやましい。私の同級生にはこんな人いないわ。せいぜい区役所の局長くらいかしら」

　冗談を言って笑いを誘いながら、でもと温子はふたたびテレビに見入った。

「こんな場所に連れてくるってことは、交際宣言なのかしらね」

「だと思うけど。きっとそのうちカズキが会見するんじゃないかなぁ」

　さすが、芸能通な金城は読みが深い。会見のことについては昨夜、帰宅した一樹から報告を受けていた。

木曜日に神田の書店で、一樹の写真集の発売イベントがある。その際に囲み取材に応じる形で、今回の熱愛報道について語るそうだ。

ふたりの出会いから今後のことについて、かなり詳細に語るつもりらしい。

『これでお前の任務は終わりになるから』

そう彼は言った。そして『そのあとはマスコミ対策として一時的にどこかへ避難することになるだろうが、お前の家はここだから。俺はお前と別居するつもりはないから』と念も押したのだ。

プロ彼女の任務が終わる――

感慨深くもありながら、どこか寂しくもあった。そして任務が終わったあと、自分と一樹がどうなっていくか、想像がつかなかった。


二時でバイトを上がって、そのあとは行きつけのスーパーに寄ってからマンションに帰った。気のせいか、マンションの正門前の道路にマスコミ関係者と思しき人影を見た気がして、急いでセキュリティを通過して敷地へ駆け込む。ふたつ目のセキュリティをくぐってエントランスホールに入り、コンシェルジュに会釈しようとしたとき、背後から足音がして振り返る。

そこにはスーツを着て青いネクタイを結んだ長身の男性が立っていた。言いようのない懐かしさが込み上げてきて、腕に鳥肌が立った。

「ゆり……。やっぱりお前だったか」

「ダイちゃん……」

言葉を交わすのは十年、いや十一年ぶりになるだろうか。一樹の兄の大樹は、あの頃と同じように神経質そうな表情のまま、ゆりに一歩近づいた。

「悪いな、急に押しかけて」

「ううん……。ちょうどバイトが終わったところだったから」

「どこでバイトしてるんだ？　そういえばお前、日比谷のホテルにいたはずだよな？」

「あそこは三年前に辞めて、そのあと九州のホテルに……。今は渋谷の書店でバイトしてる」

「渋谷の書店……」

大樹はぽつりとつぶやいて、そのあとは押し黙った。

思いがけない再会をしたもうひとりの幼なじみを、ゆりは一樹の部屋に招いていた。追い返したほうがいいか迷ったものの、さすがにできなかった。

外で話すことも考えたが、こんな話、人がいる場所では無理だ。

「どうぞ」

そう言って、ゆりはダイニングテーブルに座る大樹の前に、淹れたてのコーヒーを置いた。

「サンキュ」

大樹の言い方が、一樹と似ていてどきりとする。二歳違いの兄は、一樹よりやや背が低いが、うしろ姿や面立ちはよく似ていた。

ただお世辞にも社交的とは言えず、中学以降は部活もしないで毎日勉強ばかりしていた。繊細で神経質なイメージが強く、だからなのか、あまり女の子にモテていなかった。

「ダイちゃんは、今どうしてるの?」

沈黙に耐え切れずそう切り出すと、大樹はコーヒーをひと口飲んでから口を開いた。

「横浜にある親父の会社の役員だよ。一応次期社長……なんだろうな」

「へええ……。おめでとう……ございます」

ということは、日本が誇る国産高級バッグメーカーの四代目社長になるわけだ。

「俺のことはいい。それよりお前だ。一樹とはいつから? あのパーティーの映像を見て、すぐお前だとわかって一樹に電話したんだが、つながらなくて」

「わかったって、どうして?」

「わかるさ。兄妹同然に育ったんだし、おふくろからパーティーのときの写真も見せてもらったから。モザイクはなくてサングラスをしていたけど、それでもぴんときたよ」

「そうだったんだ……」

兄妹同然という言葉にほっこりした。

自分たちの関係について、どこまで話したらいいかわからない。でも大樹を信じてゆりは、やむにやまれぬ事情で、ここに転がり込んだことだけは打ち明ける。

「でもわたしとカズくんの関係についてはノーコメント。ごめんなさい、事務所の許可がないと話せなくて」

「ああ……。そういう業界だもんな」

そこで初めて大樹は小さくほほ笑んで見せた。

「アイツがこの業界に入ってから、まあまあそれなりの事情があるのは聞かされてきた。だからなんとなく理解はできている。でもアイツは、お前のこと好きなんだろう？」

「え？」

「あの映像を見たら誰だってそう思う。大切で仕方ないって顔してた。親父とおふくろも同じことを感じたみたいだ。遠くから見てて、どきどきしたそうだ」

「ダイちゃん……」

大樹の口調はテンションが低いが、それでもゆりは顔が熱くなってしまう。

「俺……、お前に謝らなきゃならないことがあって。それで会いにきたんだ」

「謝る？」

「ああ」

大樹はテーブルの上で両手を組んで、じっとそこに視線を落とした。

「お前が高校に入ってしばらくしてから、誰かに嫌がらせされたことがあっただろ？」

「嫌がらせ？　ああ……、持ち物をいたずらされたりしたこと？」

高校一年の夏休みに入る少し前、下駄箱にあるはずの上履きがゴミ箱から見つかったり、教室に置いて帰った辞書が盗まれたりしたことがあった。

「あれは一樹ファンの女どもの嫌がらせだったんだ」

「うそ」

背筋に悪寒が走る。一樹のファン。その手の集団は中学生時代から確かに存在していた。

「ほんと。お前が一樹の幼なじみで家も隣同士だってことを妬んだ一部の過激分子が、お前に嫌がらせしたんだ。俺はもう大学に通ってたけど、一樹から相談を受けたから知ってるんだ」

「カズくんが……」

「このままだとお前が危ないって。どうしたらいいかって本気で悩んでて。それで俺は、ゆりから離れるようアイツに勧めた。仲良くしてるからいじめのターゲットにされる。だったらゆりを無視して、嘘でもいいからほかの女と付き合えと」

十年以上も前の高校時代の思い出が蘇った。

大樹の言うとおり、あの頃から一樹は冷たくなった。当時、ゆりの父が仕事で失敗したこともあり、ゆりは自分の殻にこもるようになった。だから一樹に嫌われたのだと思っていた。

持ち物への嫌がらせはじきになくなったが、その裏で兄弟が動いていたなんて。

「たぶん、あの頃からアイツはお前にマジだったと思う。なのにどうしてそんなアドバイスをしたのか、今でもよくわからないんだが……」

大樹は小さく首を横に振りながら自虐的に笑った。

「俺もまた、人気者の弟に嫉妬してたのかもな。それと、お前をアイツに取られたくなかったってのもあったかも」

「え？」

目が合うと、大樹は照れくさそうな顔でよそを向いた。

「お前にも一樹にも悪いことをしたと思う。アイツがお前に冷たくなったのは、嫌いになったからじゃない。お前を守るためだった。それをどうしても伝えたかったんだ」

最後にコーヒーを飲み干すと、大樹は静かに立ち上がる。荷物を手に玄関に向かった彼は、靴を履いたところで振り返った。

「俺、六月に結婚するんだ。式にはぜひお前にも来てほしい。一樹に話しておくから」

「ダイちゃん……」

「親父たちはまだ、一樹の相手がお前だと気づいてない。だから俺も内緒にしておくが、俺の結婚式に間に合うように挨拶にこいよ、ゆり。家族で待ってるから。もちろん、お前たちの結婚式にも呼んでくれよな」

見送りはここまででいいからと、照れくさそうに笑う大樹は、玄関を出ると足早に去っていった。うしろ姿を見送りながら、ゆりは一樹の愛の言葉を思い出し、ひとり涙をこぼした。

## 第六章　もう、ひとりで戦わなくていい

「マジか」

その晩。ゆりは帰宅した一樹に大樹と会ったことを報告する。一樹は心底驚いていた。

「確かに昨日、大樹から立て続けに着信があった。面倒だからほっといたんだが……」

「ほっといたって……。家族なのに」

「あいつを使って、おふくろが探りをいれてると思ったんだ。『一樹が連れてた女性は誰？　どんな人？　ねえ大樹、聞いてみてよ』……ってふうにさ。だから」

夕飯の用意をしているゆりのそばで、立ったまま缶ビールを飲んでいた一樹は、おど

けた様子で母親の口調を真似た。うっかり噴き出しそうになり、思いとどまる。

「そうなんだ……。ごめんなさい、気を使わせて」

「お前が謝ることじゃないよ。たとえ親でも一般女性A子さんの正体は明かせないからな。ただ、時期が来たらお前を鎌倉に連れていく。絶対にな」

「カズくん……」

「どうしてうちの親を避けるんだ？　過去を知る人間とは会いたくないってこと？」

「……そんな感じかな」

調理の手を止めないまま、こくりとうなずいてみせる。

「今のわたしはひとりでだって戦える。でもおじさんやおばさんに会うと、きっと頼ってしまう。昔の地味で無力だった自分に戻ってしまいそうだから……」

「それはないだろう」

ふわりと彼はほほ笑んだ。

「今のお前は生活の一部を俺に頼ってるが、地味で無力に戻ったか？　家事をしてバイトもして、変装して写真を撮られてテレビにも出て。むしろパワーアップしたように思えるけどな」

「あ……」

確かにそうだ。彼と再会したときも、同じ不安を感じて戸惑った。しかし気がつけば自分のペースを保ち、今では濃密な日々を過ごしている。なんだか目が覚めた気分だ。

「考え……すぎてたのかな」

「そう。そしてお前はもうひとりじゃない、俺がいる。なにかあれば俺が一緒に戦うから。お前だって、俺のために一緒に戦ってくれてるだろう？」

見つめられて顔が赤くなるのを感じた。

——ひとりではない……か。ちょっと嬉しいかも。

「カズくん」

「ん？」

「ありがとう」

「どういたしまして」

一樹は素早くかがむと、ゆりの頬に触れるだけのキスをした。胸がきゅんとする。

「にしても大樹のやつ、ほんとに黙っててくれるんだろうな。ほかになんか言ってたか？」

「ほかは……、そうだ。六月に結婚するって言ってた」

「結婚？　あいつが？　聞いてないぞ」

式には招待してくれると言った大樹の言葉を伝えたが、高校時代の嫌がらせについては触れないでおくことにした。もう済んだことだし、一樹と大樹、それぞれの気持ちは十分、伝わっていたので。

「まあ、いいさ。あとで本人に聞いておくから。だけど、ちょっと心配だな」

「心配？　なにが？」

ゆりはサラダを盛り付ける手を止めた。

「大樹のほかにも、お前の素顔やバイト先をかぎつけた奴がいるかもしれない」

「そんな……。怖いこと言わないでよ」

「いや、冗談じゃなくて。去年からずっとマークされてるし、記事にしないだけでお前についていて、なにかつかんでるマスコミがいないとも限らないな……。よし！」

一樹はビールの缶を置き、カウンターに置いていたスマートフォンをつかんでリビングを出ていった。数分後、ゆりが料理をテーブルに並べていると戻ってくる。

「今夜中に荷物をまとめるんだ。明日の朝、ここを出るから」

「え？　木曜日じゃなくて？」

あさっての木曜日に一樹がマスコミの取材に応じるので、その日の朝にここを出てビジネスホテルに避難することになっている。

「念のため、早めよう。避難先も変えて、親父が持ってるマンションを借りることにした。明日、俺が車で送るから」

「お、おじさんのマンション？　待って。カズくんの家族にも内緒にしとくんじゃ……」

「大丈夫だ」

一樹は慌てるゆりの肩に手を置き、うっとりするような甘いほほ笑みを浮かべる。

「お前のことは黙ってる。とにかく俺に任せろ。お前の安全を確保することが一番だから」


事態が急転していく。

翌日の朝早く、ゆりは一樹の運転する車で川崎(かわさき)にある高層マンションに連れていかれた。彼の父が所有するマンションのうちのひとつだというそこは、私鉄沿線の某駅前に位置し、渋谷まで三十分もかからない。

部屋は最上階で、駐車場から専用エレベーターで上がれる。家具や家電もそろっているから、ちょっとした隠れ家のようだ。

「数日会えなくなるけど我慢してくれ。電話はするし、ほとぼりが冷めたら迎えにくるから」

「大丈夫。ひとり暮らしには慣れてるし、バイトに行くにも便利だから」

「バイト先でも注意しろよ。怪しい奴を見かけたらすぐに連絡すること。場合によっては警察を頼ることも……」

「わかってます。カズくんこそ、ほかの住人に見つからないようにね。今日の現場は千葉だっけ、茨城(いばらき)だっけ」

「……名古屋(なごや)でイベントだ。そうだな。じゃあそろそろ行く」

「うん。冷蔵庫のカブの浅漬けは、一週間くらいは持つから。レモンのはちみつ漬けは長期保存ＯＫ。冷凍室には茹でたほうれん草と、すぐに食べられるおかずを入れておいた。ベランダの野菜は全部収穫しちゃったから、気にしなくていいよ。あとは……。木曜日の会見、頑張ってね」

連絡事項を次々に伝えると、一樹は名残惜しそうな顔をしたが、最後に優しいキスをして出て行った。

次に彼に会うときは、必ず自分の気持ちを伝えよう。安住や高津は一樹がゆりと付き合うことに反対するかもしれないが、愛しているという思いだけは伝えておきたかった。

その日はバイトがなかったので、荷物を整理し駅前のスーパーで食材を買い込んだりした。

木曜日は開店からのシフト。昼過ぎに遅番と交代して真っすぐに帰宅する。テレビをつけっぱなしにして家事に取りかかっていたところ、夕方の情報番組がトップニュースで一樹の会見を放送した。

ゆりはリビングのソファに座り、固唾を呑んでその様子を見守る。

『本日はお集まりいただきまして、ありがとうございます』

書店のイベントスペースらしき場所で、たくさんの報道陣に囲まれた一樹は、ぱりっとしたスーツ姿でそう切り出した。

『……先日のパーティーに同伴した女性とは結婚を視野に入れた、真剣なお付き合いをさせていただいております……。デビュー前からの知り合いで僕より年下。一般企業に勤める女性です。非常にタフで、だけど寛容でピュアで。よき同志でありながら、大切な恋人でもあります』

その発言が出ると周囲からどよめきがもれた。カメラのフラッシュが点滅し、次々と質問が浴びせられる。しかし一樹は彼女のプライバシーを守るためだと、それ以上の情報は出さなかった。ただ家事や料理の面で自分を支えてくれていること、彼女の待つ家に帰ると安らげることなどを語った。

さらに交際は事務所も公認であり、結婚についての障害はないとも言った。

『去年別の女性と熱愛報道が出ましたが、そちらの方とは破局されたということでしょうか』

いきなり投げかけられたその質問には、余裕の笑みを浮かべて、

『その件については間違った情報だとお伝えしたはずです。大変迷惑をこうむりました。お相手の方やあちらの事務所にも不快な思いをさせてしまい、申し訳なかったと思っています……』

と、気のせいか迷惑の部分を強調したように答える。

『じゃあ、プライバシーを守りたいはずの相手を公の場に同伴したのは、火消しのためですか？』

それもありますが、と、言ってから一樹は次のように続ける。

『いつもそばにいてほしいのは彼女だと、周囲にも彼女自身にも伝えたかったからです……』

――カズくん。

心臓のドキドキが止まらない。ゆりは瞬きするのも忘れるくらいに画面に見入っていた。最後に一樹は、今後は彼女を表立った場所には連れ出さないこと、一切の取材は控えてほしいこと、進展があれば必ず報告するから静かに見守ってほしいこと……、それらを丁寧にお願いする。そこで会見の映像は終わっていた。

事務所が公認――。そんな話は事前に聞かされておらず、事情が呑み込めないが、テレビの電源を切ったあとも胸の高鳴りが収まらなかった。

その晩は一樹から『会見を見たか？』とテキストメッセージが届き、カッコよかったよとだけ返信をしておいた。

一夜明けた金曜日、寝不足気味でバイトに行く。コンビニで見かけたスポーツ紙は「同志でありながら、大切な恋人」という一樹の言葉がトップを飾り、金城は売り場でも昨日の一樹の会見のことばかりを口にしていた。

「今夜もご飯に行かない？　福山くんの熱愛宣言について語りましょうよ」

温子はそう誘ってくれたが、それを丁重に断ったゆりは、午後二時過ぎ帰途につく。

声をかけられたのは、通用口から出て大通りに出ようとしたときだった。

「すみません、この場所に行きたいんですけど……」

「はい？」

短髪にサングラスをかけた男が、道を聞くようなそぶりで封筒のようなものを差し出してきた。

「なんですか、これ？」

「静かに。これアンタでしょ？」

声を潜めた男は封筒の中から写真を取り出す。一枚目は渋谷駅近くのスーパーで買い物をするゆりと一樹。二枚目はアイスグレーのスーツを着たゆりがホテルのエントランスらしき場所に立つ姿。エトワールだ。二枚ともモザイクなし。誰かの隠し撮りだ。

「な……」

「だから静かにって。この件で彼女がアンタに話があるんだって」

そう言うと、男はそばに停車していた黒い車を指さす。後部座席の窓がするすると開いて、ポップな色合いのサングラスをした女性が顔をのぞかせた。一瞬だけ、女性はサングラスをはずす。明るい色の巻き毛、やや彫りの深い顔立ち。テレビで見たことがある。あれは――

――小野エレナ？　うそ、なんで……

「乗ったほうがいいよ。あいつ気が短いから逆らわないほうがいい」

男はそう言って、ゆりの背を押した。逃げるという選択肢もあった。しかし逃げたら一樹にもなにかされそうな予感がして、ゆりは黙って車に向かって歩き出していた。

連れて行かれたのは、先日のパーティー会場のすぐそばの雑居ビルに入った、バーだった。開店前だからか店内はしんとしていて、バーテンらしき男性がひとりでグラスを磨いていた。ゆりとエレナと、若い男ふたりがずかずか入っていくと、バーテンは迷惑そうな顔をした。

「ショウちゃん。奥、借りるよ」

エレナは横柄な口調でバーテンに呼び掛けた。若い男の片方は運転手で、もう片方がゆりに声をかけてきた男だ。車中では終始エレナがふたりに命令を出していたが、サングラスをはずした男たちはどちらもエレナより年長に見える。たぶんエレナの遊び仲間で、このバーがたまり場なのだろう。

「あの……」

つい口を挟むと、エレナにぎろりとにらまれる。

「いいからあっちに行く」

「おい、エレナ。これ以上面倒を起こすなよ」

ショウと呼ばれた男が声を張り上げるが、エレナは無視してゆりの腕をつかんで奥へ進んだ。なんとなく彼は、常識とか良心というものを持っているように思えて、ゆりは歩きながら『助けて』とショウに目で訴えかけた。

「時間がないからさっさと言うね。一樹くんから手を引いて」

ガラスの間仕切りで囲まれた高級感のある個室。ラグジュアリーなソファに座ったエレナはまずそう切り出した。

「どうせアンタ、事務所に雇われたプロ彼女でしょ？　会見では純愛ぶってたけど、実は一樹くんの夜の相手と週刊誌に撮られる仕事を引き受けてるだけ。わかってるの。うちの社長ににらまれて、あのオネエ社長が困ってたのは有名な話だから」

オネエ社長とは安住のことだろう。どうやらこちらの手の内は読まれているようだ。

さらに彼女は、先ほどの写真を男から受け取ると、派手なネイルを施した手でテーブルに広げる。

「知り合いの記者から聞いたんだけど、アンタ、去年の夏までは九州のホテルにいたんだってね。そこに一樹くんが泊まってナンパされたんでしょ。デビュー前からの知り合い？　冗談キツイよ」

　ゆりは返事ができなかった。週刊ゴシップだ。あのとき強く苦情を言ったので、腹いせに隠し撮りしたのだろうか。

　ふと、このシチュエーションに既視感を覚えた。顔はまったく似ていないが、エレナの態度は中園綾子を思い出させた。横柄で自分中心。

デジャブ。またしても別府の知人に似た人と遭遇するなんて……

　しかしエレナは綾子よりタチが悪そうだ。自分がどれほど業界の大物にかわいがられているか自慢し、汚い手を使ってライバルを蹴落としたり、有名プロデューサーの弱みを握っているから番組に起用され続けたりしているという、聞くに堪えない業界の裏話を延々と続けた。

「ねえ、聞いてんの？　一樹くんから手を引かないと痛い目にあうよ？」

　やがて裏話に飽きたのか、エレナは恫喝ともとれる発言をした。

「わたしが手を引いて、それであなたはどうする気？」

「どうするって……。決まってるでしょ。アタシが一樹くんと付き合うの」

「無理よ。彼は脅されたってそんなことしない。プライドが高いの」

「バッ、バカにしてんの？　この写真以外にも、ヤバイ動画があるんだから。それを出すって言ったらアタシを無視できないよ」

控えていた男たちが、ソファの前に回ってきた。怖くて膝が震えだす。写真にヤバイ動画。もう、自分の手に負えない世界だ。どうしたらいいかわからない。しかし――以前綾子と対決したとき、立ち回りを失敗して仕事を失った。こういう場合、保身のために素直にうんと言うべきなのだ。わかってはいるのだが、やはりゆりにはできそうにない。

「別れるのは構わない」

ゆりは声が震えないよう、お腹にぐっと力を入れた。

「ほんと？　案外素直じゃん。ていうか怖くなったんでしょ」

エレナは男たちと顔を見合わせて笑い出す。

「彼と別れるのは構わないわ。でも彼をあなたの好きにはさせない。彼のキャリアに傷をつけるようなこともさせないわ」

ゆりは男たちを一瞥し、最後にエレナを見る。

「あなたの指示で男たちに乱暴されたって、週刊誌に売るわ。もし相手にされなかったら警察に行く。わたしを車に乗せた場所には防犯カメラがあったし、この店の入り口前にもあったはず。わたしがあなたに拉致されたことの証明はできる」

「な、なに言ってんの……。誰もそんなの信じないから」

「信じるかどうか、やってみなきゃわからない。彼に手を出すなら、こっちだって黙ってないから。わたしはなにをされても泣き寝入りはしないし、やるときは徹底的にやる。これでもプロですから」

　不思議と恐怖は消えて、すらすらと冷静に言えたと思う。もしかしたらここから無事に帰れないかもしれない。でも一樹のキャリアと名誉を守らなくてはと、頭はそのことでいっぱいだった。男たちは焦（あせ）った様子で顔を見合わせ、エレナは怒りで唇を震（ふる）わせた。

「ああ、そう。だったらお望みどおりやってやるよ。なにされてもいいんだよね」

　エレナが立ち上がる。

　――殴られる？　それとも――

「いい加減にしろ！」

　バンッと音を立ててドアが開き、バタバタと人がなだれ込んできた。ほどなくしてゆりは誰かにぎゅっと抱きしめられる。

「カズくん……？」

「もう大丈夫だ。怖い思いをさせて悪かった」

　一樹はゆりを抱きしめて、何度も頭を撫（な）でてくれた。視線を動かすと、血相を変えた高津とショウと呼ばれたバーテン、それからもうひとり、ゆりと同じくらいの年齢の女性がいた。

　その女性は、半泣き状態で突然エレナの前に歩み寄ると、バチンと平手打ちした。

それはもう、見事なほどのスマッシュヒットで。エレナは勢いよくソファに倒れ込んでしまったほど。

「も、申し訳ありません！」

ビンタを放った女性はこちらを振り向くと、目にいっぱい涙をためて頭を下げた。続けて高津にもバーテンにも同じことをした。

「エレナのマネージャーさんだ。そこにいるバーテンが彼女に連絡して、彼女は亮さんに連絡してくれた。ちょうどデビッドの店で打ち合わせの最中だったから、走って駆け付けたんだ」

「そうだったの……」

だからすぐに来てくれたのだ。ほっとしたら腰が抜けた。

「俺の最大の過ちは、君を野放しにしたことだな。よくも……」

一樹はゆりを抱きしめたまま、ぽかーんとしているエレナと、おろおろする男ふたりをにらんだ。

「よくも俺の大切な人を拉致ったな。そのあげく侮辱して脅した。ドアの外まで聞こえたよ。だから会話を録音させてもらった。覚悟はできてるんだろうな」

「ち、違う。俺たちはただエレナに言われて、その人に声をかけただけで……」

高津がボイスレコーダーをかざしてみせると、ふたりの男は必死の形相で弁解したが、エレナはしぶとかった。

「なによ、カッコつけちゃって。そんな録音がなんなのよ」

一樹はゆりを離すと、エレナに一歩歩み寄る。

「警察を動かすには十分な証拠だろ？」

一樹は冷ややかに言う。

「拉致、監禁、脅迫、暴行未遂。言っておくが明智社長はもう君を守らない。今日付けで君との契約を解除したと、うちの社長に電話があったんだよ。偽の熱愛報道で俺に迷惑をかけてすまなかったと謝罪もしてくれてね」

「え……？　なにそれ、聞いてないよ」

エレナは女性マネージャーをにらんだが、彼女は嗚咽をもらしながらその場にうずくまってしまった。それでも微かに「本当です」とつぶやいたのがわかったので、どうやら事実のようだ。

「それから俺とこの人との関係は、君が言うような業務的なものではない。会見で伝えたのはすべて事実だ。ついでに言うと俺のヤバイ動画というのも存在しない。君のはったりだ」

一樹はゆりの肩を抱き寄せきっぱり言い切ると、隣で高津も大きくうなずいた。

「俺はリスクを冒さないから。不祥事を起こせば事務所やスポンサーに迷惑をかけるのはもちろん、大企業の社長である父と、母や兄の顔にも泥を塗ることになる。それだけは絶対にしたくない。君と違って、背負ってるものが大きいんだよ」

そのあとは、居合わせた人たちが手際よく後始末をした。ゆりは一樹と高津に守られるようにしてバーを出たあと、マンションに送ってもらった。高津がスケジュールを調整してくれたおかげで、多忙な一樹も一緒に。

小野エレナの素行不良と女性マネージャーの苦労、そして愛想をつかした明智社長がエレナをクビにした経緯などを、車の中で聞かされた。

「昨日の俺の会見を見て、俺に申し訳ないことをしたと明智社長は思ったそうだ」

「そう……」

しかしエレナのことなど、どうでもいい。一樹は警察という言葉を口にしたが本気でないことはわかっていた。男たちには口外するなと警告し、それでカタはついている。

ゆりは、いきがった反動か、いまだに足の震えがとまらなかった。

川崎のマンションに着くと、一樹はゆりをソファに座らせ、自ら温かいカフェラテを淹れてくれる。ミルクの上にかわいいハートマークが泡で描かれていて、それを見た瞬間ほっとした。

「上手……」

「だろ？　学生時代、バイト先のカフェでよくやってたんだ」

自慢げにほほ笑んで、一樹はゆりの隣に腰を下ろす。

「カズくん……。カズくん、ありがとう。助けに来てくれて」

温かいラテをひと口飲むと、ゆりはカップを置いて一樹の首に両手を巻きつけ、広い胸に顔をうずめた。我ながら無謀なことをしたと思う。でも一樹はゆりを責めず、優しくいたわってくれている。

自分にとって、彼のそばが一番安全な場所だと気づかせてくれた。

「約束しただろう？　お前はひとりじゃない。なにかあれば俺が一緒に戦うって」

一樹はゆりを安心させるように、何度も髪を撫でてくれた。

「昔からお前にはハラハラさせられっぱなしだった。でも困った顔のお前を助けることが楽しくて、いつの間にか自分の役目なんだと思うようになっていたんだよな」

やがて一樹はゆりの顔を上げさせる。

「報告が遅れたが、お前とは結婚を前提に付き合いたい、ほとぼりが冷めたらまた渋谷のマンションで同居したいと社長に伝えてある。そして社長も亮さんも賛成してくれた」

「え……？　ほんとに？　ふたりとも反対しなかったの？」

「ああ。亮さんはお前をすごく信頼してる。だからこそ、汚れた部分の多い芸能界のゴタゴタに引きずり込むことに消極的だった。でも最終的にはわかってくれたよ」

一樹は優しいまなざしでうなずいた。

「社長はお前と会った日に、いずれこんなことになるんじゃないかと予感したそうだ。だから一般女性A子のプロフィールは、お前と重なる部分が多い。外資系勤務という設定は、お前が最初に勤務していた日比谷の外資系ホテル『マカリスター東京』からきてるんだ」

安住社長と初めて会った日。残暑の厳しい九月の別府。そのあと由布院までドライブをした。あの日、安住が着ていたのは青いドレス。安住は夏の青空のようなクリアな青が好きなのだろう。ほんの数カ月前のことだが、ひどく懐かしく感じられる。

「ゆり。もちろん、ずっと一緒にいてくれるよな？　お前の返事をまだ聞いていない。さすがの俺も少しだけ心細いんだが」

「わたしも、カズくんと一緒にいたい。この先もずっと」

そう口にすると、顔がいっきに熱くなった。鉄仮面だとか笑わない女だとか言われてきた。そんな自分がこんなに素直で女らしいセリフを口にするとは信じがたい。

でも心からそう思う。自分の中にしまいこんだ温かい感情を彼が取り戻してくれたのだ。

「それは将来的に俺との結婚を考えてくれてると思っていいんだよな」

「はい……。わたしでいいなら、カズくんのお嫁さんにしてください」

遠い昔、こんなやり取りをしていたらしい。ゆりは忘れてしまったが、一樹は覚えていてくれた。

「ありがとう、ゆり。愛してるよ」

「わたしも……。カズくんを愛してる……」

言い終わらないうちに、一樹にぎゅっと抱きしめられた。

熱い口づけが落ちてきたが、ゆりははっと我に帰る。

「ダメだよカズくん、仕事に戻らないと。わたしなら大丈夫だから」

ゆりは不満げな一樹の胸をそっと押し返し、壁の時計を指さす。そろそろ夕方の五時だ。先ほど車中で高津に聞いた、次の仕事までもう時間がない。代わりに恥ずかしいのを我慢して、あるお願いを口にした。

「都合がつくなら、今夜だけでいいから一緒にいて。ひとりで眠るのは心細いかも」

「まかせとけ。少し遅くなるだろうが、必ず戻ってくるよ」

一樹はにっこり笑うと、力強く立ち上がった。

夕方から降り始めた雨は、夜が更けるにつれみぞれに変わっていった。

いったん仕事に戻った一樹がゆりのもとに舞い戻ったのは、夜の十一時を過ぎた頃。

黒のニット帽とサングラスで変装し、自分の車ではなくレンタカーで来るという念の入れようだ。

「さむっ！」

　玄関の中に滑り込んだ一樹は、サングラスを頭に押し上げると、背後に隠し持っていたある物をひょいっと前に差し出した。

「遅くなって悪かった。お詫びにこれ」

　それは透明なセロファンでラッピングされた、真っ白な百合のフラワーアレンジメントだった。大輪の白い百合をメインに、その周囲を淡いピンクローズやカスミソウ、かわいらしい青のベルフラワーで埋めている。

　アクセントとして光沢のある白いリボンがあしらわれているので、どことなくウェディングブーケのようにも見える。

「素敵……。カサブランカね。いい匂い。ありがとう」

　受け取ったゆりは、大輪の花が放つ甘い香りを胸いっぱいに吸い込んだ。ホテルマンをしていた頃、チャペルで挙式する新婦がこの花のブーケを手にしていたのを覚えている。自分の中では、幸せの扉を開ける花のイメージだ。

「ゆりだから百合って言うのはベタかもしれないが」

　一樹は機嫌よさそうに笑った。

「白くて可憐で凛としているところが、お前に似てるかなと思ったんで」

笑顔を見せてくれているが、彼がとても寒そうに思えて、ゆりは無意識に手を伸ばして彼の頬に触れる。そして花を抱えたまま彼の冷えきった唇に自分の唇を重ねた。

「早く、向こうにいきましょ」

「ああ、生き返る。いつもこんな出迎えだと最高だ」

一樹は笑いながら靴を脱ぐと、ほかの荷物を持ったままリビングに駆け込んだ。ダイニングテーブルにそれを置いて、ニット帽とサングラス、そして着ていたレザージャケットを脱ぎ、すぐにゆりを腕の中に閉じ込める。

「いい匂いだ。もう風呂に入ったのか」

ささやきながらゆりの首筋に顔をうずめ、そのまま喉を這い上がるようにして唇を合わせ、立ったまま甘くて長いキスをしてくれた。

「うん。なんだか……待ちきれなくて」

息をつごうとして顔を上げたゆりは、一樹の腕に抱かれたままうっとりと言った。一時間くらいかけて風呂に入り、そのあと入念にお手入れをして香りのよいボディクリームをぬったのだ。

「すぐにしていいんだな。くそ。俺の彼女が淫らに誘ってくるなんて」

「も、もう……。あ！」

一樹はゆりが着ていた白いシルクガウンの前をはだけさせ、胸をあらわにした。ボディの手入れが終わったばかりで、まだ下着も身に着けていない。胸だけではなく、そのさらに下で息づく秘密の場所の入り口まで、彼の眼前にさらされてしまった。

初めて彼に抱かれた日のように、一樹はその場にひざまずくと、ゆりを立たせたまま彼女の裸身をしみじみと見上げる。ゆりは両手を下ろしていたが、視線が痛いほどに肌に絡みつき、無意識に下腹のあたりを手で覆い隠そうとした。

しかしその手をつかまれ、一樹はへそのあたりに口づけた。

「はう！」

くすぐったさに身震いすると、はずみで片方の肩からガウンが滑り落ちた。キスに夢中になっていた一樹は、ガウンに手をかけ、するりと下に引いた。背中から波打つように床に落ちたシルクが、脚のうしろでふぁさりと折り重なる。

ゆりは、あっという間に裸にされてしまった。

「ベッドに行こう」

くぐもった声でつぶやいた一樹は素早くゆりを抱き上げると、ドアが開けっぱなしになっていた隣の寝室へと入った。

部屋の明かりはつけないまま、ゆりをベッドの上に下ろした彼は、すぐにリビングに向かうとテーブルに置いた荷物の中からなにかを取り出し、それを手に戻ってきた。

「見なくていいよ」

避妊用品だろう。ここは自分の住まいではないから調達してきたに違いない。笑いながら彼は、その箱をベッドサイドのテーブルに置くと、すぐにベッドに這い上がる。

「下を向いてごらん」

「え、うん……」

優しく請われ、ゆりはころりとうつぶせになる。ベッドサイドに置いたスタンドの明かりだけが互いの肌を照らし出す中、一樹はゆりの背中のくぼみに沿ってキスを落としていく。

こんなアプローチは初めてでつい身じろいだが、焦らされることはいやではない。

その先に言葉では言い表せないような、刺激的な悦びが待っていることを知っているから。

彼の唇がヒップの割れ目にたどり着くと、ゆりは期待に身を震わせてしまった。しかし今度は彼の手で身体を仰向けに返された。

目を見張っていると、彼はゆりの両脚をつかんで膝を立たせ、ためらいもなく左右に割る。刺激的な体勢を取らされたかと思っているうちに、晒された中心部を指で押し開かれた。

「カ、カズくん……」

天井を見据え、呼吸を荒らげながらドキドキしていると、押し開かれた恥ずかしい場所をいきなり舌で舐められ、それがなんの遠慮もなしに襞の内側に押し入ってくる。

「いやああ……ん！」

勝手に腰が跳ね上がる。

淫らに腰を振りながら、ゆりは生き物みたいにうごめく舌の感触に打ちのめされ、大きな声を上げ続けた。一樹はそんなゆりのヒップの下に両手を差し込み逃がさないように押さえると、恥ずかしい場所を舐めたり吸ったりして、徐々にいやらしい水音を響かせ始める。

同時に敏感な蕾をも舌先でタッチしたり転がしたりして、次々と快楽を与え続けた。

ゆりは両手でシーツをつかみ、腰をくねらせて喘ぎながら、彼が与えてくれる甘い悦びに浸り続ける。身体の中を電流が駆け抜け、目の焦点が合わなくなる。じっとしているだけなのに息が上がり、なにもまとっていない胸が上下しているのがおぼろげに見えた。

……どうにかなっちゃいそう。

かすかな羞恥心が残ってはいるが、身体は正直に反応している。ゆりは彼が愛撫しやすいように目いっぱい脚を開き、濡れそぼつその花芯を彼のほうに押し出していた。

待っていた。こんなふうに彼に触れられ、愛されることを。

プロ彼女ではなく、ただの長谷部ゆりとして愛し合えることを。

ああでも、どうしよう。

あまりに気持ちよすぎて。これ以上続けられたら、本当におかしくなってしまいそうだ。

リビングに置いたカサブランカの香りがここまで届き、それすらもまるで媚薬のように、ゆりに淫らな魔法をかける。

「カ、カズくん……」

もうそれくらいでと言いたくて、手を伸ばして彼の髪に触れる。

「なんだよ。もっと激しくか？　しょうのないやつだ……」

「え？　あの、そうじゃなく……」

しかし一樹はくすくす笑いながら、這い上がるようにしてゆりの胸に迫った。

部屋は薄暗いが、彼の唇がつやつやに濡れているのが見て取れる。ひどくエロティックで、どこにキスしていたか想像しただけで顔が火照り、身体の芯が疼きだす。

そしてまたいっそう、自分の中から熱いなにかがあふれたのを感じた。

その濡れた唇で、一樹はゆりの張り詰めた乳首を口に含んだ。

「ふぁ……」

おそらく石粒のように硬く尖っているはずだ。唇で触れられただけで全身に痺れが走った。

一樹は舌で丁寧に乳首を転がし始めたが、愛撫の途中で放り出したままの場所を忘れることはなかった。胸への愛撫を続けながら器用に手を伸ばしてその場所に指を這わせると、あふれ出る泉の奥に指をうずめた。

ぐっと深く差し込まれた指が中を散策し始めると、すぐにぐちゅぐちゅと卑猥な音が響き出す。それが合図だったかのように、彼は指を奥深くまでうずめ、またゆっくりと抜き出し、という行為を繰り返す。最初はゆっくりで、次第にペースが速くなる。

それに合わせて快感が増幅し、先ほどの卑猥な水音も聞くに堪えぬほど大きく寝室の中にこだまし始める。

「ああっ！　やぁ……！」

ゆりは喘いで、両手で顔を覆った。抗いようのない快感に身体が支配されてしまう。どうしてこんなにいやらしい音を、自分の身体は発してしまうのだろう。どうしてこれ以上を望むように、自ら腰を振ってしまうのだろう。

たぶん、一樹のせいだ。彼に抱かれるうちに、ゆりは気持ちよくセックスすることを覚えた。セックスは決して淫らなだけのものではなく、コミュニケーション手段のひとつ。素直に感じるのは恥ずかしいことではない。愛をささやき合うことが、これほど幸せで満たしてくれる行為だとは思わなかった。

彼とつながったまま同時に達する瞬間も、生まれて初めて体験した。もともと男性経験が多いほうではないが、初めてのことが多すぎて戸惑うばかりだ。

そんな自分を一樹は時に激しく、時に糖度たっぷりなスイーツのように甘く、さらなる官能の扉を開くべく導いてくれる。

「そろそろ入れてもいいか？」

「うん……」

返事はしたが、頭がぼうっとしているから、どこか上の空だ。

「じゃあ」

指が引き抜かれ、ゆりは息を荒らげながらシーツの上で脱力した。ぐったりしたゆりの視界の先で、一樹は大胆に服を脱ぎ、それが当たり前であるかのように四方に放り投げた。

一樹の身体は、ダイエットに励んでいた頃は脂肪がそぎ落とされ心配なくらいだったが、今は体重も戻り、上半身は逞しく鍛え上げられ、形のよいヒップはきゅっと引き締まり、見とれてしまうほどだ。

彼は背を向けたまま、買ってきたばかりの避妊具の箱を勢いよく開けて中身を取り出し、手早く装着する。

「おいで、ゆり」

振り返った彼がゆりを抱き起こしてくれる。その際、彼の股間にある屹立したものが目に留まる。

「今度はお前が上に乗って」

一樹は仰向けに寝そべると、ゆりの手を取りそっと引いた。

ゆりはドキドキしながら彼に跨り、ゆっくりと腰を落とした。潤って柔らかく膨らんだ蜜口に、一樹は自らの手で屹立したものをあてがい、挿入しやすくしてくれた。

「あ……」

――入ってくる。

入り口が狭いのか、それとも彼自身が大きすぎるのか。一度、入り口で立ち往生したものの、ゆりが息を吐いてリラックスしながら身体を沈めると、一樹自身を呑み込めた。

まるでそれが自分の身体の一部になってしまうかのように深く押し入り、ゆりの中に密着する。

「カズくん。あああ……」

熱い吐息をもらして彼の熱を体内に感じる。それに安心して、ゆりはそろそろと腰を上下させる。バランスを取ろうとして手を前に伸ばすと、一樹がつかんでくれた。

互いの手のひらを合わせて恋人つなぎをして、ゆりが動きやすいように支えてくれる。

ゆりは、様々な角度に腰を動かした。前かがみになったり、天井を仰いでみたり。あるいは頭を大きくのけ反らせたり。

「はあ……ん！」

不意に予期せぬ衝撃に襲われ、身体が大きく跳ね上がった。思いがけず感じやすい場所に当たってしまったのだろうか。息を整えようと、ゆりはふたたび前かがみになり、がくりと頭を垂れる。

「ベッドの上だと、お前は素直に感じまくるよな」

仰向けになった一樹は、ゆりの腰に手を添える。

「そういうとこ、すごく好きだ」

返事をしたいが、うまい言葉が思い浮かばない。

「変に気取ってなくて。でも我慢もしていなくて、自分の欲望に従順でナチュラルなエロスを振りまいている。いい意味でそそられる」

「カズくんがうまいから。だから……、気持ちよく……なれるの」

「ほお……」

彼がくすっと笑う。自分の中でなにかがうごめき、ついひっと、声がもれた。

「初めてのときいきなり俺のを咥えたから驚いたが、あれは背伸びをしてたんだろ？」

「それは……」

たぶんあのときは、自分が主導権を握らなくてはと気負っていたのだ。と同時にふたりの関係は決して甘いものではなくて、ただのビジネスであるとお互い再認識する必要を感じていた。

　彼のマンションはあまりにも快適で、一樹は寛大(かんだい)でゆりを甘やかしてくれたから、あのときのゆりはぬるま湯のような心地よい暮らしに溺れ始めていた。そしてふたりの距離をつめようとするかのような一樹の、演技なのか本気なのかわからない誘惑と甘いキスに、気づけば仕事を忘れかけていた。

　だから、自分が雇(やと)われたプロ彼女であることを、彼に思い出してもらうためにも手慣れた女を演じる必要があったのだ。

「いいさ。すぐにわかった。クールぶってるけど中身は不器用な昔のお前だと。二度と放してはダメだ、俺がついていなきゃダメだと、あのとき思ったんだ」

「カズくん……」

　一樹は手を伸ばして、下からゆりの乳房を両手でつかんだ。張り詰めた乳房に彼の指が食い込むのが見える。しかし気持ちよくて、もっと触れてほしくて、わざと胸を前に突き出した。同時に両手を彼のへそのあたりに添え、身体をゆっくり上下させる。

　彼が支えてくれるので、安心していられた。自分の中が滑(なめ)らかに潤(うるお)い、腰が沈むたびに彼自身がゆりの感じやすい場所を突き上げる。狂おしいほどの悦(よろこ)びが広がっていく。

「ほらもっと、大胆に動いてみろよ。もうなんの遠慮もしなくていい。誰にも邪魔させない。ゆりの好きな方法で俺を料理していいから」

「う……、カズくん」

彼の支えを信じて、ゆりは身体をしならせるようにして上下に動いた。セミダブルのベッドがゆさゆさと揺れ、リズムに合わせながら一樹も腰を上下させた。

そうだ。ここは一樹のマンションではなく、彼の父の所有する部屋だ。そんな場所でこんな行為をして許されるのか――

なんともいえない罪悪感が頭を過ったとき、突然、今までに感じたことのない快感が湧き起こる。ショックで頭をうしろにそらすと、一樹がいっそう強くゆりを突き上げた。ゆりの中で硬く漲った彼自身は、ゴール前のスパートのように速く強くゆりを追い立て高みへ導こうとする。

「うそ、やだ……、カズ……、あ……！」

虚空をさまよっていた視界がぼやけた。一樹の顔が見えないせいか、急にこの部屋に取り残されたような不安を感じた。

続いて激しい官能の嵐が身体の中に吹き荒れて、ゆりは強いうねりに呑み込まれていく。

彼に跨ったまま、あられもない声を上げながら髪を振り乱していた。コントロールのできなくなった身体が彼の上でがくがくと暴れてしまうのだ。

「あん……！　あん……、あああ……！」

かつて感じたことのないほどの激しい悦びに支配された。ただ従うしかできなくて。

「ゆり……、愛してるよ」

勢いよく起き上がった一樹が、ゆりを強く抱きしめてくれた。

「わた、わたしも……あいしてる……」

やっとの思いでそう告げたが、頭がガンガンしていて、心臓は激しく暴れていた。

——わたしもあなたを愛している。

あなたの愛で満たされて、言いようのない悦びに支配されて、ただの女になってしまった。

伝えたい言葉は思い浮かぶのだが、うまく言葉にできなくて——

彼に跨って嵐が過ぎ去るのを待つしかできなかった。

「このまま一緒にイく。もう少し余韻に浸ってろ」

互いの胸をぴたりと密着させながら腰の動きを速めた一樹は、ゆりの耳元でうめくように言う。

「わたし……、フライングしちゃった……」

「バカ。言うな、そんなこと。ムード丸つぶれだろう」

この期に及んで一樹はくすっと笑った。そして彼の突き上げが今までとは別人かと思うほど、深くて強くなる。先にゴールしたゆりに追いつくべく、野獣のようなスパートを始めたのだ。

合わさった胸と、彼の背中がうっすらと汗で湿ってくるのを感じた。ゆりはただ、振り落とされないように一樹の首に両手を回してしがみついているうちに、ふたたび身体が反転する。

「やっぱりこのほうがいい。お前の色っぽい顔がよく見えるから」

シーツの上に組み敷かれ、ゆりはかすんだ目で愛しい人が切ない表情を浮かべるのを見ていた。

——笑わない女も、鉄仮面だった自分ともさよならをする。いや、時にはクールに振る舞うこともあるだろうが、時間をかけて変わればいい。

わたしは彼を愛している。この先の人生を、彼のそばで笑顔で満ちあふれるものにしたい。

「カズくん、だいすき……」

うわ言のようにつぶやくと、一樹の突き上げがマックスになり、やがて極(きわ)みに達した。

汗ばんだ彼の身体に押しつぶされそうになりながら、ゆりは彼の息が整うよう、そっと背中をさすり続けた。

# エピローグ

三月。

ゆりは星乃屋のバイトを続けている。

渋谷のマンションに戻ったのはバレンタインデーが過ぎた頃。しかし念のため一樹と近所をうろつくことは避けている。幸いなことに事務所のほうで手を打ってくれているから、その後、週刊誌には出ていない。

週刊ゴシップには安住がキツイお灸を据えたから、安心していいと一樹に言われている。

プロ彼女の仕事は無事終えたが、金銭的な報酬は辞退し、代わりに安住にフォーブ社製の高級鍋一式をおねだりした。これで料理の腕を磨きたいと思ったし、あと一年バイトに励めばパティシエになるための学校に通うくらいの費用は貯まりそうだ。

一樹とのデートはもっぱら郊外で、鎌倉にはもう何度も行った。大樹は約束を守ってくれたので、ゆりが十一年ぶりに屋代家を訪れたとき、なにも聞かされていなかった一樹の両親の驚きようといったらなかった。ゆりを見て泣いたかと思えば、どうして内緒にしていたのかと一樹を責めたり、夫婦で頭を抱えてみたり。

でも最後には笑顔になり、長い旅から帰ってきた娘を迎え入れるように、温かくゆりを受け入れてくれた。

「お帰りなさい、ゆりちゃん」

「ただいま、おばさん」

泣き笑いする一樹の母とハグしたとき、ふと死んだ母の笑顔が脳裏に浮かんだ。


星乃屋の温子と金城とは相変わらず食べ歩きをしていて、エトワールの静香と新條ともメールのやり取りが続いている。

暑くなる前に、ゆりは別府を訪れようと思っている。久しぶりに飛行機に乗りたいし。

一方、オフィス明智をクビになった小野エレナが、新しい事務所と契約したというニュースは聞いていない。芸能界に飽きたのか、中園綾子と同じようにフェードアウトしたようだ。


一樹は相変わらず女子の憧（あこが）れの福山一樹のままで。雑誌の表紙を飾ったり、ジュエリーや結婚情報誌などのＣＭに起用され、セクシーな笑顔で世の乙女のハートをわしづかみにしていた。

一樹が主演する渋谷中央テレビの歴史ドラマ「花のように、鬼のように」が、無事に第一話の放送開始を迎えた土曜日の午後八時。

初回は放送時間を延長した拡大版だ。渋谷の一樹のマンションでリアルタイムで視聴していたゆりは、秀頼に扮した一樹の雅やかな気品に圧倒され、秀頼が千姫に別れを切り出すあのシーンでは、運命に引き裂かれるふたりに涙してしまった。

練習でも一樹の演技はすばらしかったが、本番はそれどころではない。

——本当に秀頼さまになりきってる……

ドラマとわかりつつも、ゆりは相手の女優に嫉妬しかけた。その別れをへて、次は船で海に出るシーン、そして野山を駆け巡ったという戦闘シーンにつながった。

大坂を出たときは複数の供がいたのに、船が難破したため生き残ったのは秀頼と真田幸村のみ。その幸村とともに、大勢の野盗と対決するシーンはダイナミックであり、壮絶だった。

メイクのせいもあるのだろうが、頬がこけた一樹はどこか狂気じみていた。

——カズくん、すごい俳優さんになったんだな。

すでに彼の活躍は日本だけにとどまらない。この先、彼がいっそうの飛躍ができるように、公私ともに彼を支えてあげたいと願った。

「……でね。SNSをチェックしてたんだけど、カズくんのファンのつぶやきがすごいの。『秀頼』のワードが全国のトレンドの一位に入ったんだよ」

午後十一時を過ぎてようやく帰宅した一樹に、ゆりは興奮気味に話してきかせる。

「打ち合わせしながらチェックしてたよ。番宣を頑張った甲斐があったな」

洗面所できちんと手を洗う彼は、続けて小学生みたいにうがいも済ませた。

「ねえ、来週はどうなるの？　まさかいきなり主役が野垂れ死にしたりしないよね？」

「するかよ」

彼はあっけらかんと笑った。その足ですたすたとキッチンに移動して冷蔵庫を開け、プリン体ゼロと書かれた缶ビールを取り出す。

「だってお前、原作を読んだんだろ？　結末は知ってるんじゃないのか？」

「読んだけど……。ドラマ化されて原作とは異なる展開になるのはよくあることだし……」

「まあな。でもネタばれはしない。キープ・ア・シークレットだ」

「千姫はどうなるの？　原作では江戸で再会するけど、まさかのバッドエンド？」

「そこの台本はまだもらってない。俺だって結末は知らないよ」

「えー！」

地団駄を踏みそうになったが、一樹に頭をぽんとされる。

「焦るなって。一話ずつゆっくりストーリーを楽しむもんだ」

軽く夕食を済ませると、月が綺麗だからベランダで眺めようと一樹が言い出した。マフラーをぐるぐる巻きにしてダウンジャケットにくるまり、ふたりしてゆりの部屋のベランダに出る。

満月がやや欠けたくらいの月が、上空に輝いていた。真夜中の東京の街もまたキラキラと輝いている。不思議なことに思ったほど寒くはなかった。

春はすぐそこまで来ているのだろう。

「実は今日、来年のスケジュールを調整していて」

「うん」

「年末年始は少し長めに休みが取れることになった。だからゆり、そのときに結婚しよう」

「え？」

一樹はダウンのポケットを探って、四角い指輪ケースを取り出しぱかっと開けた。月明かりに浮かび出たのはシンプルなダイヤの指輪。ケースの内側にステファニーの刻印がある。

「いつか結婚しようと……。そういう漠然とした状態では嫌なんだ。だからきちんと籍を入れて、家族だけでいいから式を挙げる。その日程を決めておきたかった」

「カズくん」

「映画の中ではこういうシーンを何度もやったが、リアルで指輪を渡してプロポーズするのは初めてだ。早くしてみたかった。もちろんお前にだけだが」

珍しく照れたように彼は言う。言葉が出ない。感動して。

「仕事柄、スポンサーや後援者の了承も得なければならないが、その辺も支障はない。福山一樹が結婚して家庭を築くことは各方面が祝ってくれそうだ。だから」

一樹はそこでひと呼吸おいた。

「ダメか？」

「ううん。そんなことない。嬉しくて、幸せです」

実際うまく言葉で表せないほど、胸の中に幸せが満ちあふれてきた。一樹はゆりの左手を取り、ダイヤの指輪を薬指にはめてくれた。サイズはちょうどいいようだ。

「よく似合う。実はうちの親父がおふくろにプロポーズしたときに、ステファニーの指輪を贈ったんだ。当時学生だったおふくろは、嬉しくて涙がとまらなかったそうだ。いつも仲がよくて自慢の両親で。だからあやかりたくて、同じブランドの指輪をだいぶ前に用意していた」

「それはご利益（りやく）がありそう。あれ、おじさんたちって学生結婚だったの？」

「いや。お互い社会人になって、生活の基盤を整えてから式を挙げてる」

一樹の母はずっと専業主婦だったが、確か今はコスメ関係のプロデュース業をしていると聞いた。好きな仕事につくことに年齢は関係ないという、お手本のような女性だ。とても憧(あこが)れる。

「ちなみに大樹のやつもプロポーズのとき、このブランドの指輪を渡したらしいよ。血は争えないな」

彼のくったくのない笑い声は、静まり返った月明かりの空に心地よく響いた。

大樹のお相手は、同じ職場の同期入社の女性だった。つまり一樹の父の部下でもある。ゆりも、すでに屋代家に招かれたときに彼女と会っている。とても内気そうに見えたが、大樹も彼女も幸せそうだった。

「俺はこの先も、おそらく複数の恋愛ドラマや映画に出演することになると思う。だが、俺の物語の中では、この先ずっとお前が唯一無二のヒロインであってほしい。ゆり、愛してる」

――愛してる。

一樹が広げた腕の中にゆりは飛び込んだ。今夜のことは一生忘れない。

自分にはヒロイン役は向かないと思うが、こればかりはほかの女性に譲(ゆず)るわけにはいかなかった。

青白い月明かりの下で、一樹がささやいてくれた愛の言葉をゆりは深く深く胸に刻みつけた。

書き下ろし番外編

# ベビーシャワー

あれから二年と少しが過ぎて。わたしは三十一歳になった。

十一月の終わり、良く晴れた日曜日の昼下がり。ここは鎌倉。

「じゃあ、ユリ。また会いましょう。近くなんだから、いつでも連絡してね」

「はい、メグ先生。今日はありがとうございました」

キャラメル色の巻き毛を揺らしながら、メグ先生が門の向こうに消えていく。わたしはカズくんのお母さんと一緒に、庭先に出てメグ先生を見送った。

鎌倉に戻ってから、先生はよく会いに来てくれる。彼女と日本人のご主人の住まう家は車で十分ほどの場所にあり、今でも自宅で英語を教えているそうだ。

もう四十歳を過ぎているが、チャーミングな笑みは昔とちっとも変わらない。

「相変わらず面倒見のいい人ね。おかげで素敵なベビーシャワーになったわね」

「ほんとうに」

カズくんのお母さんに相槌を打ってから、わたしはせり出したお腹に手をやった。妊娠八カ月。ここにわたしとカズくんの子が宿っている。

まだ性別は聞いていないが、時折元気にわたしのお腹を蹴ってくる。

今日はメグ先生の発案で、ベビーシャワーなるお祝いをしてもらった。

カズくんは仕事の都合で欠席だけど、屋代家の家族の他に温子さんと金城くん、それから今はこっちで働いている静香さんと新條くんたちを招いた。みんなからプレゼントをもらい、たくさんおしゃべりして楽しい時間を過ごした。

自分にこんな日が来るなんて。幸せすぎていまだに信じられない。

あのプロポーズの翌年に結婚し、わたしは長谷部ゆりから屋代ゆりになった。

福山一樹の結婚が発表されるや、ファンやマスコミは大騒ぎし、結果的に、福山一樹の妻がわたしだということが、書店の仲間にも一部の業界人にもバレてしまった。

でも幸いなことに、わたしの顔が週刊誌に晒されることはなかった。

カズくん初め、たくさんの人たちがわたしを守ってくれているから。

結婚後しばらくは渋谷のマンションに住んでいたけど、九月に鎌倉の新居が完成すると、わたしは書店の仕事を辞めて引っ越した。

元々ここは、わたしと両親が住んでいた家のあった場所だ。そこをカズくんが買い戻してくれて、モダンな豪邸を建てた。

地上二階、地下には防音設備を備えた音楽スタジオがあって、ガレージには車が五台停められる。防犯対策やその他のセキュリティもばっちりだ。

来年の一月には出産予定なので、カズくんのご両親のそばにいるほうが安心できる。今はカズくんも都内と鎌倉を行ったり来たりしているが、一月の半ばからは育休をとる予定だ。

そうすれば親子三人、ここで暮らすことになる。

「どうしたの、ぼんやりして。疲れちゃった？」

「いえ、そんなことは」

お義母さんが少しだけ心配そうな声になったので、わたしは両手を振って大丈夫だという仕草をした。

メグ先生だけでなくお義母さんも——この呼び方もまだ少し慣れないのだけど——とてもよくしてくれる。

「ただこんなに親切にしてもらって、なんだか申し訳ないというか……」

子ども部屋には、みなさんからもらったプレゼントが山積みになっている。

十代ですべてを失くし、贅沢や他人の親切とは無縁の人生を歩く羽目になった。でもカズくんと再会してから、わたしの人生は再び大きく転換した。

我慢を強いて生きた日々が長かったせいか、この平穏で幸せな日々にわたし自身がまだ完全に慣れていないのかもしれない。

「いいじゃないの、みんなゆりちゃんが好きなんだから」

お義母さんは気さくに笑った。そして後ろを振り返る。白い外壁に覆われた真新しい家は、澄んだ初冬の空気の中できらきらと輝いて見えた。

「もちろん一樹もね。とはいえ、まさか、こーんなかっこいい家を建てるなんて」

家は建て替えたが、庭は昔の面影を残してある。母が好きだったイングリッシュローズと、父が大切にしていたハナミズキの樹を植えた。もちろん、小さな家庭菜園も作ってもらった。

ガーデニングや菜園の手入れは、これからお義母さんやお義父さんにゆっくりと教わっていこうと思う。

わたしたちよりひと足先に結婚したダイちゃん夫妻は、この近くのマンション住まいだ。まだ子どもはいないが、いずれ屋代家を増築し、二世帯暮らしになるそうだ。

そうしたらふたりもガーデニング仲間になるかもしれない。そんな未来を想像して、心が明るくなるわたしがいた。

お義母さんは、ひとしきり家を見ていたが、やがてわたしの肩をぽんと叩いた。

「さてと。冷えるから中に入りましょう。ゆりちゃんが風邪をひいたら、あたしが一樹に怒られるわ」

その晩。カズくんが帰宅したのは夜の九時過ぎ。

新居の完成に合わせて白のドイツ車を買った彼は、自らその車を運転して仕事に行っている。以前乗っていたイタリア車は、現在ガレージの中だ。

来月になると、チャイルドシートを取り付けやすい国産車も納車されてくる。

「今帰りましたよー。パパでちゅよー」

玄関に入ったカズくんはただいまの挨拶(あいさつ)もそこそこに、かがんでわたしのお腹に頰ずりした。胎動を感じるようになってから、毎日この儀式をやっている。

「いい子にしてたかな？　ミーちゃんは」

でれでれの顔で、お腹の子に向かってそう呼びかけた。性別は聞かないことにしようと言い出したのは彼だけど、数日おきにいろいろな名前で呼びかける。

このところミーちゃんがお気に入りのようだが、先週はマーくんだったはずだ。

平穏な日々だけでなく、カズくんのこんな一面を見せられることにもわたしはまだ慣れていない。

でも親バカなカズくんを見ていることは、嬉しくもある。自分がもうひとりぼっちではなくて、家族ができたことをしみじみと実感できるから。

「で、ベビーシャワーとやらは楽しかった？」

ひとしきりお腹の子と会話をしてから、カズくんはようやく顔を上げた。

昨日は渋谷のマンションに泊まったので、顔を見るのは久しぶりな気がする。でれでれのパパ顔が消えて、わたしがよく知っている、頼りになる屋代一樹がそこにいた。

かっこいいジャケットを着て、髪がセットされていて、洗練された香りをまとっている。仕事のあとだからかややお疲れな顔をしているが、どこに出しても恥ずかしくない自慢の旦那さまだ。

「うん、とっても。みなさん、カズくんによろしくって言ってた。ねえ見て、たくさんお祝いをもらったの」

早く早く、と言いながら、まずはカズくんに手洗いとうがいをしてもらい、それからわたしは彼を二階の子ども部屋に連れていった。

パーティーのあと、ふたつのオムツケーキと、カラフルなバルーン、それからみなさんからもらったプレゼントをここに運んであった。

とはいっても、わたしはなにもしていない。ただ、欲しいものを伝えただけで、パーティーの企画から片付けまでは、すべてメグ先生を筆頭に、参加者のみなさんがやってくれたので。

「へえー。俺こういうの初めて見るんだけど、凝ってるな、もしかして手作り？」

「そう。両方ともメグ先生の力作よ」

テーブルに置いたふたつのオムツケーキを見て、カズくんは感嘆の声をあげる。

正しくはダイパーケーキと呼ぶそうだが、パステルピンクとパステルブルーのリボンで飾られた、オムツでできたケーキだ。

わたしもこの手の祝い事に出たことがないので初めて見るのだが、中身はオーガニックコットンで作られた、肌触りの良いオムツだそうだ。

アメリカではわりとメジャーなイベントらしく、メグ先生は日本に来てから何度も作ったことがあるという。

「バルーンは温子さんと金城くんが飾ってくれたの。しばらくこのままにしてていい？」

「ああ、あのふたりね。もちろんだ」

わたしは壁に貼られた、きらきらしたバルーンたちを指さした。

「あとで星乃屋に寄ってお礼を言うよ。また温子さんに、本を選んでほしいし」

「うん、そうしてあげて。温子さん、きっと喜ぶから」

結婚の直前にカズくんを温子さんと金城くんに引き合わせた。ふたりとも失神しそうなほど驚いていたが、それがきっかけで読書家のカズくんは、欲しい本があると星乃屋書店を利用するようになった。

「メグ先生は明日にでも会いに行こうかな。休みだし」

「ほんと？　じゃあ、わたしも一緒に行く。もう一度お礼を言いたいし」

英語を習っていたのはもう二十年も前なのに、先生と屋代家との付き合いはずっと続いていた。俳優としてデビューしてからも、カズくんは休みの日にふらりと遊びに行っていたそうだ。

部屋にはすでにベビーベッドも運んであって、そこにプレゼントの山が積まれている。まだ開けてはいないが、ほとんどがベビー服やおもちゃなど。

屋代家のご両親もいろいろと用意してくれるので、わたしはなにもしなくていい。ただ元気に毎日を過ごし、無事に出産を迎えるだけ。

「良かったな、ゆり」

「うん。みなさんほんとうに親切で」

「幸せ？　いや、幸せだよな」

「うん」

小さくうなずくと、カズくんがわたしのお腹を気遣いながら、優しくハグしてくれた。

プロ彼女を演じていた頃はぎこちないハグばかりだったけど、今ではすっかり慣れた。むしろ毎日彼にハグしてもらわないと、不安になるほどに。

「実は、社長たちからもお祝いをもらったんだ。下に戻ろうか」

うながされて、わたしたちは再び階下に戻った。わたしが階段で足を滑らせたりしないよう、カズくんは必ず手を取ってくれる。

リビングのテーブルの上には、カズくんが持ち帰った大量の箱が置かれてあった。リボンのかかった箱をいくつか開けると、出てきたのは新生児用品ではなかった。

「相変わらず社長は、お前のことを気にしててさ。ベビーシャワーのことはだいぶ前に伝えてあったんだが、そしたらこれをお前にって……」

「わたしへのプレゼントなの？」

「そう。『みんな子どもに使う物を贈るだろうから、アタシはゆりちゃんが使うものにするー！』だとさ」

「うれしい、ありがとう」

お腹のあたりがゆったりしたワンピースが二枚と、それに合わせたと思しき素敵なハンドバッグがふたつ。検診に着ていくのが楽しくなりそうだ。

さらにオモチャのような小型バッグもふたつあった。

この小型のバッグは、最近タレントさんの間で流行っている、なにも入らないバッグだと思う。

スマートフォンさえ入らない、ただ持っているだけのお飾りバッグだが、安住社長のプレゼントだからなにかしらのプレミアがついていそうだ。

見ているだけでウキウキしてくるビビッドな赤と、きらきらしたゴールドのバッグ。ついこれを持って街に行きたくなってしまいそう。

「礼なら社長に言ってやってよ。明日でもあさってでもいいから電話してやって」

「はい、そうします」

「妊婦だからって、家に引きこもってないで、たまには東京に出て来いとも言ってたな。まあ、その辺は俺も考えておくけど」

「そうね。たまにはね。でもこの家も鎌倉でも、わたしは十分楽しんでるから」

小さなバッグを手に取ったまま、わたしはダイニングの椅子を引いて腰を下ろした。

「カズくんのご両親がとてもよくしてくれるし、メグ先生もいるし。静香さんと新條くんはふたりとも横浜のホテルで働いてるから、いつでも会えるようになったし」

「なんだかんだで、お前交友関係が広いな」

「気が付いたらそうなってた。でもすべて、カズくんのおかげなの」

「俺の？」

「うん」

視線を上げたわたしは、窓際に置いた赤いポインセチアに目を止めた。

「カズくんと再会してから、わたしの運命が変わった。たくさんの物を失くしてしまったけど、また手に入れることができた。友達も素敵な家も。まあ、両親はもう帰ってこないけど」

「ゆり」

　そこで屋代の両親の顔が浮かんだ。お義父さんはまだ社長職を退いておらず、いまだ忙しいけれど、お義母さん同様にわたしのことをかわいがってくれる。

「でも、代わりにおじさんやおばさんがいてくれる。おとうさん、おかあさん……と、もう一度声に出して呼ぶことができるようになった。カズくんはわたしに、家族を与えてくれた。感謝してるの」

「家族は与えられるものじゃない。作るものだよ、ゆり。確かに俺はお前の運命を変えたかもしれない。でも結局はお前が自分でつかんだ新しい家族、新しい人生だ」

「カズくん」

　カズくんは隣の椅子を引いて、そこに座った。そしてわたしのお腹に手を添える。

「この子も、お前が俺と過ごす人生を選んでくれたから神様が授けてくれた。なにもかも俺ひとりでやったわけじゃない。お前だって自分で考えて決断した。時には無茶もした」

　もう忘れたのかと、彼は言った。

「忘れてない……」

「いろんなことがあったけど。俺はたまに無茶もするお前が好きだよ。何度も言ったけど、なにをしでかすかわからないお前をそばで見守るのが、俺の役目だと思ってる」

「カズくん」

「お前は甘やかされることに慣れていないんだろうけど、俺は今後もお前を甘やかすから、覚悟しとけ。お前も生まれてくるベビーも、でろでろに甘やかすからな」

そういうと、カズくんは素早く顔を近づけて、優しくキスをしてくれた。

少しだけ感傷的になっていたわたしに、さらに追い打ちをかけそうな優しいキス。胸がいっぱいになって、目頭がほんの少し熱くなった。

「さて」

やがて唇が離れると、カズくんはテーブルの上のバッグから、薄い本のようなものを取り出した。ドラマの台本だ。

「風呂に入ったら、寝る前に少しだけセリフの相手をしてくれ。ようやく最終回だ」

今撮影しているのは、学園ドラマだ。カズくんの役は型やぶりな教師。ラブシーンはないが、一応、両想いのような立場の女性教師役がいる。

「なにをやっても完璧なお前が、セリフを棒読みするのを聞いてるのが楽しくてさ」

「ひどい……」

カズくんは、口元に手を当てて笑った。

内緒にしているが、彼がこんなふうに笑うのを見ていることがわたしは好きだった。

どうやら、ヒロイン役はまだ終わらないらしい。

最愛の旦那さまとの練習なのだから、とことん楽しもうと――

そう決めたわたしは、目の前に置かれた台本に手を伸ばした。

漫画 まるはな郁哉
原作 流月るる

親同士の結婚により、中学生時代に湯浅製薬の御曹司・巧と義兄妹になった真尋。一緒に暮らし始めた彼女は、巧から独占欲を滲ませた態度を取られるように。そんな義兄の様子に真尋の心は揺れ、月日は流れ——真尋は、就職を機に義父との養子縁組を解消。しかし、巧にその事実を知られてしまい、「赤の他人になったのなら、もう遠慮する必要はないな」と、甘く淫らに迫られて……

B6判　定価：704円（10%税込）　ISBN 978-4-434-29613-0

本書は、2018年7月当社より単行本として刊行されたものに、書き下ろしを加えて文庫化したものです。


この作品に対する皆様のご意見・ご感想をお待ちしております。

おハガキ・お手紙は以下の宛先にお送りください。

【宛先】

〒150-6008 東京都渋谷区恵比寿4-20-3 恵比寿ｶﾞｰﾃﾞﾝﾌﾟﾚｲｽﾀﾜｰ8F
（株）アルファポリス　書籍感想係

メールフォームでのご意見・ご感想は右のＱＲコードから、
あるいは以下のワードで検索をかけてください。

ご感想はこちらから

エタニティ文庫

# ヒロイン役（やく）は、お受（う）け致（いた）しかねます。

篠原怜（しのはられい）

2021年12月15日初版発行

文庫編集－熊澤菜々子
編集長－倉持真理
発行者－梶本雄介
発行所－株式会社アルファポリス
〒150-6008 東京都渋谷区恵比寿4-20-3 恵比寿ｶﾞｰﾃﾞﾝﾌﾟﾚｲｽﾀﾜｰ8F
TEL 03-6277-1601（営業）　03-6277-1602（編集）
URL https://www.alphapolis.co.jp/
発売元－株式会社星雲社（共同出版社・流通責任出版社）
〒112-0005 東京都文京区水道1-3-30
TEL 03-3868-3275
装丁イラスト－龍本みお
装丁デザイン－ansyyqdesign
印刷－株式会社暁印刷

価格はカバーに表示されてあります。

落丁乱丁の場合はアルファポリスまでご連絡ください。

送料は小社負担でお取り替えします。


ISBN978-4-434-29698-7 C0193